Alexandra Gehring

Die Abrichtung

Erotischer SM-Roman

W0384481

www.blue-panther-books.de

BLUE PANTHER BOOKS TASCHENBUCH
BAND 2222
1. AUFLAGE: JANUAR 2017

VOLLSTÄNDIGE TASCHENBUCHAUSGABE
ORIGINALAUSGABE

COVER: COVER: © SAKKMESTERKE @ ISTOCK.COM
UMSCHLAGGESTALTUNG: WWW.HEUBACH-MEDIA.DE
GESETZT IN DER TRAJAN PRO UND ADOBE GARAMOND PRO
PRINTED IN GERMANY
ISBN 978-3-86277-586-6
WWW.BLUE-PANTHER-BOOKS.DE

»Ich gehe jetzt. Mach's gut, Schatz. Ich habe dir einen Brief auf deinen Schreibtisch gelegt. Bin gespannt, was du dazu sagen wirst. Bis heute Abend«, rief Saris Mann Sven. Kurz darauf fiel die Haustür ins Schloss.

Sari biss gerade von ihrem Marmeladenbrötchen ab. Nur ein leise murmelndes »Tschüss« kam ihr über die Lippen. Nachdem sie, wie jeden Morgen, noch etwas in der Zeitung geblättert hatte, wurde sie nun doch neugierig. Seltsam. Er hatte ihr einen Brief geschrieben? Warum? Weshalb?

Sven war zweiundfünfzig Jahre, erfolgreicher Geschäftsmann, ihr liebenswerter Ehemann und Partner, und für sie immer noch ihre große Liebe. Ihre beiden Söhne studierten in Freiburg. Sie hatte sich damit arrangiert, die Jungs immer seltener zu sehen. Zum Glück gab es ja das Handy mit all den vielseitigen Kommunikationsmöglichkeiten.

Vor einigen Tagen feierten sie Saris vierundvierzigsten Geburtstag. Die vielen Komplimente, wegen ihrer tollen Figur und ihres jugendlichen Aussehens, waren für sie das schönste Geschenk gewesen.

Auch beruflich war sie mit sich voll im Reinen. Als Fotografin hatte sie ihr Hobby zum Beruf gemacht. Landschaftsfotografie war schon immer ihre Leidenschaft gewesen. Ihre Fotos hatten inzwischen einen guten Marktwert. Auf Vernissagen und Ausstellungen hatte sie sich einen Namen gemacht.

Sie ging zum Schreibtisch. Mit einer inneren Unruhe öffnete sie den Brief und las.

»Das gibt's doch nicht ...« Sie musste sich setzen. Das Papier in ihrer Hand zitterte, Schweißperlen glitzerten auf ihrer Stirn. Ihr Puls pochte deutlich ... »Das kann doch nicht wahr sein. So ein Mistkerl ...« Sie musste schmunzeln. »So ein verrückter Spinner.« Meinte er das wirklich mit vollem Ernst? Ihr Sven?

Sie musste diesen Brief teilen. Augenblicklich rief sie ihre Freundin Ina an, die versprach, sofort vorbeizukommen.

***

Keine zwanzig Minuten später klingelte sie an Saris Haustür.

»Erzähl, was ist los? Du siehst etwas mitgenommen aus.« Ina begrüßte ihre Freundin mit einer innigen Umarmung. »Ich bin wirklich gespannt!«

»Hier«, Sari hielt Ina den Brief hin, »lies mal! Den hat mir Sven heute Morgen auf den Schreibtisch gelegt. Ich brauch dich jetzt unbedingt zum Reden!«

Nach einigen Zeilen des Lesens schaute Ina sichtlich erstaunt hoch. Schnell vertiefte sie sich wieder in das Schreiben, um ab und zu mit dem Kopf zu schütteln und ihrer Verwunderung damit Ausdruck zu geben.

»Jetzt bin ich aber baff!« Ina ließ den Brief sinken. »Nun kann ich deine Erregtheit verstehen.«

»Das bleibt natürlich unter uns«, sagte Sari eindringlich, während ihre Freundin nickte. »Sven hat sich heute Morgen ganz normal verabschiedet. Das scheint kein Spiel oder Spaß von ihm zu sein. Ich glaube, er bietet mir das wirklich an.«

»Nun mal langsam! Zuerst reden wir nochmals darüber, was dein Mann von dir erwartet. Du sollst also laut seinem Wunsch für zehn Tage in ein Sex-Camp nach Südfrankreich. Dort handelt es sich um ein Elite-SM-Camp auf höchstem Niveau mit luxuriösem Ambiente in der Nähe von Montpellier.« Inas Gesicht hatte sich errötet.

Sari nickte.

Zunächst war Ina sprachlos. Nach einer Pause, in der sie tief durchatmete, überflog sie nochmals das Schreiben, jetzt aber mit einem Schmunzeln im Gesicht. »Sven betont ausdrücklich, dass es sich um ein Top-SM-Camp dieser Art in Europa handelt, obwohl das ja auch nichts an seinem verrückten Ansinnen ändert ...« Ina blickte ihre Freundin Sari prüfend an. »Du hast mir ja schon Andeutungen über eure, beziehungsweise deine, sexuellen Neigungen gemacht. Jetzt raus mit der Sprache! Werd mal bitte konkreter. Das macht mich ganz kribbelig. Es wirkt alles so unwirklich und verrückt auf mich. Also, rück jetzt raus damit!«

Sari atmete lang aus. »Also schön. Zu unserem Sexleben gehören Fesseln, die Augen verbinden, auch mal den etwas härteren Klaps auf meinen Po ... Sven genießt es, wenn ich mich devot verhalte, und mich törnt es unglaublich an, seinen Anordnungen Folge zu leisten. In diesen Momenten kann ich mich fallenlassen ... loslassen ... ich gehöre ihm ... Ich möchte diese Momente nicht missen. Ich denke, ohne solche Abwechslungen kann ich mir unseren Sex nicht mehr vorstellen. Sven ist ein gutaussehender, attraktiver Mann. Ich will ihm eine geile und willige Partnerin sein. Und er wiederum bemüht sich, mich immer zu befriedigen. Es ist ein Geben und Nehmen. Nur so, glaube ich, kann es über Jahre funktionieren. Natürlich habe ich auch sexuelle Sehnsüchte und Phantasien. Aber ich denke, das ist normal in einer langen Beziehung und wird bei dir nicht anders sein.«

Ina nickte.

»Trotzdem«, fuhr Sari fort und strich sich durch die Haare, »überrascht mich natürlich sein Ansinnen. Außerdem hat er nicht die kleinste Andeutung gemacht. Nichts!«

»Mein Gott, Sari, das haut mich richtig um!«, sagte Ina. »Hast du einen tollen Mann! Meiner hätte maximal die Idee, mich drei Tage mit Oma an den Bodensee zu schicken. Und du sollst ... Ich kann es nicht fassen!«

»Meinst du, er ist mit unserem Sexleben unzufrieden? Mit mir oder mit dem, was ich ihm biete? Haben wir vielleicht zu wenig Abwechslung? Schließlich kennen wir uns schon sehr lange. Wie siehst du das?«

Ina schüttelte den Kopf. »Wenn dem so wäre, würde er dich darauf ansprechen. Ich kenne Sven ja nun auch schon viele Jahre. Andere Männer würden sich mit einer anderen vergnügen, Sven ist nicht so. Ich glaube, er sieht es als eine Chance, in einen neuen Lebensabschnitt zu gehen. Ihr kennt euch viele Jahre. Die Kinder sind aus dem Haus. Warum nicht mit neuer Lust und Power in die nächsten Jahre gehen? Ich finde die Idee klasse! Andere trennen sich, ihr gebt euch einen positiven Schub. Ich denke, er meint es ehrlich mit dir. Natürlich ist das ein verrücktes, mehr als außergewöhnliches Angebot, aber es ist doch super, dass er auf eine solche Idee kommt!« Ina lachte.

»Ja, ich sehe es ja auch so. Trotzdem muss ich das alles erst mal verdauen. Danke für deine Meinung, Ina. Du weißt, deine Meinung ist mir wichtig.«

***

Als Ina gegangen war, setzte sich Sari vor den Computer. Sie war neugierig auf die Internetseite des SM-Camps. Und kaum hatte sie diese geöffnet, saß Sari mit offenem Mund davor. Die Beschreibung des Camps war professionell gemacht. Es wirkte schlicht und sachlich. So, als sei es das Normalste, das Selbstverständlichste der Welt, als sei es ein gewöhnlicher Urlaubstrip, mehr nicht.

Fotos des Camps und ein deutlicher Text ließen sie unruhig auf ihrem Stuhl werden. Was für ein Tag! Wenn sie daran dachte, tatsächlich in das Camp zu gehen ... Sie, die konservative, wohlerzogene und anständige Ehefrau und Mutter ... Wenn sie nur daran dachte ... Vor und mit fremden Männern!

»Das ist doch verrückt!«, sagte sie laut zu sich selbst, als sie den Text fasziniert, aber auch ungläubig, durchlas. Konnte ihr Mann das tatsächlich wollen? Er, der so seriös war? Er, den sie nach den vielen gemeinsamen Jahren immer noch aufrichtig liebte?

Wenn Sven auf längerer Geschäftsreise war, befriedigte sie sich oft selbst. Jetzt schaltete sich ihr Kopfkino ein. Dieses Angebot, diese Seite ... Wörter wie Abrichtung, Erziehung, Erniedrigung, Benutzung ließen sie in einen Taumel fallen.

»Ich soll das erleben«, murmelte sie vor sich hin.

Am meisten erstaunte sie, dass ihr Mann auf so eine Idee kam. Irgendwie machte sie das aber auch gleichzeitig stolz, und sie spürte, wie sie das alles natürlich nicht unberührt ließ. Sie sollte mit fremden Männern ficken ... ihre Schwänze lecken ... In ihrer Fantasie sah sie sich im Camp von Männern umgeben. Sie hatte schon solche Gangbang-Videos im Netz angeschaut. Mehrere Männer nahmen eine Frau so richtig ran. Das hatte was! Aber es war eben nur für ihre Fantasie. Jetzt sollte sie das real erleben ...

Zwischen ihren Beinen spürte sie deutlich Nässe. Sie nahm zwei Finger, führte sie hin. Patschnass.

Keine fünf Minuten später kam es ihr so stark, dass der Vibrator polternd auf den Boden fiel. Mit zusammengepressten Beinen, die Finger in ihrer nassen geilen Votze, schüttelte es sie durch. So stark hatte sie es schon lange nicht mehr erlebt. Sie atmete heftig, ihr Puls raste.

Na immerhin, das hat er damit schon mal erreicht, dachte Sari aufgewühlt.

***

Die Cola schmeckte ausgesprochen gut. Lautstark erklang Silbermond aus dem CD-Player: »Wann reißt der Himmel auf.« Sari summte die Melodie lächelnd mit und fragte sich, ob sie nach dem Camp noch in den Himmel käme. Sie hatte ihre Zweifel.

Noch dreißig Minuten bis Montpellier, informierte sie das Navi. Von dort waren es dann nur noch ein paar Kilometer zu ihrem Ziel.

Sari hatte nach mehreren Gesprächen mit ihrem Mann und ihrer Freundin den Entschluss gefasst, das vorher Undenkbare, tatsächlich erleben zu wollen.

Sven sagte dazu, dass es sie beide enger verbinden würde. Es wäre kein Fremdgehen. Das Risiko wäre eher auf seiner Seite. Er hoffte, sie würde nicht nach drei Wochen wieder ins Camp wollen ... Das meinte er mit einem süffisanten Unterton.

Bei wichtigen Entscheidungen konnte sie sich auf ihren Mann verlassen. Warum also jetzt nicht auch! Dass es ihr Leben verändern könnte, war ihr bewusst. Besonders wichtig war auch, dass im Camp kein Jugendwahn herrschte. Eine große Anzahl der Frauen waren über vierzig, nach oben offen. Ihre Neugierde und die Lust, es zu erleben, hatten über Vernunft und Ängste gesiegt.

Beim Ficken hatten Sven und Sari gespürt, wie das Thema beide aufputschte. So intensiv, so geil, so dirty hatten sie es lange nicht mehr getrieben.

Und nun war sie bereits auf dem Weg ins Camp!

Mit bloßer Vernunft war das nicht zu erklären. Aber musste denn alles immer vernünftig und rational erklärbar sein? Dieses Camp war ein Ausbrechen aus dem Alltagstrott. Ein Kick für sie beide, für ihre gemeinsame Zukunft.

Von Saris Seite war es eine Bauchentscheidung gewesen. Bisher war sie damit gut gefahren. Sie wollte über ihren Schatten springen, sich lösen von anerzogenen Tabus, ausbrechen aus dem Gleichmaß des Alltags, einfach dem Trott entfliehen.

Während der Tage vor ihrer Abfahrt war Sven sehr aufgewühlt gewesen. Immer wieder sagte er ihr, wie gespannt und neugierig er auf ihre Rückkehr wäre und wie er ihren Entschluss bewunderte. Er gab aber auch zu, dass er das Ganze noch nicht einordnen konnte, nicht wusste, wie seine Empfindungen während ihrer Abwesenheit sein würden.

Sari blickte auf ein hölzernes Tor. Das Camp lag etwa zwölf Kilometer von der nächsten Ortschaft entfernt an einem Waldrand. Sie drückte auf einen Klingelknopf und wartete. Eine Stimme fragte durch eine Gegensprechanlage nach ihrem Namen. Mit leicht zitternder Stimme nannte sie ihn. Dann öffnete sich das hölzerne Camptor. Mit Herzklopfen parkte sie ihren Wagen in einem Carport.

Die Kleiderordnung erlaubte ihr, mit nur einem kleinen Koffer anzureisen, für sie als Frau ein absolutes Novum.

Sari stieg aus und betrat ein großes Haus. Hinter einem breiten Tresen saß eine etwa 25jährige Schönheit und strahlte sie an.

»Willkommen in unserem Camp«, sagte sie. »Ich hoffe, du hattest eine gute Fahrt. Freut mich, dich hier begrüßen zu dürfen. Ich bin Sofia, komme aus der deutschsprachigen Schweiz. Wir erledigen kurz die Formalitäten, dann kannst du auf dein Zimmer.«

Über die deutsche Begrüßung war Sari nicht erstaunt. Die Besitzer und Betreiber waren Deutsche. Auch ein Grund, weshalb sie hier war.

»Fühl dich wie in einem ›All Inclusive Hotel‹. Komm bitte zur Einweisung in einer Stunde in das ›Chefzimmer‹.« Sofia zeigte auf eine der Türen. »Privatkleidung ist ab sofort nicht mehr erwünscht. Die näheren Informationen findest du in unserer Infobroschüre auf deinem Zimmer. Dann wünsche ich dir eine aufregende Zeit hier im Camp.«

Sari bedankte sich und fuhr mit dem Fahrstuhl nach oben. Das liebevoll eingerichtete Zimmer war ganz nach ihrem Geschmack. Vom Balkon aus hatte sie eine herrliche Aussicht auf die Umgebung. Sie war mehr als zufrieden.

Als sie unter der Dusche stand und das warme Wasser ihren Körper umspielte, fühlte sie sich angekommen. Es kribbelte in ihr. Die Anspannung ging in Neugierde über. Ihr verrücktes Abenteuer war Wirklichkeit geworden.

Sie öffnete einen Umschlag, der auf dem Bett lag. Er enthielt klare Anordnungen über den Ablauf des Camplebens. Männer wie Frauen hatten im Intimbereich perfekt rasiert zu sein. Das empfand sie als selbstverständlich. Ihre Haare mussten hochgesteckt werden. Zum Frühstück und Abendessen war die Kleiderordnung vorgegeben. Die Männer in dunkler Hose und weißem Hemd, die Frauen in vom Camp gestellten sommerlichen, kurzen Kleidchen. Für sie als Neuling lag ein rotes Kleid auf ihrem Bett. Das Tragen von BH und Slip war grundsätzlich verboten.

So langsam wurde es ernst. Sari spürte ihre innere Unruhe, als sie das enge, knappe Kleid anzog. Prüfend betrachtete sie sich im Spiegel. Ein kleines Lächeln huschte über ihr Gesicht.

Mit einem flauen Gefühl im Magen verließ sie das Zimmer. Das Abenteuer begann.

***

Ein etwa 55jähriger großer, sportlicher Mann stellte sich vor.

»Herzlich willkommen. Ich bin Tim Meisner und leite seit sechs Jahren das Camp. Ich erkläre dir deinen Tagesablauf und einige Regeln für deinen Aufenthalt. Unsere Jungs kommen aus verschiedenen Ländern, sprechen aber alle Deutsch, da der größte Anteil unserer Gäste deutschsprachig ist.

Dein Handy bleibt in unserem Tresor. Wir werden deinen Ehemann von daher umgehend über deine Ankunft im Camp verständigen. Außenkontakte sind verboten. Falls du etwas auf dem Herzen hast, wende dich bitte an mich oder an Sofia.

Alle hier reden sich nur mit dem Vornamen an. Wie du mit deiner Unterschrift in unserem Vertrag bestätigt hast, befolgst du alle Anweisungen unserer Mitarbeiter. Aus deiner Akte kann jeder der Jungs deinen tagesaktuellen Ausbildungsstand nachlesen. Unsere Wortwahl ist deutlich. Kuschelbegriffe wie Muschi und Brüste oder Popo passen nicht zu unserer Philosophie.

Auf deinem Zimmer liegt ein Umschlag, den du bestimmt schon gesehen hast. Darin ist dein Codewort. Falls du eine Session abbrechen willst, schreist du es raus. Im Abschlusszertifikat an deinen Mann wird dies natürlich festgehalten. Also überlege dein Verhalten sehr genau. Bedenke dabei, dass diese Session nicht wiederholt wird.

Weiter findest du in deinen Unterlagen eine Übersicht über SM-Begriffe, wie zum Beispiel: Gagging oder Rimjob. Lies das bitte durch, damit die Jungs nicht noch langwierige Einweisungen durchführen müssen. Wenn du etwas total ablehnen möchtest, sag das rechtzeitig. Alle hier haben Verständnis dafür.

Auf deinem Zimmer liegt außerdem noch ein Fragebogen. Kreuze an, welche Bereiche und welche Sessions deiner Neigung entsprechen. Daraus erstellen wir deinen Tagesplan. Solltest du gesundheitliche Probleme haben, sag das unserem Team. Letztendlich bist du unser Gast und sollst dich trotz deiner Ausbildung wie im Urlaub wohlfühlen.

Unsere Aufgabe besteht darin, dich für deinen Mann als perfekte Sub und Sexgespielin abzurichten. Du wirst lernen, eine perfekte Fick- und Lecksklavin zu sein. Peitsche und Rohrstock wirst du lieben und verfluchen. Du wirst eine andere Frau sein, wenn du das Camp verlässt.

Es gibt hunderte von Kursen, wie Kochkurse, Schwimmkurse, Tanzkurse, Yoga, und so weiter. Millionen betätigen sich in ihrer Freizeit, um etwas zu erlernen und sich weiterzubringen. Nur im Bereich Sex, dem so wichtigen zwischenmenschlichen Bereich, ist das ein Tabuthema. Dabei ist guter Sex optimal für unsere Gesundheit. Die Hormonausschüttung bei einem Orgasmus ist für uns ein Jungbrunnen. Kreislauf, Blutdruck und Puls erreichen bei aktivem Sex die Werte von Spitzensportlern. Du siehst, du tust hier etwas für deine Gesundheit.«

Sari lachte. »Ist ja super. So habe ich das bisher nicht gesehen!«

»Also«, fuhr Tim Meisner weiter fort, »was machen wir hier mit dir? Wir trainieren dich und bilden dich aus. Natürlich ist uns bewusst, dass du viel Lebenserfahrung hast und selbstverständlich sexuell keine Anfängerin bist. Um es noch etwas deutlicher zu sagen, sicherlich bist und warst du immer eine geile Partnerin für deinen Mann. Ihr kennt euch schon eine lange Zeit, jeder hat seine Vorlieben im Sex, seine Praktiken. Das ist allen hier bewusst. Uns geht es darum, Details deiner Sexpraktiken zu verbessern und dich für Neues zu öffnen. Unser wichtigstes Ziel in den nächsten Tagen ist: Eine deutliche Steigerung deines Lustgefühls, deiner Geilheit, deiner sexuellen Offenheit. Nur wenn du es für dich selbst willst, dich fallenlassen und genießen kannst, hat dein Partner den vollen Genuss. Du willst devot sein, weil es dich geil macht. Du willst gefickt werden, weil du es liebst und es brauchst! Du spürst die Peitsche auf deiner Haut, weil du es zulässt, weil du dich spüren möchtest! Dein Orgasmus ist das größte für dich! Geh aus dieser Welt, begebe dich ins Traumland! Intensiver hast du dich noch nie erlebt! Wenn du diese »Ichbezogenheit« bewusst zulässt, haben wir unseren Job gut gemacht. Das spürt dein Partner und geilt ihn auf. Er genießt dich. Du ziehst ihn mit. Lebe deine Geilheit und zeige es.

Auch wenn dir manches nicht als lusterzeugend vorkommt, du machst es für dich und deinen Mann. Aus den vielen Spielformen, die du hier erleben wirst, könnt ihr Zuhause die Elemente verwenden, die euch antörnen. Wenn wir diese erreichen, haben wir alles richtig gemacht.

Wir sind hier eine große, exzentrische Familie. Freue dich

auf eine tolle Zeit. Übrigens: Hier sind alle gleich, egal, in welchem Alter. Euch alle als ›Mädel‹ zu bezeichnen, hat einen einfachen Grund. Wir sehen diese Gleichbehandlung als eine prägende, sehr positive Lebenserfahrung an.« Tim Meisner machte eine kleine Pause und blickte Sari ein paar Sekunden lang an. Dann sagte er: »Ich würde gern ein Kompliment loswerden: Du bist eine sehr attraktive Frau und wirst einigen hier den Kopf verdrehen. Wir werden auf dich aufpassen müssen.«

Sari stieg die Röte ins Gesicht.

»Also schön, geh jetzt auf dein Zimmer. Wir sehen uns später beim Abendessen.«

Den Kopf voller Neuigkeiten ging Sari langsam auf ihr Zimmer, das musste sie alles erst einmal verarbeiten. Sie ließ sie sich auf ihrem Bett nieder. Da lag noch immer der Brief. Sie öffnete ihn erneut und zog den Zettel heraus. Sie war jetzt neugierig auf die SM-Liste. Nur wenige der Begriffe kannte sie. Mit einem Seufzen ließ sie ihren Kopf nach hinten aufs Bett sinken und schloss die Augen. Es war alles unglaublich aufregend.

***

Pünktlich erschien Sari in ihrem neuen roten Kleid, ohne etwas drunter zu tragen, zum Abendbuffet. In dem Kleid kamen ihre prallen Brüste voll zur Geltung. Die Nippel zeichneten sich deutlich ab. Der Saum bedeckte gerade eben ihren Po. Sie spürte die vielen Blicke auf sich. Neuankömmlinge wurden nun mal fixiert.

Das Ambiente des Außenbereiches war traumhaft. Die Werbung hatte absolut nicht übertrieben. Im Gegenteil. Bäume und Sträucher, die den Bereich begrenzten, waren alle mit blauen Strahlern erhellt. Im Innenbereich wurde alles rot ausgeleuchtet. Angrenzend war ein herrlicher Pool, der von antiken Statuen umgeben war. In einer großen Felsengrotte war eine

Bar integriert, zusätzlich standen Sitz- und Liegeflächen zur Verfügung. Viele Fackeln erzeugten ein warmes Wohlgefühl. Der Brunnen im Mittelteil war ein echter Hingucker. Aus einer Vagina plätscherte das Wasser, was Sari ein Lächeln entlockte. Auf allen Tischen standen Windlichter. Gedämpfte Musik ertönte. Es war ein warmer Sommerabend. Das aufgebaute Buffet bot alles vom Allerfeinsten. Mengen von Eis kühlten die Leckerbissen. Servicemädels, wie sie hier genannt wurden, im engen Latexoberteil und kurzem blauen Rock, der wenig verhüllte, begrüßten freundlich die neuen Gäste. Die gute Laune und die Freundlichkeit aller, bestärkten den positiven Eindruck, den Sari schon von der ersten Minute an hatte.

Tim trat auf sie zu. »Hallo Sari, komm, ich begleite dich an deinen Tisch. Zurzeit sind wir um die fünfundvierzig Personen, inklusive dem Personal. Ehemalige Ausbilder und Kundinnen befinden sich ebenfalls hier im Camp. Sie können bei uns buchen und einige Tage hier verbringen. Wir freuen uns, ständig Gäste zu haben. Fremde bekommen allerdings keinen Zutritt. Nur wer Mitglied unseres Ausbilderteams war, oder aktive Gäste wie du, kann uns erneut besuchen. Inzwischen haben wir sogar Wartelisten, so groß ist die Nachfrage. Jeder hier kennt die Regeln und hält sich daran. Wir fühlen uns alle als ein großes Team.«

Sari wurde von Tim an einen Tisch geführt, an dem drei Frauen das gute Essen in vollen Zügen sichtlich genossen.

»Hi, ich bin Sari«, stellte sie sich vor.

Tim erklärte den Frauen, dass Sari heute angekommen war. Dann stellte er Sari die Frauen vor: Susan, Carla und Svenja.

Svenja schien in Saris Alter zu sein, die anderen beiden wirkten etwas jünger. Schon auf den ersten Blick waren ihr die drei Mädels sympathisch.

Tim verabschiedete sich von den Frauen und wünschte

ihnen einen guten Appetit.

»Dann hole ich mir doch gleich mal mein Essen. Sieht ja alles sehr lecker aus«, sagte Sari und ging unter dem Zuspruch der Frauen zum Buffet.

Beim Essen war eine lockere, entspannte Stimmung spürbar. Sari freute sich sehr, dass die drei Frauen auch erst heute angekommen waren.

»Da sind wir ja eine verschworene Gemeinschaft«, sagte Carla.

Alle lachten und prosteten sich zu.

»Ich bin echt gespannt und neugierig, was da alles auf mich zukommt. Also vorstellen kann ich mir das nicht«, sagte Svenja in die Runde.

»So aufgeregt war ich seit meinem ersten Date nicht mehr, und das ist schon ein paar Jährchen her«, meinte Susan und musste laut lachen.

»Machen wir das Beste draus! Lasst uns anstoßen, und zwar auf eine tolle Zeit hier im Camp«, rief Sari.

***

Später an der Bar trat Tim zu den sich lebhaft unterhaltenden Mädels. Er prostete ihnen zu und wünschte allen eine gute Zeit. »Außerdem«, fügte er hinzu, »geht heute nicht zu spät auf eure Zimmer. Morgen beginnt der Ernst des Lebens. Ihr werdet den Schlaf brauchen! Ich wünsche euch jetzt schon eine gute Nacht.«

Die Frauen bedankten sich und redeten aufgeregt weiter.

»Ich muss euch gestehen«, sagte Sari, »ich erkenne mich selbst kaum wieder. Schon während der Anfahrt war ich so was von angespannt! Ich hoffe, das legt sich irgendwann ...«

»Mir geht es auch nicht anders«, gab Carla zu. »Seit ich das Camp gebucht habe, verspüre ich eine dauerhafte innere Unruhe. Außerdem plagen mich Selbstzweifel.«

Damit hatte Carla ausgesprochen, was auf alle zutraf. Denn die Frauen nickten bekräftigend.

***

Als Sari leicht schwankend, mit ein bisschen zu viel Alkohol im Blut, auf ihr Zimmer kam, lag dort eine schriftliche Anweisung. Sofort war ihr Verstand wach. Sie las die Aufforderung, morgen um neun Uhr in Raum drei zu kommen.

Eine Mischung aus Neugierde, innerer Unruhe – auch Freude über die netten Frauen – und eine gehörige Portion Respekt vor dem morgigen Tag, ließ sie noch lange auf ihrem Bett sitzen und den Zettel ansehen.

***

Eine Referentin betrat den Raum Nummer drei und wies sie alle an, sich einen Stuhl zu nehmen und sich im Halbkreis zu ihr zu setzen. Zum Erstaunen und der Freude von Sari waren sie nun sieben weibliche Neulinge. Zwei der Neuen waren älter als sie. Irgendwie fühlte sie sich jetzt noch etwas wohler.

»Mein Name ist Lena, gebürtige Österreicherin, lebe aber schon lange in Frankreich. Ich bin achtundvierzig Jahre alt und werde euch unsere Camp-Philosophie etwas näherbringen. Vier von euch sind heute angekommen, drei schon gestern. Nochmals willkommen! Es werden außergewöhnliche Tage für euch, die ihr nie vergessen werdet.

Welche Beweggründe euch auch immer hierher geführt haben, ihr habt unseren Respekt und unsere Achtung vom ganzen Team. Alle, die hier ihren Job machen, können den nicht ohne Gefühle und Empathie ausüben. Die Ausbilder sind grundsätzlich schwarz gekleidet, es sei denn, die Situation erfordert etwas anderes. In ihrer Freizeit, beim Frühstück oder Abendessen tragen sie weiße Hemden.

Was wir von euch erwarten: Geht einfach mit ins Traumland. Lernt loszulassen, zuzulassen, lernt zu vertrauen. Unser Camp ist abgeschottet, wir sind also absolut unter uns. Damit sichern wir die familiäre und positive intime Offenheit. Das herrliche, warme Sommerwetter tut ein Weiteres dazu.«

Lena blickte in die Runde. Einige der Mädels änderten ständig ihre Sitzposition. Die Anspannung war deutlich spürbar.

Dann fuhr Lena fort: »Jede von euch hat sicherlich einen anderen Beweggrund, sich hier ins Camp zu begeben. Aus meinen Abschlussbesprechungen habe ich die Erkenntnis, dass jede Besucherin eine andere Sicht auf die erlebten zehn Tage hier hat, was in diesem hochsensiblen intimen Bereich nicht verwundert. Das Wort ›Abrichtung‹ erklärt in einem Wort, weshalb ihr hier seid. Es geht um eine perfekte Ausbildung in allen Bereichen der Sexualität, von normalem Ficken mit allem, was dazugehört, bis hin zu SM mit seinen vielen Spielarten.

Im Gegensatz zum Blümchen- oder Vanillasex ist die Wortwahl im SM- oder DS-Bereich klar und deutlich, wie ihr ja schon gemerkt habt. Durch die harte, deutliche Wortwahl steigert sich die Intensität der sexuellen Handlungen. Wer dazu steht, hat sicher keine Probleme damit. Ihr seid ja hier, um neue, ungewohnte Schritte in eine offenere Denkweise zu gehen, alte Zöpfe hinter euch zu lassen, anerzogene Tabus aufzubrechen. Unter vier Augen, mit einem sympathischen Partner, sind Worte wie Schwanz, Votze, Titten gewollt und dienen zur Steigerung der Lust.

Denkt nur daran wie viele Millionen mit Telefonsex umgesetzt werden. Obwohl die Herren wissen, dass am anderen Ende der Leitung eine oftmals wenig attraktive Hausfrau beim Bügeln ist, scheint die Stimulanz zu wirken. Für viele Männer ist es der Fetisch schlechthin. Sie zahlen ordentlich Geld dafür.

In den Dominastudios geht es ähnlich zu. Die Damen führen keine sexuelle Handlung mehr aus. Sie befehlen, erniedrigen die Herren, lassen sie sich selbst befriedigen. Geilheit, nur erzeugt durch eine deutliche, harte, versaute Wortwahl, ohne einen körperlichen Kontakt. Alle Menschen haben einen eigenen Fingerabdruck. Ich denke im Kopfkino Sex sieht das nicht anders aus. Verbalsex ist also unglaublich wichtig. Es ist der Schlüssel, um in diese sexuelle Erlebniswelt einzutreten.

Sex ist nicht nur ›Rein und Raus‹ oder Positionen aus dem Kamasutra, es ist immer auch Fantasie, Kopfkino, Sehnsucht, Hautkontakt, Genuss. SM mit seinen variantenreichen Spielmöglichkeiten und Facetten erlaubt ein Sich-Selbst-Erleben!

Ihr sollt lernen, eure Lust positiv und selbstbewusst zuzulassen. Jede Erfahrung, die ihr hier macht, prägt euch, begleitet euch ein Leben lang. Durch Können, Wissen und Erfahrung steigert ihr euer Selbstwertgefühl, ihr werdet selbstsicherer.

Was suchen wir in der Liebe?

Die Wissenschaft sagt uns, dass nach maximal zwei bis drei Jahren die Schmetterlinge im Bauch dem Alltag Tribut zollen. Unsere Emotionen, unser Gefühl und unser Verhalten prägt unser Verhältnis zum Partner. Lebenslust und Glück in der Beziehung können wir fördern, indem wir Nähe und Distanz, Sanftheit und Härte zulassen. Festigen können wir die Beziehung, indem wir dem Partner Hure und Göttin, Teufel und Engel sind. Das ist sicher für euch nichts Neues, aber es ist eben auch immer wieder notwendig, sich dessen bewusst zu sein. Ohne Veränderung entsteht leicht eine Unlust.

An folgendem Beispiel seht ihr unsere Denkweise: Fotzen mit F empfinden wir als abwertend, als Schlampe, als primitiv, als einfach, als Straßenstrich ...

Votzen mit V sind stolz auf ihre Weiblichkeit, auf ihr Können, auf Werte, auf sich, auf das Ambiente ...

Wenn ihr bei eurer Abrichtung so genannt werdet, denkt an das V, an euren Stolz, empfindet es als Kompliment.

Steht immer zu eurer Weiblichkeit! Begehrenswert zu sein,

ist doch ein Privileg, das der liebe Gott euch mitgegeben hat.

Wie bleibt Sex noch spannend? Gewöhnungseffekte erzeugen Langeweile. Nutzt den fast unendlichen Facettenreichtum, den Sex bietet. Details und Unterkategorien machen die Sache spannend. Einmal nur anal, nichts anderes, ein andermal nur ein Quickie. Heute auf dem Küchentisch, ein andermal ein spontaner Mundfick im Auto. Schafft solche Ausnahmen vom Gewöhnlichen. Nutzt das! Macht es einfach. Überrascht euren Partner. Männer lieben es, wenn Frauen die Initiative ergreifen, auch wenn sie das nie zugeben würden. Lasst sie in dem Glauben, dass es ihre Idee war. Seid clever und genießt es einfach.«

In der Runde sah sie viel Kopfnicken und Schmunzeln. Alle hörten Lena nun entspannter zu.

»Ob ihr Badminton oder Handball spielt, ohne Training kommt ihr über ein Mittelmaß nicht hinaus. Deshalb seid ihr hier. Ihr wollt bessere Fickerinnen, bessere SM-Gespielinnen, einfach die perfekte Partnerin für euren Mann, Freund oder Herrn sein? Aber, und das ist das Wichtigste, ihr macht es in allererster Linie für euch!

Unter DS versteht man eine devot/dominante Beziehung. Hier erzeugt eine deutliche Wortwahl, eine Anordnung, die devot befolgt werden muss, den besonderen Kick. In einer SM-Beziehung kommt noch die strenge körperliche Züchtigung hinzu. Eine Mischung aus Dienen, Gehorchen, Befolgen, aber auch Strafen provozieren durch Ungehorsam.

Ihr werdet zu devoten Drei-Loch-Votzen erzogen und benutzt. Hier werdet ihr an eure körperlichen Grenzen geführt. Im Masobereich sind unsere Herren in der Lage, die Intensität individuell anzupassen. Schmerz soll Lust erzeugen. Du sollst deinen Körper spüren mit all deinen Sinnen, eintauchen in eine neue Welt der Emotionen. Lass es einfach mit dir geschehen.

Finde Zugang zu einer neuen Lustbarkeit. Wenn du SM mit strenger Erziehung schon lebst oder erlebt hast, geh mit uns zu neuen Grenzen. Die Jungs haben die Erfahrung, um dich richtig einzuschätzen und weiterzubringen.

Ganz wichtig! Versucht euch treiben zu lassen! Alles zu hinterdenken, einzuordnen, abzuwägen und zu bewerten, ist nicht förderlich für euer Wohlgefühl. Nach Wochen seht ihr manches in einem anderen Licht. Da wir alle unterschiedlich sind und unterschiedlich empfinden, wird jede von euch manches lieben, manches verfluchen, manches ablehnen. All das ist normal. Geht in jede Session mit einer positiven Einstellung und denkt immer daran: Hier geht es um Erleben und Zulassen von Sinnlichkeit und Lust.

So, nun noch ein kleines Spiel. Auf der Karte, die ich euch gebe, steht ein Wort. Ich möchte offen und ohne Tabus hören, was euch dazu einfällt. Ihr habt euch entschlossen, hierher zu kommen. Also bitte, keine Zurückhaltung! Carla, du bist als Erste dran.«

Carla las ihr Kärtchen. Mit rotem Kopf und mit deutlicher Verlegenheit, versuchte sie ihre Aufgabe im Sinne von Lenas Aufforderung zu erledigen. »Das fängt ja ganz deftig an. Hier steht: Arschvotze. Das ist eine meiner Schwächen. Trotz viel Vaseline und langsamem Eindringen, empfinde ich es oft als schmerzhaft. Eine innere Blockade kann auch die Ursache meines Schmerzempfindens sein. Ich erwarte etwas, was dann auch eintrifft. Ich möchte jederzeit in meinen Arsch fickbar sein. Es geht mir um das Wissen, dass es möglich ist. Ob ich es in der Situation möchte, ist etwas anderes. Es geht mir um meine Lusterfüllung, nicht nur um die des Partners. Ich will meinen Körper spüren, mehr Lust empfinden können. Ich möchte auch noch sagen, warum ich hier bin. Ich darf von mir sagen, dass ich in meinem Job sehr erfolgreich bin. In einigen

Sportarten habe ich schon manchen Pokal gewonnen. Hier im Camp möchte ich mich in meinen weiblichen Fähigkeiten auf einen höheren Level bringen lassen. Ich freue mich darauf, diese neue Erfahrung zu machen.«

Lena nickte. »Danke, das ist der Grundgedanke des Camps. Jetzt bitte Lara! Was steht auf deiner Karte?«

»Okay. Da steht: devot und maso. Ich wäre nicht hier, wenn ich nicht diese Neigungen hätte, natürlich nur innerhalb einer Session. Devot sein ist ein Sich-hingeben. Ohne Vertrauen geht nichts. Leichter Schmerz macht mich körperbewusst. Ich spüre mich. Natürlich geilt es mich auch richtig auf, wenn mein Partner seine Lust befriedigen kann. Blümchensex kann sehr lustvoll sein, aber ab und an möchte ich so richtig hart rangenommen werden. Wenn beide so denken, ist Sex eines der wichtigsten Dinge, ein Bindeglied in der Partnerschaft. DS mit der Spielweise devot und dominant, erweitert je nach Stimmung um ein Vielfaches die sexuellen Möglichkeiten, deshalb gehört es für mich natürlich dazu. Ich bin sehr gespannt und gewillt, neue Erfahrungen hier zu erleben.«

»Danke. Sari, bitte, was hast du auf deinem Kärtchen stehen?«

»Hier steht: Abrichtung. Das Wort hat etwas extrem Negatives. Es hat mich zunächst abgestoßen. Tiere kann man abrichten, aber Menschen? Inzwischen verstehe ich diese Wortwahl. Sexuell erzeugt etwas Perverses, etwas Abstoßendes bei mir mitunter genau den gegensätzlichen Effekt. Obwohl ich es von der Vernunft und meiner moralischen Grundhaltung her ablehne, berührt es mich, und ich werde stark erregt. Ein sehr irritierendes Gefühl. Ich könnte mich dafür schämen. Mein Verstand lehnt etwas ab, und ich werde geil. Das ist schon etwas Perverses, etwas Unheimliches. Hier im Camp verstehe ich unter Abrichtung die Summe des neu zu Erlernenden, eine große Erweiterung meiner sexuellen Praktiken, aber das geht nur, wenn ich zu meiner Weiblichkeit stehe. Ich muss es wollen, das ist mir bewusst. Alles hier ist eine große Herausforderung für mich, und ich habe schon ein wenig Muffensausen vor den kommenden Tagen.«

Schmunzelnd kam die Antwort von Lena: »Danke Sari! Ich kann alles, was du gesagt hast, nur unterstreichen. Muffensausen brauchst du aber nicht zu haben. Unser Team will das Beste für dich.«

Dann begrüßte Lena eine Frau namens Eva. »Du bist mit über achtundfünfzig Jahren unser Liebling im Camp. Du kommst aus Paris und bist dort Lehrerin für Deutsch und Physik. Toll, dass du dabei bist. Ich habe dir keine Karte gegeben. Bitte erzähl uns einfach, warum du hier bist. Was erwartest du für dich?«

»Ganz klar: deftigen Sex!«

Ein Lachen erfüllte den Raum und spontaner Beifall von allen.

»Eine meiner Lieblingslebensweisheit ist: ›Das Leben kommt von vorn!‹ Ich lebe im Jetzt, Hier und Heute. Ich habe Ansprüche an mich, bin aber gleichzeitig Realistin. Die Kinder sind schon lange aus dem Haus. Ich habe einfach Lust, im doppelten Sinne des Wortes. Ich habe einen tollen Mann kennengelernt. Mein altes, etwas konservatives Sexleben ist Vergangenheit. Ich liebe es, etwas verrückt zu sein, und ich glaube, da bin ich hier richtig. Ich möchte mich ausleben. Und noch eine Lebensweisheit: ›Es ist besser, zu genießen und zu bereuen, als zu bereuen, dass man nicht genossen hat!‹ Ich möchte nicht später auf dem Krankenbett liegen und mir vorwerfen, nicht einmal versucht zu haben, das zumindest kleine Glück dieser Welt zu finden. Ihr seht, ich bin hier, suche es, und immer wieder finde ich es! Das macht das Leben lebenswert.«

Alle fanden diese Einstellung super. Sari stimmte mit den gehörten Lebensweisheiten voll überein. Mit wenigen Worten, und viel Aussage, waren sie auf den Punkt gebracht.

Auch Lena nickte anerkennend. »Klasse Ansichten. Ich bin mir sicher, du bist hier richtig. So, Susan, du bitte noch.«

»Hier steht einfach: SM. Meine ersten sexuellen Erfahrungen waren toller Sex, der mich befriedigte. Aber als ich etwa vor einem Jahr im Netz BDSM-Pornofilmchen angesehen hatte, wurde ich doch neugierig. Tage später gingen mir vor dem Einschlafen bestimmte Szenen nicht mehr aus dem Kopf. Ich spürte, nicht immer nur die anständige Susan sein zu wollen. Als ich mir weitere Videos ansah, spürte ich, wie aufgewühlt ich war. Es berührte mich. Hier bin ich, um das alles besser zu verstehen und es real zu erleben. Natürlich bin ich auch einfach nur neugierig, wie das hier so abläuft. Auch neugierig, wie meine Psyche mit dem allem umgeht. Meine künftigen Partner können sich auf eine heiße Susan freuen. Oh, jetzt spreche ich von ihnen schon in der Mehrzahl.«

Ein Kichern erfüllte den Raum.

Lena lächelte. »Davon bin ich überzeugt, Susan. So, für heute lassen wir es dabei. Wir sehen uns wieder. Bis dahin habt ihr viel erlebt und könnt mir dann eure Gefühlslage schildern. Ab sofort ist es möglich, jederzeit mit mir Kontakt aufnehmen, denn bei allem, was euch geschieht, seid ihr dennoch unsere Gäste. Auf eurem Zimmer findet ihr weitere Informationen über den Tagesablauf. In zwei Stunden geht's weiter. Macht's gut!«

***

Auf dem Bett liegend, musste Sari besonders über einen Satz von Susan nachdenken. Auch sie wollte nicht immer nur die liebe, pflegeleichte, vernünftige, pflichterfüllende Sari sein. Obwohl sie absolut zufrieden mit ihrem bisherigen Leben war, störte sie, dass ihr eine gewisse Lockerheit fehlte. Sie wollte daran arbeiten, auch um ihrer Gesundheit willen.

Hatte ihr Mann es ebenso empfunden, und war das auch ein Grund, weshalb sie hier war?

Zu allen Menschen lieb, immer perfekt, nie laut oder unvernünftig, immer korrekt sein, fühlte sich oft wie eine Last an. Je mehr ihr das bewusst wurde, umso mehr war ihr klar, dass sie etwas ändern wollte und musste. Und genau jetzt war der Zeitpunkt gekommen, mal loszulassen, zu erleben, auszubrechen.

»Okay, Sari, deshalb bist du hier!«, sprach sie sich selbst Mut zu.

***

»Hi, guten Tag. Ich bin Claas, komme aus Schweden und habe in Deutschland studiert. Ich bin im Sommer für ein paar Monate hier, und heute verantwortlich, deinen Ausbildungsstand zu dokumentieren. Ich hoffe, wir beide kommen miteinander klar. Heute wird dein Eingangsprotokoll in den Computer eingegeben. Alle deine Fortschritte werden dokumentiert. Jeden Abend wird ein Team die Daten auswerten, um deine Ausbildung zu optimieren. Hier in diesem Raum können wir deinen Werte messen und vergleichen. Also, lass uns anfangen. Zieh dich aus und leg dich auf diese Pritsche.«

Sari dachte an ihren Mann. *Ich mache es für ihn*, kamen ihr die Gedanken. Das war natürlich nur die halbe Wahrheit ...

Ihr erster Eindruck von Claas war positiv. Jetzt ging es also zur Sache. Sie musste sich auf ein Y-förmiges Holzgestell legen. Ihre Beine waren weit gespreizt. So hatte sie sich noch nie präsentiert, mit so offener Votze. Natürlich war ihr das unangenehm. Mehrere Spanngurte umschlossen ihren Oberkörper und machten sie vollkommen bewegungsunfähig.

Sari konnte nicht denken. Sie ließ es einfach mit sich geschehen.

»Wir haben eine der modernsten Fickmaschinen, die es auf dem Markt gibt. Genieße die nächsten Minuten«, sagte Claas.

Nachdem er ein Kondom über den mittelgroßen Gummidildo geschoben hatte, führte er diesen bei Sari ein. Die Maschine begann mit langsamen Stößen in Saris Votze. Claas drehte an einem Regler.

»Das Neue an der Maschine ist, dass dich der Dildo ausgesprochen realistisch fickt. Ich stelle jetzt auf Automatik, dann wirst du unregelmäßig rangenommen, mit Pausen und allem Drum und Dran, wie im richtigen Leben.«

Tatsächlich wurde Sari mal wild und hart, dann wieder softig durchgefickt. Langsam verloren sich ihre Gedanken. Die Votze schmatzte, war patschnass. Obwohl es nur ein nüchterner Maschinenfick war, konnte sie sich nicht gegen ein aufkommendes geiles Gefühl wehren.

Nach einer Weile sagte Claas: »So, das war nur das Vorspiel. Jetzt beginnt unser erster Test.« Er schaltete eine Uhr am Laptop ein. »Ich lass dich jetzt abspritzen und zwar richtig. Die Dauer, bis du kommst, ist unser erster Richtwert.«

Er nahm den »Magic-Wand«-Großkopfvibrator zur Hand und hielt ihn an Saris Kitzler. Stöße mit der Fickmaschine und jetzt dazu noch der Supervibrator ... Sie wurde perfekt elektrisch gefickt. Der Vibrator an ihrer Klit war der Hammer! Natürlich nutzte Claas seine ganze Erfahrung. Hier waren sich alle Mädels sehr ähnlich.

Nach kurzer Zeit schon vergaß Sari alles um sich herum. Sie schloss ihre Augen, presste ihren Kopf auf das kleine Kissen und dann kam es ihr.

»Du spinnst ... du bist verrückt ... Mann, ist das geil ... Wahnsinn ...!« Sie wand sich in den Gurten. Speichel lief aus ihrem Mund. »Jetzzzzzzzzzt ... ich kommmme ...« Ihr Gehirn spielte verrückt. Zuckungen gingen durch ihren Körper ... »Wahnsinn ...«

Erschöpft und im Taumel der Glückshormone kam sie nur sehr langsam in die Realität zurück. Sie kannte sich nicht wieder. Für Sekunden war es ihr nur noch peinlich. »Was mache ich hier? Vor einem Fremden. Das bin doch nicht ich«, murmelte sie vor sich hin.

Eine Stimme zerpflückte ihre Gedanken. »Ganz ordentlicher Wert. Ich gebe dir noch zwei Minuten, dann geht's weiter. Steh auf und komm dann hierher.«

Taumelnd, mit weichen Knien, stand Sari auf und ging auf Claas zu.

»Etwas schneller! Reiß dich zusammen. Setz dich hier auf den Hocker vor den Dildo. Ich möchte jetzt sehen, wie es um deine Mundvotze bestellt ist. Dieser Dildo hat Standardgröße. Nimm ihn so tief wie du kannst in deinen Mund auf. Wenn du würgen musst, machst du trotzdem weiter. Verbleib in der tiefsten Position, lerne zu atmen. Auf dem Dildo sind Striche mit Zentimeter-Angaben. Los jetzt, zeig mir, was du drauf hast.«

Sari tat, wie ihr befohlen und nahm den Dildo zwischen ihre Lippen.

»Komm, weiter und tiefer!« Claas trat hinter sie und drückte ihren Kopf druckvoll auf den Dildo. Sie musste würgen. »Du sollst ihn tiefer aufnehmen. Jetzt du allein. So tief du kannst. Streng dich an.«

Sari strengte sich wirklich an, musste aber ständig unterbrechen. Der Würgereiz war stark.

Claas notierte die Zentimeter. »Nun kommt es auf die Aufnahmedauer an. So tief wie möglich und dann so lange wie möglich diese Position halten.«

Jede Sekunde kostete sie Überwindung.

»Komm, nochmal! Das kannst du doch besser!«

Mit hochrotem Kopf und glasigen Augen wegen der Anstrengung schaute Sari ihn unsicher an. Erneut ging sie an ihre Grenzen, nahm ihn tief auf und versuchte, irgendwie zu atmen.

»Ich frage mich, was du die ganzen Jahre gemacht hast. Da kommt noch viel Training auf dich zu. Das ist nicht viel, was du ablieferst. Kommen wir zum letzten Test heute Abend. Stell dich hier hin und leg deinen Oberkörper auf die Liege. Beine weit auseinander. Ich überprüfe deine Arschvotze, dann kannst du auf dein Zimmer.« Er verstellte die Fickmaschine, fettete den Dildo etwas ein und setzte ihn an ihre Arschrosette. »Okay, entspann dich.« Der Dildo drückte sich durch ihre enge Öffnung. So ließ Claas sie einige Zeit ausharren. Dann schaltete er die Fickbewegung dazu.

Sari liebte es, wenn ihr Mann sie in den Arsch fickte. Am Anfang war oft ein leichter Schmerz. Danach aber brach der Taumel los. Einfach ein super geiles Gefühl. Aber hier ... hier holte sie doch ihr Schamgefühl ein. Diese brutale, nüchterne Sachlichkeit machte es ihr nicht gerade leicht.

»Jetzt Dildogröße zwei«, unterbrach Claas ihre Gedanken.

Sari zuckte zusammen, als der künstliche Penis ihr Arschloch teilte. Sie wollte und musste es aushalten. Diesem Claas wollte sie zeigen, wer sie war. Der Dildo fickte sie jetzt richtig durch. Mit Stolz, Lust und Schmerz, das volle Programm, ließ sie es über sich ergehen.

Claas langte an ihre Votze. »Bist patschnass. Naja, dann geben wir dir mal Dildo drei.«

Sari erwartete nichts Gutes. Schon beim Ansetzen spürte sie die Größe und Dicke. Als er dann eindrang, versuchte sie noch, durch Gegenpressen ihn aufzunehmen, aber der Schmerz war stechend. Immerhin hatte sie ihn in ihrer Rosette, aber es reichte jetzt.

»Aufhören! Bitte abschalten!«, flehte sie.

»Gut, dass du bei uns bist. Da kommt noch viel Arbeit auf uns zu. Dein Mann hat dich zurecht zu uns geschickt. Du bist einfach nur Durchschnitt, mehr nicht. Das ist zu wenig. Hast du mich verstanden? Was bist du?«

»Ich bin noch nicht gut genug.«

»Er will eine perfekte Drei-Loch-Votze, und ich verspreche, die machen wir aus dir. Ich gebe dir jetzt noch zwei wichtige Teile mit. Zunächst diesen Metall-Analplug. Im Test eben hast du den mittleren Dildo geschafft. Abgestimmt darauf also Größe zwei. Dann, ganz wichtig, diese Metallkugel, die du in deine Votze aufnehmen musst. Größe und Gewicht dienen dazu, deine Beckenmuskeln optimal zu trainieren. Die Wirkung ist enorm. Beide Teile sind aus teurem Edelstahl, hygienisch gut zu benutzen und zu reinigen. Die Kugeln und der Plug sind ein Geschenk des Hauses, du darfst sie also mit nach Hause nehmen. Es lohnt sich, sie auch dort immer wieder einzusetzen. Zum gesundheitlichen Vorteil kommt eben auch die Schulung des Kopfkinos. Morgen beim Frühstück hast du, wie die anderen Neulinge, beide Teile zu verwenden. Was hast du morgen beim Frühstück?«

»Ich habe beide Teile zu benutzen.«

»Ich möchte es deutlicher hören. Wir sind hier nicht im Kindergarten. Was möchte ich hören?«

»Morgen beim Frühstück habe ich in meiner Votze die Kugel, in meinem Arsch den Plug zu tragen.«

»Geht doch! Denk nur noch so, rede nur noch in dieser Wortwahl im Camp. Verstanden?! So, jetzt aber ab auf dein Zimmer.«

***

Im Bett liegend fühlte sie, wie mitgenommen sie war. Alles war so ungewöhnlich, so plötzlich, so unwirklich, andererseits aufwühlend, und das, musste sie zugeben, trotz allem extrem geil. Sie hatte sich vor einem Fremden präsentiert, seine Anweisungen willig befolgt. Sich zu hinterfragen, machte jetzt auch keinen Sinn mehr. Was kam alles noch auf sie zu?

Ihr Schädel brummte, ihr Arsch brannte. Das Anschauen und Lesen der Webseite war eines, es hier und jetzt real zu erleben, etwas total anderes. Aber es war das, was sie wollte: Ausbrechen aus dem kontrollierten Alltag.

Ihr Mann, ihre Familie, alles war so verschwommen, nach dieser kurzen Zeit schon so weit weg. Sie wusste nicht, ob sie sich gut oder schlecht fühlte. Nach einem wirren Rückblick auf das Erlebte, schlief sie erschöpft ein.

***

Alle Frauen begrüßten Sari morgens mit einem freundlichen Hallo. Das Frühstück war wie immer ein Genuss.

Carla, Susan und Svenja berichteten aufgedreht über ihren Eingangstest vom Vorabend. Sie waren zu viert in der gleichen Gruppe.

Als Sari ihnen peinlich berührt erzählte, dass sie nur mit durchschnittlich bewertet worden war, nickten die drei anderen.

»Meinst du, wir hätten ein anderes Ergebnis«, sagte Carla lachend.

Jetzt zeigte sich der große Vorteil dieses Camps: Man war nicht allein, empfand sich umgehend als Gemeinschaft. Tim hatte schon recht. Die vier Frauen vertrauten sich einander an, waren offen. Man war unter Gleichgesinnten, konnte sich austauschen, die Gefühle und Empfindungen teilen.

Das tat Sari unendlich gut.

»Und, wie fühlt ihr euch mit Plug und Kugel?«, fragte Carla. »Clever von den Herren, oder? Ich spüre sie jede Sekunde, bin ununterbrochen im sexuellen Kopfkino. Jeder hier sieht den Analplug und weiß um die Kugel. Es ist einfach geil, wenn ich die Blicke bemerke. In jeder Position und bei jeder Bewegung muss ich mich konzentrieren, die Kugel nicht zu verlieren. Es ist ein ständiger Hinweis auf meine Ausbildung zur Sub. Praktisch bin ich unentwegt in einer sexuellen Anspannung. Ist schon der Wahnsinn, oder?!«

Sari nickte und auch Svenja und Susan stimmten zu.

Tim kam an ihren Tisch. »Einen schönen guten Morgen. In einer Stunde meldet ihr euch bei eurem Herrn. Heute werdet ihr speziell im Mundfick ausgebildet, dem wichtigsten Element im DS- und SM-Bereich. Also, gebt euer Bestes! Alle hier haben Respekt und Achtung vor euch. Es gibt in unserer Truppe keinen einzigen Sadisten oder Spinner, obwohl die eine oder andere es manches Mal so empfinden könnte. Eure Psyche wird stark belastet werden, aber denkt immer daran, ihr seid freiwillig hier. Ihr werdet angehalten, an eure Grenzen zu gehen. Unser ganzes Programm basiert auf jahrelanger Erfahrung. Meine Bitte ist, allen zu vertrauen, die euch euren neuen Weg zeigen. Fühlt euch einfach wohl.«

***

Jean betrat den Raum. Ein sportlicher, etwa fünfunddreißigjähriger, großer, gutaussehender, sympathischer Franzose. Braungebrannt, in Jeans und schwarzem T-Shirt trat er auf Sari zu.

»Bonjour Sari«, begrüßte er sie. »Mein Deutsch ist nicht perfekt, aber ich denke, wir verstehen uns trotzdem. Mach alles so, wie ich es dir sage! Wiederholen möchte ich nichts. Ob du vorher etwas so oder anders gemacht hast, interessiert mich und meine Kollegen nicht. Merke dir diesen Satz! Er gilt ab sofort für alle deine Ausbildungen. Wir führen dich, du hast es zuzulassen, zu befolgen.«

Mit ruhiger Stimme gab er ihr die erste Anweisung. Sie kniete vor ihm nieder, öffnete seinen Reißverschluss und nahm den halbsteifen Schwanz in ihren Mund. Wie sie es gewohnt war, schob sie ihren Kopf vor und zurück. Mal schneller, mal mit Gefühl. Er wurde hart.

»Okay, ganz gut. Jetzt nimm nur die Eichel zwischen deine Lippen. Lecke und ficke nur diesen Teil. Hey ... press deine Lippen enger zusammen. Noch enger! Gut so ... Jetzt den ganzen Schwanz. Voll rein in deine Mundvotze. Du sollst sie enger machen! Komm ... Und jetzt tiefer und so bleiben. Ich will dich spüren. Streng dich an!«

Sari würgte und zog sich zurück. Dann versuchte sie es nochmals. Es ging nicht. Sie entließ seinen Schwanz aus ihrem Mund und hustete.

Jean zog sie an ihren Haaren zurück. »Regarde moi! Du hast nichts verstanden! Hey ... du sollst mich anschauen! Wir machen hier, wie ihr in Deutschland sagt, kein Kasperletheater! Reiß dich zusammen! Ich will keine alberne Rumlutscherei. Ich will dich erleben ... deine Geilheit spüren ... deinen Mund als Votze spüren.«

Er zog sie an den Haaren so tief über seinen Schwanz, bis sie seine Eier berührte. Sie würgte, bekam Atemnot. Ruckartig zog er seinen Schwanz zurück. Er ließ sie kurz Luft holen, dann fickte er sie mit brutaler Grobheit zwischen ihre Lippen.

»Komm, jetzt du! Schnelle Fickbewegung ... danach ganz tief ... lern zu atmen.« Er drückte ihren Kopf tief über seinen Schwanz.

Sie erstickte fast.

Er fickte sie ...

Ihr Gesicht war hochrot angelaufen. Speichel tropfte auf den Boden. Ihre Augen waren gerötet. Tränen liefen über ihr Gesicht.

»Hast du verstanden, was Männer wollen? Kein Vanillasex mit etwas, wie ihr sagt, ›blasen‹. Dein Mund hat eine enge perfekte Votze zu sein!«

Immer wieder fickte er sie, korrigierte sie energisch. Immer enger und tiefer nahm sie seinen Schwanz auf. Er hatte recht.

So intensiv hatte sie das bisher nicht gekonnt. Jetzt fickte er sie mit schnellen Stößen. Der Begriff Mundvotze war Realität geworden. Sie lernte schnell.

Viele weitere Minuten vergingen mit diesem Training. Und es zeigte Wirkung. Er war jetzt zufrieden mit ihr.

Jean legte sich mit seinem Oberkörper auf den Tisch.

»Rimming ist angesagt.« Er zeigte ihr seinen nackten Arsch. Zuerst sollte sie seinen Schwanz nach hinten ziehen, ihn wichsen und dann mit dem Mund weiterbedienen. Schließlich sollte sie mit der Zunge über sein Arschloch lecken.

Sie war anfänglich geschockt über diesen Befehl, musste aber zugeben, dass sich ihr ein geiler Anblick bot. Sie schaltete ihre Gedanken aus und presste ihre Lippen auf sein Arschloch. Vorsichtig schob sie ihre Zunge hinein. Sie merkte, wie er schneller atmete. Das spornte sie an, es ihm jetzt leidenschaftlich und unkontrolliert zu besorgen.

Bevor sie so richtig in Fahrt kam, stoppte er sie. »In Ordnung!« Er kam vom Tisch und sagte: »Jetzt kann ich dich auf die Jungs loslassen. Du hast deinen Plug und die Kugel dabei? Dann führ dir nun beide Teile ein.«

Vor den Augen von Jean schob Sari sich die Metallkugel in ihr Fickloch. Etwas Spucke auf den Analplug, und die Kugel verschwand in ihrer Rosette. Auch das hätte sie vor Tagen als unmöglich angesehen. Es kostete sie trotzdem noch Überwindung, so vor einem unbekannten Mann den Plug in ihren Arsch zu drücken, aber der sah das ja nicht zum ersten Mal.

»Ich lasse jetzt unsere Herren aus der Küche kommen. Philipp und Pascal wollen ihren Spaß. Du wirst ihr Sperma komplett, bis auf den letzten Tropen, aufnehmen, enttäusch mich nicht!«

Sari zuckte zusammen. Von ihrem geliebten Mann hatte sie nur ab und zu mal alles aufgenommen. Und jetzt sollte sie gleich von zwei ihr fremden Männern alles schlucken? Zeit zu überlegen hatte sie nicht, denn die beiden hungrigen Männer waren augenblicklich im Raum, nachdem Jean sie gerufen hatte.

Philipp und Pascal fickten sie abwechselnd in ihren Fickmund. Sie waren in ihrer weißen Arbeitskleidung, hatten einfach nur ihren Schwanz aus der Hose genommen und waren bereit.

Jean gab den beiden und Sari seine Anweisungen. Alles eben Erlernte wurde durchgespielt.

Sari war konzentriert bei der Sache. Ihr Fickmaul schmerzte zwar, aber sie war hier, um perfekt zu werden und ... sie wurde geil bei der Sache. Noch nie hatte sie es mit mehreren Männern getrieben. Natürlich hatte sie irgendwann daran gedacht, es vielleicht mal mit zwei Männern zu treiben, aber jetzt, so, ganz real ... Das war etwas ganz anderes!

Sie besorgte es Philipp so richtig. Sie nahm ihn tief und lange auf und ließ ihm durch schnelle Fickbewegungen keine Chance, ihrem Mund zu entkommen. Die Kugel in ihrem Inneren rotierte, und auch den Plug konnte sie spüren. Sari war nur noch eine Sexmaschine, die zu funktionieren hatte.

Philipp kam mit lautem Stöhnen. Sie versuchte, alles zu schlucken, aber einiges lief ihr aus dem Mund. Er hatte ausgesprochen druckvoll abgespritzt. Sie war unzufrieden mit sich. Zwar hatte sie geschafft, einen Großteil zu schlucken, aber ein Teil lief trotzdem über seinen Schwanz.

»Komm«, forderte Jean, »leck ihn wenigstens sauber, dann kann ich es akzeptieren.«

Das tat sie, perfekt sogar. Denn so etwas sollte ihr nicht noch einmal passieren. Sari gestand sich ein, noch einiges lernen zu müssen.

»Jetzt kommt Pascal«, verkündete Jean, »und ich will, dass du das tust, was ich von dir erwarte! Hast du verstanden?!«

Sari nickte heftig. Sie war unglaublich aufgedreht, befand sich in einer unwirklichen, geilen, eigenen Welt ... irgendwie erniedrigt und doch gleichzeitig willig, es richtig gut und perfekt zu machen.

»Komm, zeig mir, was du drauf hast. Scheinst ja ein geiles Mädel zu sein. Auf geht's, komm her«, sagte Pascal aufgegeilt. »Zunächst fick ich dich zwischen deine Lippen, dann bist du dran.« Er nahm sie richtig ran.

Und schon nach wenigen Sekunden begann ihr ganzer Mundbereich zu schmerzen.

»Ich will dich enger! Streng dich an!« Jetzt fickte er sie brutal. Dann blieb er lange und tief in ihr.

Sie wollte durchatmen, doch er zog sie an den Haaren über seinen Steifen.

»Komm, nicht so zimperlich! Nimm ihn!«

Jetzt musste sie es ihm besorgen! Mal tief, mal ein Zungenspiel um die Eichel, mal langsam, dann mit schnellen Kopfbewegungen. Er wusste genau, was er wollte, lenkte sie.

Sie presste ihre Lippen zusammen, umschloss den Schwanz perfekt, machte ihre Mundvotze so eng wie es ging. Sie war emotional voll dabei, aufgegeilt. Sie leckte seine Eier, nahm sie einzeln zwischen ihre Lippen. Dann war wieder sein Schwanz in ihrem Mund, tief, und sie übte mit ihren Lippen und Zähnen einen starken Druck auf ihn aus. Langsam, immer enger, und es fing an, Pascal zu schmerzen. Sie lockerte das Ganze, um es zu wiederholen. Deutlich spürte sie die Kugel in ihrer nassen Pussy. Sie musste in dieser Position die Muskeln anspannen, um sie nicht zu verlieren. Der Plug in ihrem Arsch machte die Sache nicht leichter.

»Du Votze, hast einen richtig geilen Fickmund, machst es echt richtig gut«, stöhnte Pascal. »Ahhhh ... ich komme ... schluck es! Jetzt!«

Sie saugte ihn leer. Sie musste es ... sie wollte es ... sie tat es. Beim Schlucken würgte sie leicht, aber sie wollte es sich selbst und den Herren zeigen. Diesmal war es perfekt!

»Okay, sehr gut«, lobte Jean. »Ich habe nichts anderes von dir erwartet. Merci euch beiden, und ab in die Küche. Ich erwarte als Dank ein besonders leckeres Essen. Bis später.« Mit einem Lachen verabschiedete er die Köche.

»Haben die beiden nicht einen Traumjob? Sie kochen für uns, bekommen eine gute Bezahlung und werden gratis von den geilsten Mädels verwöhnt. Das ist doch unglaublich! Hier, trink einen Schluck. Nimm das Handtuch und mach dich sauber. Jetzt hast du mir noch zu dienen.«

Sari tat es und atmete tief durch, machte sich bereit, Jean alles zu geben, was sie konnte.

»Komm her«, sagte er schließlich, »schau mich an! Schließ die Augen, öffne deinen Mund und bleib so. Was hast du zu machen?«

»Mund auf, Augen zu und so bleiben.«

»Genau. Mach das jetzt. Okay. Gut. Bleib so! Hast du verstanden! Auflassen! ... genau so!«

Als Sari die warme Pisse spürte, zuckte sie unwillkürlich zusammen. Damit hatte sie überhaupt nicht gerechnet. Sie prustete, und einiges lief daneben.

»Was hatte ich gesagt?! Reiß dich zusammen! Mund auf!«

So unangenehm, wie sie erwartet hatte, war es wirklich nicht. Warm und salzig ja, aber ansonsten ... Sie nahm so viel auf, wie sie konnte. Der Rest lief ihr über den Körper. Jean verteilte den Saft lustvoll über ihre beiden Titten.

»So, leck ihn noch sauber. Dann ist diese Session beendet. Ruh dich etwas aus und komm so gegen sechzehn Uhr in den Garten.«

Sie leckte gierig die Pisse an Schwanz und Sack und wunderte sich, wie geil sie das machte.

***

In ihrem Zimmer angekommen, spürte sie, wie kaputt sie war. *Jetzt nur aufs Bett legen, durchatmen, erholen und alles verarbeiten ...*, sagten ihr ihre Gedanken.

Ihr Kiefer schmerzte. Ihr Mundbereich war wie taub. Aber was war das für ein Erlebnis! Schon jetzt konnte sich ihr Mann auf sie freuen. Und das war erst der Anfang!

Sari war stolz auf sich! Sie fühlte ihren Körper wie noch nie, erlebte lustvoll ihre Weiblichkeit und es bereitete ihr sichtlich immer mehr Spaß. Das mit der Pisse geilte sie sogar auf. Es gefiel ihr, zur »Dirty Sari« zu werden. Sie wusste, dass als nächstes die Überprüfung des Gelernten folgen würde. Statt ängstlicher Erwartung, wie noch vor Tagen, kribbelte es in ihr.

Auf jede neue Session war sie neugierig und gespannt, was sich die Herren für sie ausgedacht hatten.

***

Tim erklärte den Frauen, was heute noch auf dem Programm stand. »Wir haben Gloryhole etwas weiterentwickelt. Gloryhole Stores finden sich in Amerika und in vielen Städten. Bezahlen müssen dort Frauen wie Männer. Der Kick ist für beide Teilnehmer der unpersönliche, aber reale Kontakt. Anonymer, deftiger Sex mit Schwanz und Mundvotze. Für Männer wie Frauen kein weiterer Körperkontakt, kein sich in die Augen sehen, einfach nur das Eine. Fellatio mit Schwanz. Eine Neigung. Eine eigene, besondere Art der Sexualität. Ihr bekommt es jetzt kostenlos.« Das sagte Tim mit einem Augenzwinkern. Dann fuhr er fort: »Die Jungs stehen hinter einer Wand, die für euch unsichtbar ist. Durch ein Loch in dieser Wand stecken sie ihren Schwanz, und ihr habt ihn mit eurer Mundvotze abzumelken. Wir haben das Spiel etwas erweitert. Die Männer können durch eine Scheibe in Augenhöhe zusehen, wie eine von euch es sich selbst macht. Dazu könnt ihr den »Magic-Wand« verwenden.

Es wird so sein, dass zwei von euch die Jungs abmelken und eine für die unsichtbaren Zuschauer onaniert. Ihr wechselt euch alle fünfzehn Minuten ab. Vollaufnahme oder Abspritzen auf eure Titten wird erwartet. Setzt das Gelernte um.«

Die Frauen folgten Tim schweigend in einen kleinen Raum. Mehrere runde Löcher in verschiedenen Höhen waren in einer Wand. Im gegenüberliegenden Teil führte eine Treppe zu einem Podest, das in Augenhöhe der Männer angebracht war.

Susan ging mutig hoch und stellte ihre gespreizten Beine in die dafür vorgesehene Halterung. Der Raum war in Rotlicht getaucht.

»Das macht sogar mich an, so ein geiler Anblick«, gab Carla zu.

Auch Sari musste gestehen, dass diese eindeutige Pose sehr erotisch wirkte. Sari blickte zur Spiegelwand und sah, dass es die Männer dahinter aufputschte. Aber auch Frauen bemerkte sie hinter der Spiegelwand.

Der erste noch etwas schlappe aber ordentlich große Schwanz drängte sich durch das Loch.

Carla kniete vor ihm nieder und begann ihn zu bearbeiten. Wichsbewegungen mit der Hand und gleichzeitige Aufnahme mit ihrer Mundvotze ließen ihn prall und steif werden. Sie saugte und leckte mit sichtbarer Lust den präsentierten Schwanz.

Auch Sari wollte aktiv werden und ging zum nächsten Loch. Sie zog die Vorhaut zurück, widmete sich zunächst der prallen Eichel und saugte sich fest. Dann nahm sie den ganzen Schwanz.

Susan hatte einen Vibrator an ihren Kitzler gesetzt. Nach einigen Minuten wurde sie sichtbar unruhig. Ihre Geilheit wirkte nicht gespielt. Ihr Votze triefte, Saft floss in ihre Arschritze. Der ganze Bereich war nass. Ihr war bewusst, dass viele Augenpaare sie beobachteten. Sie war selbst am meisten erstaunt, wie stark aufgeilend das auf sie wirkte. Sari sah es ihr an. Und schon spielte Susan wieder mit dem Vibrator an ihrem Kitzler.

Sari lenkte ihre Aufmerksamkeit wieder auf den Schwanz vor ihr und bearbeitete ihn mit eng geschlossenen Lippen. Sie unterstützte das mit Melkbewegungen ihrer Hand. Minutenlang leckte und wichste sie diesen Schwanz. Tief nahm sie ihn auf, presste ihre Lippen zusammen. Mit schnellen Kopfbewegungen brachte sie ihn zu ihrem Ziel. Er wurde noch praller, pulsierte und explodierte. Seine volle Ladung spritzte ihr in den Rachen. Sari empfand es als normal, was sie tat. Vor Tagen noch undenkbar, aber hier in diesem Umfeld, in diesem Ambiente, war es einfach Realität. Ihr Ehrgeiz war es, Schwänze zum Abspritzen zu bringen. Sie erfüllte eine tiefe Befriedigung, wenn er kam. Der Campbesuch hatte sie jetzt schon verändert.

Ihre Votze triefte vor Nässe. Sie fühlte sich in einem Taumel der Gefühle, registrierte zeitweise das komplette Umfeld nicht einmal mehr.

Als sie ihn saubergeleckt hatte, wurde der wieder schlappe Schwanz zurückgezogen.

Der Nächste wurde durch das Loch gesteckt. Noch das Aroma des Vorgängers in ihrem Mund, bearbeitete Sari ihn in ihrer perfekten Art. Als sie ihn so richtig steif und prall hatte, wurde ihr bewusst, dass sie ihren Job hier schon verinnerlicht hatte. Sie machte ihn beinahe mit sportlichem Ehrgeiz. Die Bestätigung ließ nicht lange auf sich warten.

Sari blickte zu Carla, die eifrig dabei war, einen etwas gebogenen, kleineren Schwanz zu bedienen. Teile des Spermas spritzten ihr ins Gesicht. Sofort stülpte sie ihren Mund über den tropfenden Schwanz, saugte und leckte den Rest auf.

»Sieht schon so aus, als wäre sie samengeil«, rief sie zu Susan hoch. Diese war vom Treiben und den Zuschauen ihrer drei Kolleginnen anscheinend so aufgegeilt, dass sie nur zu einem Nicken fähig war. Ihre Votze glänzte patschnass.

Jeder der Zuschauer wurde aufgegeilt.

Svenja und Carla bildeten jetzt ein Team. Abwechselnd lutschten und bearbeiteten sie einen Schwanz. Mit einer Hand haltend und wichsend, steckte Carla ihn Svenja zwischen ihre Lippen.

Ist das ein lustvoller Anblick!, dachte Sari. Der Schwanzträger wusste wahrscheinlich nicht, wie ihm geschah.

Als Sari Susan ablöste, gab es kein Halten mehr. Susan war unglaublich gierig. Der junge Mann konnte sich freuen. Susans Fickmund nahm seinen Steifen so tief wie möglich auf und blieb lange in dieser Position. Dann melkte sie ihn mit schnellen Bewegungen, um ihn dann wieder in seiner ganzen Pracht zu schlucken. Man konnte nicht erkennen, dass er abspritzte, da sie sich nicht zurückzog.

Sari präsentierte währenddessen ihre nasse Votze mit einem spürbar voyeuristischen Selbstverständnis, als machte sie das schon immer. Es war aber auch ein toller Anblick für die Herren. Mit dem Samengeschmack im Mund und dem Vibrator an ihrem Kitzler, geilte Sari sich so richtig auf. Durch seine schnellen Umdrehungen und seine große Auflagefläche verhalf er ihr schnell zu dem einen Ziel ... Sichtbar für alle, kam es Sari in Wellen. Sie tat es nicht für die Zuschauer, sie tat es, weil sie es brauchte, weil sie sich so aufgegeilt hatte, tat es für sich. Sie konnte gar nicht anders!

***

Das spätere Abendessen genoss Sari wie selten. Zweimal war ihr Teller bis zum Rand voll. Als Philipp an ihrem Tisch vorbeiging, konnte er es sich nicht verkneifen, ihnen zuzurufen:

»Ihr müsstet doch alle satt sein, bei der reichlichen Vorspeise!«

Das Gelächter war groß, die Ansage verstärkte noch ihre gute Laune.

***

Saft und Wasser waren täglich das Hauptgetränk. Alkohol gab es nur wohldosiert zu bestimmten Anlässen. Es gab eine klare Philosophie im Camp: Alle sollten jede Aktion bewusst und ohne Stimulanzen erleben. Pillen oder Tropfen waren absolut verboten, auch nicht notwendig.

Wenn man es so nennen wollte, hatte sich Sari hier eingelebt. Sie lebte in einer Art Tunnel, ohne sich Gedanken zu machen. Im Hier und Jetzt ließ sie sich treiben. Ähnlich ging es auch den anderen Mädels. Im Gespräch untereinander definierte Carla ihr Hiersein als »unwirkliche Wirklichkeit«, was alle eine schöne Definition fanden.

Alle vier verabschiedeten sich direkt nach dem Essen. Sie waren erschöpft, müde und ausgepowert. Sie spürten jeden Muskel ihres Körpers, besonders in einem bestimmten Gesichtsbereich. Der nächste Tag würde sie bestimmt noch stärker an ihre Grenzen führen.

***

»Heute kommen die ersten masochistischen Elemente dazu. Die Ansprache wird härter. Ihr habt zu dienen, werdet erniedrigt, gezüchtigt und benutzt. Unserem Personal ist unbedingt absoluter Respekt entgegenzubringen.«

Alle Mädels standen nackt im Abrichtungsraum. Fast nackt. Sie hatten rote High-Heel-Stiefeletten und halterlose, schwarzglänzende Strümpfe an. Für alle ein aufgeilender Anblick. Die unterschiedlichsten Gestelle waren an mehreren Stationen aufgebaut. Der Raum war abgedunkelt. Beleuchtet waren nur die einzelnen Aktionsbereiche. Ein internationales Team wartete auf sie. Claas, der Schwede, Leandro, ein Schweizer und Jean, der Franzose. Sie waren heute für die Frauen zuständig.

Sari wurde an eine Bretterwand geführt. Sie musste sich nach vorn beugen. Die Wand war mit einer engen Öffnung versehen. Der obere Teil wurde nach oben gezogen. Sie beugte sich durch die Öffnung und der obere Teil wurde über ihr geschlossen. Hände, Oberkörper und Kopf waren nun auf der einen Seite, Beine mit Votze und Arsch auf der anderen. Sie war praktisch zweigeteilt. So fühlte es sich auch an. Ihre Hände wurden mit Lederbändern an dem Brett festgezurrt, ihre Beine mit einer Spreizstange auseinandergezogen. Arsch und Votze waren so perfekt zugänglich. Es war immer wieder ein erregender, unglaublich geiler Anblick für alle Anwesenden. Über ihren Kopf wurde ein Sack aus grobem Leinen gestülpt. An ihre Nippel bekam sie Klammern gesetzt. Sie zuckte zusammen. Es schmerzte kräftig, aber sie zwang sich, den Schmerz auszuhalten.

»Zwanzig mit der Peitsche auf deinen Arsch, dann wirst du mehrfach durchgefickt. Dann zwanzig mit dem Rohrstock, wieder das gleiche Spiel.«

Sari erkannte die Stimme von Jean.

»Aus den Unterlagen kann ich ersehen, dass dein Mann deine Masoabrichtung wünscht. Es steht dir aber zu, jederzeit die Session abzubrechen. Du bist hier, um unserer Geilheit zu dienen. Du bist nichts als ein Objekt, das benutzt wird. Wir werden unseren Spaß mit dir haben. Jetzt erst Votze und Arschvotze, nachher deine Mundvotze. Wenn du nicht spurst, bekommst du Ärger.«

Bei dieser Session hatten auch Gäste die Möglichkeit, einige Zeit als unbeteiligte Zuschauer anwesend zu sein. Das Angebot wurde zahlreich angenommen. Im abgedunkelten Bereich stehend, schauten sie fasziniert dem Treiben zu.

»Sag, dass du eine verfickte Votze bist. Sag es laut!«

»Ich bin eine verfickte Votze.« Diese verbale Art der tiefen

Demütigung fiel ihr schwerer, als sich ficken zu lassen. Es war eine echte Überwindung.

Sie hörte, wie Jean auf sie zuging.

Er flüsterte in ihr Ohr: »Also, was ist? Wir möchten es hören. Laut!«

Sie musste schlucken. »Ich bin ein braves Mädchen, aber für euch bin eine dreckige, versaute, verfickte Votze! Macht mit mir, was ihr wollt.«

Sie war dankbar, den Sack über ihrem Kopf zu haben. Die Zuschauer konnten so ihre Verlegenheit nicht sehen.

Die Peitsche klatschte auf ihren Arsch. Sie spürte den Schmerz und ... sie wollte diese Erfahrung machen. Jetzt, hier, real. Nach dem letzten Peitschenschlag fickte sie einer der Männer. Er fand ein patschnasses Fickloch vor, denn Sari spürte ihre Nässe. Ihre körperliche Reaktion irritierte sie. Die Peitsche hatte also Wirkung gezeigt. So ging es ohne Pause. Bewegen konnte sie sich nicht. Ausweichen auch nicht. Eine seltsame Mischung aus Schmerz, Wollust und Geilheit durchströmte sie.

Zwanzig mit dem Rohrstock waren eine absolut schmerzhafte Erfahrung. Sie schrie laut auf, als ein voll durchgezogener Schlag besonders schmerzhaft war. Die Peitsche empfand sie als weit weniger schlimm. Mit dem Rohrstock war das ganz anders.

Nach einigen Schlägen stumpfte sie regelrecht ab. Die hormonellen Schutzfunktionen ihres Körpers begannen sie in einen angenehmen, rauschähnlichen Zustand zu versetzten. Die weiteren Schläge waren nur noch ein dumpfes, ziehendes Aufklatschen, fast schmerzfrei in ihrer Wahrnehmung. Auch das nächste Durchficken erlebte sie wie in Trance, spürte alles wie in weiter Entfernung.

»Du bekommst jetzt Gewichte an deine Nippel. Ich möchte

deine Titten unter jedem Kleidungsstück sehen können. Dafür müssen wir deine Nippel trainieren. Wir machen es für dich«, hörte sie Jean sagen.

Er befestigte eine Kette an beiden Nippeln und hängte ein rundes Metallgewicht daran. Sie schluckte den Schmerz hinunter.

Jemand nahm sich ihren Votzensaft und rieb ihr Arschloch ein. Langsam schob sich ein Schwanz in ihre Arschvotze. Er fickte genüsslich los. Keinen Millimeter konnte sie sich unter dem Holzgestell rühren. Besser konnte man den Arsch nicht präsentiert bekommen.

Natürlich schmerzte es am Anfang, aber nach einer Weile, das musste sie sich eingestehen, war es nur noch purer Genuss. In ihrem Tunnelblick ließ sie alles über sich ergehen. Hier, so festgezurrt, in dieser Position, spürte sie den Schwanz jetzt wieder extrem intensiv. Ständig schwankten ihre Gefühle, ihre Empfindungen, ihre Wahrnehmung. Die Position, die Fesseln, ihr ganzer Körper tat ihr weh. Lust und Schmerz vermischten sich. Die sauerstoffarme Luft unter dem Leinensack tat ihr Übriges. Es war verwirrend und gleichzeitig erregend.

Nach einigen Minuten zog der Mann hinter ihr seinen Schwanz heraus und fragte: »Sag mir, wohin wurdest du gerade gefickt? Sag es mir! Wir wollen es deutlich hören.« Es war Claas.

»Ich wurde in meinen Arsch gefickt«, antwortete Sari leise.

»Wir möchten es lauter hören!«

»Ich wurde in meine geile Arschvotze gefickt.«

»Siehst du, es geht doch, du dreckige Schlampe. Und weiter geht's. Du willst mehr?«

Sari schluckte. Ihr tat schon alles weh. Doch sie wollte tapfer sein und sagte: »Erzieht mich zur perfekten, devoten Sklavenvotze.«

»Das kannst du haben. Wie sollen wir dich rannehmen?«

»Fickt mich in alle Löcher. Besorgt es mir richtig.«

»Warum sollen wir das machen?«, fragte Claas.

»Ich möchte eine perfekte Ficksau werden. Eine perfekte benutzbare Sub.«

»Okay! Das lassen wir uns nicht zweimal sagen.«

Schon klatschte wieder die Peitsche auf ihren Arsch. Diese Abwechslung von Schmerz und gefickt werden, war heftig. Aber Sari spürte, dass das ihre neue Welt war. Eine ungekannte neue Dimension der Gefühle und Emotionen tat sich für sie auf. Das ausgeblendete Umfeld durch den Sack über ihrem Kopf, führte zu einer noch intensiveren Wahrnehmung und zu purem Kopfkino. Sie war angekommen. Jetzt war sie nur noch Votze.

Die Jungs hatten sie geschafft. Ihr Mann konnte sich freuen!

Das nächste Gerät kam ihr wie ein altes Bett mit Metallrahmen und Metallfedern vor. Sie wurde mit über den Kopf gezogenen Händen festgebunden, ihre Beine wieder weit gespreizt und an den Ecken festgezurrt. Sie lag festgebunden dort, ihre Votze offen und ungeschützt ...

Die ersten Peitschenschläge knallten auf ihr Lustzentrum. Sari schrie auf, hatte damit nicht gerechnet, denn sie trug noch den Sack über dem Kopf und konnte nichts sehen. Später erfuhr sie, dass es eine spezielle Stoffpeitsche war, sehr wirkungsvoll, aber nicht so verletzend wie eine Lederpeitsche. Ihr ganzer Körper zuckte immer wieder zusammen, aber sie biss sich auf die Lippen.

Nach den ersten zwölf Hieben kontrollierte ein Mann mit seinen Fingern die Wirkung. Alles nass, was ihn bestimmt nicht erstaunte. Die Schamlippen waren prall durchblutet und etwas angeschwollen.

»Wir machen gerade Pussycaning mit dir«, hörte sie eine fremde Stimme. Dass musste Leandro, der Schweizer sein. Ihn kannte sie noch nicht. »Schon jetzt wärst du bestens benutzbar, aber wir kriegen das noch wesentlich besser hin«, sagte er.

Dann kamen die nächsten zwölf Hiebe. So sehr Sari sich auch dagegen sträubte, sie spürte wie ihr der Votzensaft über ihren Arsch lief.

»Sehr schön! Knallrot und die Schamlippen schon perfekt geschwollen, so ist das geil. Ich liebe es eng. Jetzt lohnt es sich, dich zu lecken und zu ficken«, lobte Leandro.

Das Brennen zwischen ihren Beinen war deutlich. Der ganze Bereich um ihren Schlitz war extrem sensibilisiert. In ihrem Kopfkino wiederholten sich die Worte »enger« und »knallrot« und »geschwollen«, was sie immer geiler werden ließ. Die Spreizung ihrer Beine, das Herzeigen in aller Offenheit, das nasse Auslaufen ... klar denken konnte sie nicht mehr.

Sie wurde als Fickobjekt zur Lusterfüllung benutzt. Deutlicher hatte sie das noch nie empfunden. Wieder wurde sie richtig durchgefickt, dann bekam sie nochmals ein Dutzend mit der speziellen Stoffpeitsche. Danach knallte Leandro ihr noch sechs Hiebe mit dem Rohrstock auf die Innenseiten ihrer Schenkel. Der Sack auf ihrem Kopf machte das Atmen schwer. Sie war total verschwitzt. Nicht sehen können, wann der nächste Schlag sie traf, versetzte sie grundsätzlich in gewisse Panik. Das war natürlich gewollt. Aber sie hatte schon so lange durchgehalten, da würde sie die letzten Hiebe auch noch schaffen, obwohl es ihr jetzt von Sekunde zu Sekunde schwerer fiel. Mit einem Zischen traf sie der Rohrstock. Doch schon war ihre Kraft wieder verbraucht. Sari fing an zu jammern, zerrte nun an ihren Fesseln, war nahe daran, ihr Codewort zu rufen.

Die Jungs provozierten sie, zeigten Sari ihre Grenzen. Sie musste ihren ganzen Willen zusammennehmen, um nicht abzubrechen. Sie war körperlich am Ende und tief erschöpft.

»Okay. Gut so. Das reicht«, hörte sie Jean sagen. »Für den

Anfang bin ich zufrieden. Wir binden dich los. Du kommst jetzt auf den Y-Balken. Du kennst den schon von der Fickmaschine. Deine geschwollene Rotvotze wird jetzt geleckt, unter anderem auch von einigen unserer weiblichen Mitglieder. Sehen wirst du weiterhin nichts. Statt des Leinensacks bekommst du eine Augenbinde. Du sollst es ja genießen können. Verstehe es als Belohnung. Komm jetzt.«

Sie wollte nicht mehr, konnte nicht mehr, blieb einfach liegen, ihr war alles egal. Ihr Kreislauf war im Keller, ihre Akkus leer, von Lust keine Rede.

Sie hörte am Rande, wie sich ihre Peiniger besprachen.

Dann sagte Jean zu ihr: »Okay, du hast jetzt zehn Minuten Pause. Danach geht es aber weiter. Hier, trink etwas. Gleich bekommst du eine Belohnung, die dir gefallen wird.«

Sari wurde der Sack entfernt und sie konnte etwas trinken. Nach einigen Minuten kamen ihre Lebensgeister zurück. Sie spürte, wie sich ihr zerschundener Körper langsam erholte. *Ihr kriegt mich nicht klein*, dachte sie.

»So, alle Männer raus hier!«, befahl Jean. »Nur noch die Mädels bleiben. Erlebe die Kunst des Leckens wie es nur Mädels können.«

Das war wirklich eine super geile Belohnung. Minutenlang genoss Sari das intensive Gefühl an ihrem Kitzler. Einfach purer Genuss. Immer deftiger, immer geiler. Das schmerzliche Brennen um ihre Votze erhöhte zusätzlich ihre Lust. Hätte ihr das vorher jemand gesagt, hätte sie ihn für verrückt erklärt. Die Mädels waren einfach atemberaubende Leckerinnen. Sari war sich sicher, da kam kein Mann mit. Das war auf diesem Gebiet das Beste, was sie bisher erleben durfte. Diese Feinfühligkeit hatte sie schon lange nicht mehr gespürt. Sie merkte deutlich, wie sich die Erregung und Geilheit der Mädels steigerte. Das Brennen der Votze, durch den Speichel verstärkt, das sinnliche

Lecken an ihrer Klit, alles vermischte sich zu einem Ganzen. Ihre Votze floss aus.

Eine andere Leckerin übernahm. Sie berührte die Klit nur ganz leicht mit ihrer Zunge. Immer der gleiche Rhythmus. Das war der gekonnte Auslöser. Dieses gleichmäßige, leichte Lecken ...

»Ohhhhhh ... jetzt ...« Ihr Orgasmus war gigantisch.

Ficken war geil, aber geleckt werden ... an ihrem Kitzler ... sie schrie laut los, wand sich in ihren Fesseln ... Blitze zuckten in ihrem Gehirn ... alles war leer ... Sie wurde weiter geleckt, befand sich kurz im Nirwana, losgelöst von Zeit und Raum ... hatte das Gefühl zu fliegen ... war im Rausch der Glückseligkeit ...

Nur langsam kam sie zurück. Sehr langsam. Sie war gezeichnet.

Wie aus weiter Ferne hörte sie Jean sagen: »Ich gebe dir fünf Minuten. Dann kommst du mit.«

Und schon wurde sie wieder losgeschnallt. Ihre Hände und Beine mussten erst wieder durchblutet werden. Ganz langsam erhob Sari sich von dem Gestell. Ihr intensiver Orgasmus hatte Nachwirkungen. Ihre Beine trugen sie nur unsicher zur nächsten Station.

Als sie auf der Liege lag, wurden ihre Beine hochgezogen und weit gespreizt festgebunden. Ohne Reaktion ließ sie alles über sich ergehen. Sie fühlte sich nicht anwesend.

Der Raum war abgedunkelt. Nur ein einziges, blaues Spotlicht leuchtete den Bereich um ihre Votze aus. Den Geräuschen nach, waren einige Personen im Raum.

»Du hast eine Menge Zuschauer hier«, sagte Jean. »Enttäusche sie nicht. Sie haben viel Erfahrung. Spiel uns also nichts vor. Du hast eben erst einen extremen Orgasmus gehabt. Wir wollen jetzt sehen, ob du in der Lage bist, nur ein paar Minuten später nochmals zu kommen. Ohne Hilfe. Du besorgst es dir mit deinen Fingern und mit dem ›Magic-Wand‹-Großkopfvibrator. Zeig uns, dass du ein außergewöhnlich geiles Mädel bist, und dass es sich lohnt, dir zuzuschauen.«

»Zeig es uns!«, kam es aus der Masse. »Los jetzt!«

»Wir wollen was erleben!«

»Komm schon ... fang an.«

»Mach die Beine breit! Ich will was sehen.«

Sari war noch total erschöpft und ausgebrannt, aber was sollte sie machen. Mit ihren Fingern berührte sie das nasse Zentrum. Zunächst brauchte sie einige Minuten, um sich mit dieser Situation abzufinden, und auch ein Lustgefühl zu empfinden, denn alles schmerzte. Der Vibrator traf auf einen überreizten Kitzler.

»Was ist?«, hörte sie aus der Menge. »Zeig uns endlich, dass du ein geiles Mädel bist.«

Weitere Zurufe der Zuschauer. »Auf jetzt ... komm Sari!«

Und plötzlich, als sie ihren Namen hörte, selbst für sie unerwartet, kam ihre Geilheit zurück. Sie spielte mit dem Vibrator an ihrem Kitzler, zunächst zurückhaltend, eingestellt auf kleinster Stufe, dann, als sie wieder klar im Kopf wurde, spürte sie, wie sie etwas kribbelnd durchströmte, sich etwas zusammenbraute. Sie steigerte die Umdrehungszahl, ging auf nächste Stufe. Es war sicherlich nicht nur der Vibrator an ihrem Kitzler. Nein, das Beobachtetwerden, die Zuschauer, die Zurufe aus der Menge, vor ihnen zu onanieren, ihre Blicke zu spüren, sichtbar zu kommen ... Das war alles verwirrend, aufregend und erregend zugleich.

»Jetzt ! Jaaaa ... jetzt!« Mit einem lauten Stöhnen, sich windend, taumelte Sari in den Orgasmus. Sie kam deutlich.

Für viele Sekunden war sie weggetreten. Zunächst war sie im Himmel. Weg von allem, weit weg ...

Aber ein Stechen in ihrem Kopf holte sie in die Wirklichkeit zurück, ließ sie sich verkrampfen. Ihr Körper forderte seinen Tribut. Sie war über ihre Grenzen gegangen. Total erschöpft blieb sie liegen.

Das Publikum klatschte Beifall. »Gutes Squirting! Hat sie klasse gemacht!«, tönte es aus der Menge.

Nichts ging mehr. Saris Puls raste. Blitze zuckten vor ihren Augen, dann befiel sie eine tiefe innere Ruhe und Entspanntheit.

Als sie nach ein paar Minuten aufstand, kamen Jean, Claas und Leandro auf sie zu. »Klasse Show. Hast es allen gezeigt. Kannst stolz auf dich sein. Nur zur deiner Information, das war ein Lob von uns«, sagte Claas und nahm sie kurz in den Arm.

»Komm her.« Auch Jean drückte sie und flüsterte ihn ihr Ohr: »Gut gemacht!«

Diese Zuneigung tat ihr unglaublich gut. Mit geschlossenen Augen klammerte sie sich an die Jungs. Sie spürte ein warmes, angenehm wohliges Durchfluten des ganzen Körpers.

»Wisst ihr was ...«, Sari löste sich von ihnen, sah einen nach dem anderen an und fuhr fort: »... ihr Jungs seid ganz böse, böse Mistkerle! Aber auch schwer in Ordnung.«

»Sari, wir machen unseren harten Job nur für dich«, kam die Antwort von Jean. »Aber du bist schon ein sehr bemerkenswertes Mädel.«

***

Total ausgelaugt und kraftlos fiel Sari in ihr Bett. Der Tag hatte deutliche Spuren hinterlassen. Ihr ganzer Körper wirkte zerschunden. Sie spürte in jeder Faser ihres Körpers, was mit dem Wort Abrichtung gemeint war. Wieder war sie über sich selbst am meisten erstaunt. Sie war mit sich und der Welt zufrieden, fühlte sich trotz ihrer grenzwertigen Benutzung soweit wohl. Deshalb war sie hier. Das Lob der Männer hatte sie erfreut, ihr ausgesprochen gut getan. Auch mit ihrer »Leistung« an diesem Tag war sie sehr zufrieden. Sie wusste, die nächsten Tage würden sie weiter fordern, dessen war sie sich sehr sicher.

***

Zu Saris Überraschung durfte sie nach dem Frühstück einige Runden im Pool schwimmen. Die Sonne meinte es gut mit ihr. Nackt, nur mit ihrer Sonnenbrille auf der Nase, saß sie am Beckenrand.

»Hi«, sagte jemand zu ihr.

Sari drehte den Kopf nach oben, schirmte ihre Augen trotz Brille ab und versuchte zu erkennen, wer sie angesprochen hatte.

»Heute Morgen hast du es mit mir zu tun. Ich bin Pierre. Trockne dich bitte ab und komm mit mir. Ich bin hier gefürchtet als der brutale Sadist, also mach dich auf etwas gefasst.« Ernst und grimmig schaute er auf sie hinunter.

Sari überlegte, ob er den Bösewicht nur spielte. Als er schließlich schmunzelte, wusste sie, dass er es tat.

Er lachte. »Ich bin der Masseur und werde dich fit machen für alles, was dich noch erwartet. Leg dich auf diese Liege, entspann dich einfach. Genieße es. Die traktieren dich hier, und ich habe es wieder gutzumachen.«

Erleichtert erhob sich Sari und trocknete sich ab. Sie nahm ihre Sonnenbrille ab und bemerkte seinen prüfenden Blick.

»Du siehst mitgenommen aus. Aber das kriege ich wieder hin.«

Sari presste die Lippen zusammen und legte sich auf die Liege.

»Übrigens«, sagte Pierre, »ich war gestern auch unter den Zuschauern. Kompliment. Du hast allen was geboten. War ein echt geiler Anblick.«

Sari spürte, wie ihr die Röte ins Gesicht stieg. Ein Glück lag sie auf der Liege mit dem Kopf nach unten, sodass er sie nicht sehen konnte.

Seine Hände, die nun über ihren Rücken glitten, waren fantastisch. Tatsächlich wurde Sari von diesem echten Könner mal hart und mal liebevoll massiert. Gestern wurde sie fast massakriert, heute bekam sie eine herrlich, himmlische Massage. Ihr Körper nahm dieses Geschenk dankbar an. Balsam für die Seele. Einfach alle Gedanken loslassen, sich den Händen des Masseurs hingeben.

Die Liege stand nur wenig abseits vom Pool. Jeder hier konnte sie beobachten. Genau dieses Gefühl der Freiheit, dieses herrlich Ungezwungene, der unkomplizierte Umgang mit der Nacktheit und der Sexualität, beeindruckte sie immer mehr. Sie fühlte sich frei ... atmete die warme Sommerluft ...

Die Massage fühlte sich wundervoll an. Ihr strapazierter Körper erholte sich schnell unter Pierres Händen. Nach all dem Benutztwerden war hier das genaue Gegenteil. Es war ein unvergleichlicher Genuss, einfach nur traumhaft.

Pierre kümmerte sich besonders um ihren Arsch, um die Striemen. Mehrfach wurde ihre Ritze mit dem teuren Massageöl durchgeknetet. Die Berührung ihrer Titten, und besonders ihrer Votze, entfachten in ihr ein wohliges, entspannendes, aber auch sinnliches Gefühl. Pierre wusste um die Wirkung und auch, was den Mädels guttat. Fast liebevoll knetete er ihren mitgenommen Körper.

»Und, fühlt es sich gut an?«, fragte er.

»Nein, gar nicht. Aber mach bitte stundenlang weiter.«

Sie hörte Pierre leise lachen.

Viel zu schnell spürte sie irgendwann einen Klaps auf ihrem Po, mit dem Pierre dann die Massage beendete.

»So, das war's!«, sagte Pierre. »Du kannst dich noch ausruhen. Geh um vierzehn Uhr in Raum fünf.«

Sari nickte, blieb aber liegen. Ihr »Schade, schon vorbei, aber danke vielmals« nuschelte sie entspannt.

***

Der Raum war vollkommen dunkel. Keine Fenster, keine Ritzen, durch die Licht eindringen konnte. Absolute Stille. Ein seltsames Gefühl. Draußen gleißende Sonne, hier wie in einer Gruft. Wohl ein bewusst gewollter Kontrast.

»Komm hierher«, sagte eine ruhige Männerstimme.

Sari ging zu einem kleinen Lichtspot. Dort erkannte sie Claas.

»Setz dich auf den Stuhl!«, befahl er.

Unsicher ertastete sie die Lehne, um sich dann hinzusetzen. Ihre Hände wurden hinter der Stuhllehne mit Lederbändern zusammengebunden, ihre Beine an den Stuhlbeinen fixiert.

»Heute geht es unter anderem um Atemkontrolle, Gagging, Skullfuck und deine Psyche«, sagte Claas. »Du musst mir absolut vertrauen und noch viel wichtiger ... du *kannst* mir vertrauen! Lerne Grenzbereiche kennen. Ganz bewusst haben wir dir eben einen erholsamen Vormittag gegönnt. Jetzt erlebst du Lust auf eine ganz andere Weise.«

Natürlich hatte Claas Erfahrung, aber das schützte sie nicht vor ihrem mulmigen Gefühl. Zwar hatte sie das Blatt mit den SM-Begriffen durchgelesen und dieses Thema auch schon im Netz kennengelernt, wo es viele Warnungen zu diesem Thema gab, aber hier, in diesem SM-Camp fühlte sie sich absolut sicher. Schließlich war es ja der Job der Jungs. Sie hatte also Vertrauen.

Doch als Claas ihr eine durchsichtige Plastiktüte über den Kopf stülpte, bekam sie plötzlich Beklemmungen. Claas legte seine Hand um ihren Hals und dichtete die Tüte ab. Diese bewegte sich nun mit ihrem Atem vor und zurück.

Sari wurde ängstlich, ihre Augen weiteten sich. Beim Einatmen bekam sie sehr wenig Luft, da die Tüte mit eingezogen wurde.

Nach etwa dreißig Sekunden entfernte Claas mit einer schnellen Bewegung die Plastiktüte. Sari sog hektisch die frische Luft ein.

»Was ich dir jetzt sage, ist extrem wichtig!«, betonte Claas. »Bei allem, was folgt, kommt es auf dein Atmen an. Beim Gagging oder Skullfuck ist es ähnlich. Du musst lernen, ruhig zu bleiben, schnell wieder zu einem gleichmäßigen Atemrhythmus zu finden. Du kannst bei einer brutalen Benutzung deiner Mundvotze schon mal in Panik geraten. Wende dann das Erlernte an. Hast du das verstanden? Was hast du zu tun?«

»Ich werde versuchen, auch in Extremsituationen gleichmäßig zu atmen.«

Claas nickte. Dann stülpte er ihr wieder die Tüte über. Diesmal stand er auf und entfernte sich, machte sogar die kleine Taschenlampe, die das Spotlicht verursacht hatte, aus. Totale Dunkelheit umfing Sari. Sie versuchte, ruhig zu bleiben. Doch nur Sekunden später zerrte sie an ihren Handfesseln. Wo blieb der Kerl, dachte sie panisch.

Diesmal wurde sie erst nach fünfundvierzig Sekunden befreit ... nach Luft japsend ... hektisch atmend ... hustend ...

Das Licht ging an.

»Was hatte ich dir gesagt?«, fragte Claas streng. »Du hast genau das Gegenteil gemacht! Wir versuchen das jetzt nochmal gemeinsam. Hast du mich verstanden?«

Sari nickte beklommen. Diesmal wollte sie es besser machen. Und tatsächlich, sie schaffte es, sich zu kontrollieren. Die Sekunden vergingen und ihre Atmung blieb bis zuletzt gleichmäßig.

»Du siehst ... wenn du mir vertraust, hast du keine Probleme. Lerne daraus«, lobte er sie. »Vertraue aber nur einem Profi.«

Claas band Sari los und führte sie zu einer Liege.

»Leg dich auf den Rücken, Kopf zu mir.« Er zog sie soweit zu sich, dass ihr Kopf deutlich frei nach unten hing. Mit festgezurrten Beinen war sie abgesichert.

»Jetzt ficke ich dich tief in deine Mundvotze. Diese Gagging-Position erlaubt mir, meinen Schwanz extrem tief in deinen Rachen zu stoßen. Dein Würgeeffekt ist weitaus geringer als in einer anderen Stellung. Denk an deine Atmung. Eben noch Atemkontrolle durch die Tüte, jetzt durch den Schwanzverschluss. Erlerne auch hier eine Atemtechnik. Fangen wir an.«

Er fickte sie tief, mit harten Stößen und zog dabei ihren Kopf fest über seinen Schwanz. Ihr blieb die Luft weg. Sekundenlang blieb er in dieser Position. Als er den Schwanz herauszog, gierte sie nach Luft. Sie hatte aber nur ein paar Sekunden, denn sofort schob er ihr seinen Schwanz wieder in den Mund.

Leandro erschien.

»Na, da komme ich ja gerade rechtzeitig. Lass mich dir helfen«, sagte er zu Claas. Nachdem er eine Weile zugesehen hatte, stieß er seinen harten, dicken Schwanz in ihren Rachen. Das Blut schoss ihr in dieser Position in den Kopf. Jetzt fickte er sie mit schnellen Stößen. Dann blieb er wieder für viele lange Sekunden tief in ihr. Sie glaubte zu ersticken, versuchte mit dem Kopf nachzugeben. Er unterband das, indem er sie an den Haaren über seinen Schwanz zog, nochmals für viele Sekunden. Zwar war der Würgereflex tatsächlich geringer, aber er war trotzdem da.

»Komm, fünf auf deine nasse Votze. Mach das noch besser«, sagte Leandro auffordernd. »Du gehst nicht an dein Limit, gibst nicht alles. Das lass ich mir nicht gefallen.«

Sein Schwanz tief in ihrem Rachen, schlug er ihr mit seiner flachen Hand auf ihre feuchte Spalte. Jedes Mal zuckte Sari, was ihm sichtlich Spaß bereitete. Sie röchelte, versuchte an Luft zu kommen, schaffte es aber nur bedingt. Die beiden letzten Schläge hatten es in sich. Sie stieß zwei Laute aus.

»Jetzt nochmals richtig!«, befahl Leandro. »Reiß dich zusammen, du geiles Ding. Komm, ganz tief. Nimm ihn bis zu den Eiern. Ja. Bleib so.«

Er war für einige Sekunden voll in ihr, dann verschluckte sie sich und glaubte, zu ersticken. Sofort zog er seinen Schwanz aus ihrem Mund.

»Komm hoch.«

Er half ihr in eine sitzende Position, stützte sie.

»Ich überlasse sie wieder dir. Wir sehen uns später«, sagte Leandro zu Claas. »Nimm sie noch härter ran. Sie kann mehr!«

Benommen saß Sari mit hochrotem Kopf auf der Liege. Claas reichte ihr eine Flasche. Dankbar trank sie das Wasser.

Sekunden später stülpte er ihr wieder die Plastiktüte über. Es war so plötzlich und unerwartet, dass sie regelrecht schockte. Schon nach wenigen Sekunden schossen ihre Hände hoch, um die Tüte wegzureißen.

»Nimm die Hände weg! Sofort!«, bellte Claas laut seine Anordnung.

Sie versuchte es für Sekunden. Dann war ihr alles egal. Sie zog und riss die Tüte von ihrem Kopf, atmete schnell, hektisch und sog röchelnd die frische Luft ein. Sie wusste, er hatte es provoziert. Sie konnte gar nicht anders reagieren.

»Okay, dann machen wir anders weiter«, sagte er, zog ihren Kopf weit über die Liege und drückte ihr seinen Schwanz zwischen die Lippen.

Wieder wurde sie tief in ihre Mundvotze gefickt. Bis zu seinen Eiern drückte er seinen Schwanz in ihren Rachen, um diese Position zu halten. Tränen liefen Sari über die Stirn. Ihre Pupillen waren weit aufgerissen. Tapfer versuchte sie, etwas atmen zu können. Er zog sich kurz zurück, um sofort mit voller Wucht wieder in sie zu stoßen. Speichel lief unkontrolliert aus ihrem Fickmund. Brutal fickte er tief in sie. Für ihn schien Gagging eine der geilsten SM-Spielarten zu sein. Sari spürte seine Wildheit, seine Lust, etwas für sich zu erleben. Jetzt war es ein geiles Ficken. Job hin oder her, Claas fickte sie als Mann. So hatte sie es hier bisher noch nicht erlebt, und komischerweise beruhigte sie das. Es machte das Ganze menschlicher. Sie gab alles, um ihm ein geiles Feeling zu verschaffen. Und es klappte. Er spritzte tief in ihren Mund und sie hörte sein Stöhnen.

Danach half er ihr, in eine sitzende Position zu kommen. Sie war erschöpft und orientierungslos. Ihr Kreislauf war instabil. Mit feuchten Augen starrte sie ihn an. Im Hier und Jetzt schien sie nicht zu sein.

»Ich gebe dir eine kurze Verschnaufpause«, sagte Claas. »Du hast mit deinen Händen die Tüte weggezogen. Es ist dir klar, dass ich das nicht dulden kann. Antworte mir!«

»Ich habe versagt, bin schwach geworden.«

Claas nahm ihre Antwort hin und schenkte ihr die paar Minuten Pause, die sie brauchte. Dann gab er ihr die nächste Anweisung: »Leg dich auf den Bauch.«

Sari drehte sich langsam um. Er band sie mit mehreren breiten Spanngurten auf der Liege fest. Ein zusätzlicher Gurt um ihren Hals fixierte sie zur absoluten Passivität.

»Du bekommst zwanzig Hiebe mit dem Rohrstock. Für alle im Camp werden deine Striemen deinen Ungehorsam dokumentieren. Lerne, dich besser zu kontrollieren.«

Der Rohrstock zischte auf ihren Arsch. Schmerz durchfuhr sie. Schon nach den ersten Hieben brannte ihr Hintern, es war einfach nur Schmerz. Ihr Kopfkino vermisste jegliches geiles Spüren. Schlag auf Schlag folgte.

Nach der Hälfte der Schläge entspannten sich ihre Muskeln

etwas. Sie merkte, wie sie langsam mit dem ziehenden Schmerz klarkam. Claas musste sie bestrafen, so waren die Spielregeln.

»Die letzten drei. Ich zeichne dich jetzt deutlich, um dir klarzumachen, wie unsere Erziehung zum Gehorsam hier funktioniert.«

Nur die Spanngurte hielten sie vor einem Aufbäumen zurück. Ein kurzer, extremer Schmerz, dann kam schon der nächste.

Als Claas den Rohrstock weglegte und sie losband, spürte sie, wie ihre Hilflosigkeit sich in eine aggressive Wut gegen Claas verwandelte. Es brodelte in ihr. Sie war richtig angefressen und stinksauer auf ihren Peiniger. Strafe ja, aber so ...

»Komm her zu mir«, sagte Claas auf einmal sanft.

Zögerlich ging sie auf ihn zu. Liebevoll nahm er sie in den Arm und drückte sie fest an sich. Irritiert nahm sie das Angebot an. Es kam so plötzlich und unerwartet ... Egal wie, es tat ihr unglaublich gut. Erschöpft, aber auch für den Moment glücklich, ließ sie sich in seine Arme fallen.

Ihre Wut wandelte sich wieder ins Gegenteil. Dieser Moment der Umarmung war unglaublich stark. Selten hatte sie so eine intensive Empfindung erlebt. Ihre schmerzhaften Striemen erzeugten jetzt ein Lustgefühl. Dopamin durchflutete ihren Körper. Schmerz, Lust, Geilheit, Geborgenheit, Erniedrigung, Zuneigung, Wut und ein warmes Glücksgefühl ... alles auf einmal, alles in einem kurzen Zeitraum. Eine unbekannte Gefühlswelt tat sich ihr auf.

Natürlich wusste Claas um diese Wirkung. Es war Teil seines Programms. Aber auch ihn ließ es nicht kalt. Auch er genoss dieses Gefühl mit seiner großen Intensität und Ehrlichkeit.

Alle Mädels reagierten gleich. Dieses »von einem Extrem ins andere fallen« war ein wesentlicher Teil der Abrichtung. Es war der Kick schlechthin und mit Vernunft nicht zu erklären.

Wer es einmal erlebt hatte, konnte süchtig danach werden.

Sari war sehr dankbar, dieses Gefühl erleben zu dürfen, diese Sekunden im Hormonrausch.

»Auf deinem Zimmer wartet ein gutes Essen auf dich. Die große Wasserflasche, die dabei steht, hast du zu trinken. Wahrscheinlich kannst dir denken, warum. Dusche und komm in einer Stunde wieder zurück. Bis später.«

***

In Saris Kopf summte es wie in einem Bienenstock. Das Essen tat ihr gut. So gut sie konnte, leerte sie die Flasche nach und nach. Es waren eineinhalb Liter.

Liebend gern wollte sie sich hinlegen, ausruhen, doch sie musste duschen und danach zurückkehren. Natürlich war ihr klar, dass das so gewollt war. Körper und Sinne sollten getrimmt werden. Sie war richtig aufgedreht, hippelig. Sie sollte nicht zur Ruhe kommen. Es war ein Teil ihrer Abrichtung. Sie wollten sie fordern und an ihre Grenzen führen. Heute war so ein Tag.

Neugierig betrachtete Sari im Spiegel ihre Striemen. Geilte so etwas ihren Mann Sven auf? Stand er auf diese Art Sex? Liebte er diese Art der Dominanz? Hatte er sie bisher etwa unterdrückt? Und sie selber: War sie selbst masochistisch veranlagt? Oder war das alles nur ein Spiel für sie?

Natürlich musste es Sven anmachen, sonst wäre sie nicht hier. Inzwischen war sie überzeugt, zurecht im Camp zu sein. Sie wusste jetzt, was er schon seit langem wusste: Ihre Bindung zu ihrem Mann würde fester denn je werden. Nach den vielen Jahren ihres Sexlebens, ihrer Liebe, kamen jetzt viele neue Spielvarianten dazu. Eine echte Bereicherung.

Sie freute sich auf neue Zeiten. Er sollte sie ruhig »seine Votze« nennen, sie wäre stolz darauf. Sie verstand den eindeutigen psychologischen Effekt, den das Camp auf alle hier ausstrahlte. Obwohl es deutlich zur Sache ging, fühlte sie sich geborgen, aufgehoben und angenommen. Sie hatte das Richtige getan.

***

»Ich habe Verstärkung bekommen«, sagte Claas. »Sofia, Leandro und unser Masseur erwarten dich. Im Übrigen, die Striemen stehen dir gut, sieht geil aus.« Claas schmunzelte.

Auf ein Podest hatte man zwei Matratzen geschoben. Darauf lagen Leandro und Pierre nackt. Der Raum befand sich im Dunkeln. Nur zwei Spotlights waren auf den Aktionsbereich gerichtet.

»Sofia kennst du ja von deiner Ankunft. Sie ist zusammen mit uns anderen deine Ausbilderin für den heutigen Tag. Beginnen wollen wir mit den Reitstellungen. Da jeder Schwanz anders gebaut ist und die Veranlagung der Männer verschieden ist, hast du Leandro und Pierre abwechselnd zu bedienen.«

Selbstsicher kniete Sari vor Leandro. Oft hatte ihr Mann sie gelobt und ihre Reitfähigkeiten ins beste Licht gerückt. Sie war sich sicher, in dieser Disziplin konnten sie ihr nur noch kleine Verbesserungen beibringen.

Mit Mund und Hand machte sie den Schwanz steif, schob ihn durch ihre noch geschwollenen Schamlippen in ihr Loch. Leandro war gut gebaut. Erst langsam, dann immer wilder begann sie, ihn zu reiten. Ihre Titten hopsten wild umher, was ihn so richtig aufgeilte. Saft floss über seinen Schwanz, schmierte ihn für ihre wilde Reiterei.

Nachdem Sari sich sicher war, dass ihr das Camp guttat und wichtig für sie war, wollte sie es jetzt einfach erleben, jeden Tag ins Abenteuerland gehen. Sie hatte sich an die Abläufe gewöhnt. Anfänglich konnte sie nur schwer damit umgehen, ständig beobachtet zu werden. Jetzt störte sie das nicht mehr. Korrekturen und Tipps der Ausbilder saugte sie förmlich auf. Besser zu werden, war eines der Ziele.

Sofia trat näher an das Podest, um sie zu beobachten.

Sari nahm den Schwanz heraus und begann, ihn penibel sauber zu lecken. Erst lutschte sie wie an einem Eis, dann nahm sie ihn voll auf. Schließlich steckte sie ihn wieder in die Votze und der wilde Ritt ging schweißtreibend weiter. Das Joggen mit ihrer Freundin und ihre Besuche im Fitnessstudio, zahlten sich aus. Ihre Oberschenkel waren durch lange Wanderungen mit ihrem Mann durchtrainiert. All das kam ihr jetzt voll zugute. Sie war in Bestform.

Sofia und Claas nickten sich vielsagend zu. Hier ging so richtig die Post ab. Minutenlang fickte Sari rhythmisch die Männerschwänze.

»Respekt, das machst du echt gut«, lobte Claas sie. »Wir möchten aber jetzt eine Steigerung sehen. Du hast das Wasser nicht umsonst getrunken. Zeig es uns. Setz dich auf Leandros Schwanz und lass etwas Pisse laufen. Mach ihn nass. Danach leck ihn absolut sauber. Zeig uns, dass du eine gute Leckerin bist.«

Mit vollem Schwanz in ihrer Votze konnte sie nicht pissen. Also zog sie ihn bis zur Eichelspitze heraus. Nach einigen Sekunden der Konzentration war es soweit. Sie ließ es laufen. Ihre warme Pisse lief über seinen Schwanz und seine prallen Eier. Sie gab nur eine dosierte Menge frei, hatte das geübt. Dann ritt sie ihn wieder.

Es spritzte, und ein schmatzendes Geräusch steigerte die wilde Fickerei ins Hemmungslose. Beide waren voll bei der Sache, waren total aufgegeilt. Sari leckte alles mit tiefer Inbrunst sauber. Seinen Schwanz, seine Eier, den ganzen Bereich ... Es geilte ihn sichtlich auf.

Sie liebte diesen dirty Geschmack von Votzensaft, Pisse und Männerschwanz. Gierig war sie bei der Sache.

Dann hörte sie Sofias Anordnung: »Setz dich jetzt auf ihn.

Ja, gut so. Beweg deinen Unterkörper hin und her. Reib ihn. Spann deine Beckenmuskeln an. Melk ihn. Mach das ein paar Minuten richtig intensiv.«

Sari spürte, wie der Schwanz praller wurde und sie voll ausfüllte.

»Spreiz deine Beine noch etwas mehr, dann erlebst du ihn tiefer«, befahl Sofia.

Sofort ging Sari auf Sofias Anweisung ein. Sie war wie umnebelt. Ihr Kitzler rieb an Leandros Körper. Erbarmungslos und wild bearbeitete sie seinen Schwanz. Jetzt fickte Sari nur noch für sich, vergaß alles um sich herum.

»Du hast aber auch einen geilen Schwanz«, stieß sie aufgewühlt hervor und legte noch einen Zahn zu.

Als Leandro zu stöhnen anfing, stoppte Claas sie: »Halt! Stopp! Komm jetzt zu Pierre.«

Nur noch eine Minute länger und beide wären gekommen. Sari war echt sauer, befolgte aber umgehend die Anordnung.

Vom Zuschauen hatte Pierre eine prachtvolle Erektion. Sari steckte ihn rein und begann ganz langsam mit ihren Auf- und Abbewegungen. Diesmal saß sie rücklings auf dem Schwanz des jungen Mannes, stützte sich auf seinen Beinen ab. Sie war extrem aufgegeilt. Von ihrem erröteten Gesicht tropfte Schweiß. Jetzt auch noch Pierre ... Was war nur los mit ihr? Sie haderte mit sich, wollte Gefühle nicht zulassen. Schon bei der Massage hatte sie eine Zuneigung zu diesem gutaussehenden, viel jüngeren Mann gespürt. Seine ruhige, gelassene und liebenswürdige Art hatten es ihr angetan. Jetzt fickte sie mit ihm, und wie! Näher konnte man sich nicht kommen.

»Rück noch etwas nach vorn, um eine bessere Neigung und mehr Druck auf den Schwanz ausüben zu können«, sagte Sofia.

Sie hatte recht. Die Veränderung war für beide spürbar. Es entstand eine noch bessere, intensivere Reibung. Pierre musste sich zusammenreißen. Deutlich das Raus und Rein seines patschnassen Schwanzes vor Augen, ihren geilen Arsch mit seinen Muskelbewegungen im Blickfeld, fiel es ihm immer schwerer, sich zurückzuhalten.

In dieser Fickposition konnte Sari ihn ausdauernd reiten. Schnell, langsam, tief oder nur die Schwanzspitze. Ihre Gesäßmuskulatur intensivierte den Druck auf seinen Schwanz. Minutenlang ritt sie ihn fast gleichmäßig. Sie war in ihrem Element. So hätte sie ihn spielend einfach zum Ziel gebracht.

Doch Sofia wollte es anders und befahl: »Komm, Sari. Gib noch etwas Pissi ab, mach ihn nass, dann melk ihn mit der Hand ab. Ich möchte dich bei dieser Tätigkeit sehen.«

Sie gab einen Schwall Pisse über den Schwanz, nahm ihn dann in die Hand und begann, ihn abzumelken. Alles war nass. Sie fuhr hoch und runter, mal langsam, mal gefühlvoll, mal hart, dann wieder heftig und schnell. Ab und zu nahm sie seine Eier in die Hand und zog und drückte sie, krallte ihre Fingernägel in seinen Sack.

»Leck ihn jetzt, geil ihn weiter auf.« Auch an Sofia schien das Ganze nicht spurlos vorbeizugehen. Ihre Stimme klang belegt. »Okay ... und jetzt lass ihn abspritzen.«

Sari tat, was Sofia ihr auftrug. Mit seinem nassen Schwanz in ihrer Hand legte sie nochmals Druck und Tempo zu. Sie erkannte, dass Pierre dieses Spiel liebte und es ihn aufgeilte.

»Lass es raus. Gib es mir!«, feuerte Sari ihn an.

Mit lautem Stöhnen entlud Pierre sich explosionsartig. Sari melkte ihn weiter. Sein Gesicht verzerrte sich. Er bäumte sich auf, sein Puls raste, sein Atem war schnell und heftig. Er zog seine Beine an und krümmte sich.

Später lag er entspannt vor ihr, schaute ihr in die Augen. Ein Gefühl der Zufriedenheit überkam sie. Sie hatte es Pierre so richtig gut besorgt, ihm gezeigt, wie beweglich, wie sportlich und ausdauernd sie war. Am liebsten hätte sie ihn in ihre Arme genommen. Was war los mit ihr? Was passierte mit ihr? Wieso überkamen sie solche Gefühle? Warum hatte speziell Pierre so eine Wirkung auf sie? Sie ärgerte sich kurz über sich, denn dafür war sie nicht hier.

»Geh zu Leandro«, riss Claas' Befehl sie aus ihrer Welt. »Wichs ihn ab, während du ihn leckst.«

Leandro hatte seinen Oberkörper auf dem Podest abgelegt und stand breitbeinig auf dem Boden. Sari stieg vom Podest und setzte sich auf einen Hocker. Sein Arsch und sein nach unten hängender Schwanz boten in Augenhöhe einen aufwühlenden Anblick. Rimming gehörte zum Programm.

Alle Teilnehmer hatten in einer langen Liste ankreuzen können, was sie an sexuellen Praktiken ablehnten. Beim Lecken des Arsches eines fremden Mannes hatte sie lange überlegt, ob sie das wollte. Mit ihrem Mann war es kein Problem, im Gegenteil, da war es ein geiles Spielelement. Sie hatte es angekreuzt, allerdings handschriftlich ein »vielleicht ja, situationsabhängig« dahintergesetzt.

»Leck ihm seinen Arsch und wichs ihn ab.« Jetzt schien auch Sofia in ihrem Element.

Für Sari war diese »Vielleicht-Situation« da. Beide Jungs waren echt tolle Männer. Körperlich gestählt, sauber und auch menschlich sympathisch. Leandro besaß einen knackigen Arsch und einen sehr ansprechenden Schwanz. Es gab keinen Grund, es nicht zu tun. Im Gegenteil!

Sari versenkte also ihren Kopf und leckte zunächst um sein Arschloch. Mit viel Speichel machte sie seine Rosette nass. Mit der Hand wichste sie seinen hängenden Steifen. In dieser Position war es ein Abmelken. Dann nahm sie beide Hände und zog Leandros Arschfalte weit auseinander. Sie steckte ihre Zunge tief in seine Rosette. Leandro stöhnte. Jetzt fickte sie ihn mit ihrer Zunge, wechselte ab zwischen Lecken und Zungenfick. Sie war gierig darauf. Das versaute Lecken, der leicht süßliche Geruch, der derbe Geschmack, der geile Männerarsch, alles geilte sie extrem auf. Saris Puls schlug höher. Sie konzentrierte sich wieder auf seinen Schwanz. Mit der anderen Hand umschloss sie mit festem Griff seine Eier. Hart zog sie an seinem Sack. Sein Stöhnen wurde jetzt lauter. Wieder und wieder war sie mit ihrem Kopf zwischen seinen Arschbacken. Dann leckte sie ihm die Eier, machte sie mit Speichel patschnass, drückte sie fest. Jetzt bearbeite sie mit ihren Fingern seine Spalte. Langsam durchfuhr sie diese. Mit der Fingerspitze spielte sie an seiner Rosette. Immer wieder glitt sie langsam durch seine Spalte, von oben nach unten und umgekehrt.

Er stöhnte laut auf.

Dann kümmerte sie sich wieder um seinen Schwanz. In dieser Position ließ er sich perfekt abwichsen. Mit kräftigen, schnellen Bewegungen führte sie den Endspurt durch. Jetzt bäumte er sich auf, stöhnte laut und spritzte ab. Noch während er das tat, beschleunigte sie die Melkbewegung und drückte den letzten Tropfen aus ihm heraus. Jetzt erst sah sie den Glasteller, auf den er abgespritzt hatte.

»Gut gemacht Sari, sehr gut gemacht!«, lobte Claas. »Zu deiner Freude darfst du jetzt das Sperma vom Teller ablecken. Mach ihn sauber.«

Das war nun wirklich nicht ihr Ding. Komisch, direkt von der Quelle, kein Problem. Aber so ... Es kostete sie Überwindung, das Sperma von dem kalten Glasteller abzulecken, aber was blieb ihr anderes übrig ... Sie nahm den Teller widerwillig.

Nicht denken, einfach ablecken, sagte sie sich im Stillen.

Sofia war sichtlich zufrieden mit ihr. »Für diese Session bekommst du eine gute Bewertung von mir. Ich habe aber auch nichts anderes erwartet.«

Claas hatte alles aus der Dunkelheit des Raumes mit angesehen und seine Beurteilung in den PC eingegeben. Mit dem, was er gesehen hatte, war er ausgesprochen zufrieden.

***

Jede Session forderte ihren körperlichen Tribut. Ohne dieses herrliche Ambiente würde Sari sich nicht so schnell erholen. Sie liebte die Sonne, das herrliche warme Wetter und ihre freundlichen »Kolleginnen«.

Natürlich dachte sie auch öfters an ihre Familie, an ihren Mann Sven. Ihren Söhnen hatte man ihren Aufenthalt im Camp als Wellnessurlaub »verkauft«.

War ja nicht gelogen, dachte sie lächelnd.

Sie fragte sich, was Sven empfand, wenn er an sie dachte. Geilte es ihn auf? Sicherlich wichste er während ihrer Abwesenheit. So ab und an schaute er sich schon einen Porno an.

Konnte sie ihm später alles erzählen? Auch im Detail? Wollte sie das? Jetzt würde sie gern seine Gedanken lesen können ... Sie hatte das Gefühl, sich immer weiter von der realen Welt zu entfernen. Sie war in einem Traumland, in einer eigenen, surrealen Realität, weit weg vom Alltag.

***

Schon von weitem hörte man das Lachen und Kichern der Frauen, wenn man sich ihrem Tisch näherte. Sari, Susan, Carla und Svenja waren große Freundinnen geworden. Diese Viererbande war unzertrennlich.

Jetzt hatten sie nicht nur Hunger, sondern Bärenhunger. Die körperliche Anstrengung forderte einen übervollen Teller. Shrimps, Lachs, viele herrliche Salate, alles was das Herz begehrt, ließen ihnen das Wasser im Mund zusammenlaufen.

»Leckeres Essen ist wie guter Sex. Ich bekomme gleich einen Orgasmus. Unglaublich, was die hier alles auftischen«, stellte Sari fest, als sie mit ihrem vollen Teller zum Tisch kam.

Wieder gab es viel zu erzählen. Alle waren dankbar über den Austausch mit den anderen, glücklich darüber, das Erlebte nicht allein verarbeiten zu müssen. Alle hatten Probleme mit der Atemkontrolle – und auch wie Sari, die Tüte vom Kopf gerissen. Es wurde intensiv über ihre Gefühlswelt geredet. Oft waren sie über ihr Verhalten, über ihre Reaktionen selbst am meisten erstaunt. Es tat ihnen allen sehr gut, von den anderen zu hören, dass sie ebensolche Empfindungen besaßen und es ähnlich erlebt hatten.

Umso erstaunlicher war ihr Besuch bei Leandro vom Vortag gewesen. Nacheinander hatten sie sich bei ihm zu melden.

»Ich möchte euch aufzeigen, dass nicht immer alles rational zu erklären ist, im Besonderen, wenn es um Empfindungen und Reaktionen im sexuellen Bereich geht«, sagte Leandro.

Sari bekam für genau dreißig Sekunden eine Plastiktüte über ihren Kopf, dann gab es dreißig Sekunden Erholung. Er wiederholte das Prozedere mehrmals, ließ sie beim letzten Abnehmen der Tüte etwas zappeln, unruhig werden und zog sie dann bewusst langsam von ihrem Kopf. Doch Sari hatte inzwischen gelernt, damit umzugehen.

»Jetzt fass dir an deine Votze.«

Leandro kannte das Ergebnis. Patschnass war noch harmlos ausgedrückt.

»Ich wollte dir einfach zeigen, wie du tickst. Es ist bei allen so. Unser Kopfkino lässt sich nicht überlisten. Unser Unterbewusstsein entzieht sich unserem rationalen Denken. Wir haben nicht über alles die Kontrolle, wie wir glauben. Auch bei Ablehnung tritt diese Reaktion ein. Es ist nicht alles mit Vernunft oder realem Denken zu erklären. Ähnlich wie bei einem Placebo-Effekt. So ist das einfach.«

»Hi zusammen.«

Als Sari eine männliche Stimme hörte, blickte sie, und die

anderen Frauen, auf.

Tim war an ihren Tisch getreten. »Morgen verlassen einige von euch das Camp. Ich möchte euch bitten, kurz mit mir zu kommen.«

Die Frauen taten es und nahmen an einem freien Tisch Platz.

»Ihr werdet in das ehemalige Lustschlösschen in der Nähe von Montpellier gebracht. Wir haben das Schloss seit vielen Jahren gepachtet. Die Mitglieder gehören einem sogenannten Zirkel an. Die Anzahl der Mitglieder ist begrenzt. Es ist Ehrensache und Verpflichtung, nichts nach außen dringen zu lassen. Ihr seid dort gern gesehene Gäste, müsst mir aber eine Erklärung unterschreiben, keine Details über die Gäste weiterzugeben. Weitere Instruktionen erhaltet ihr vor Ort. Vier von euch haben sich für diese sehr spezielle Session angemeldet. Dort bekommt ihr den besonderen Feinschliff, werdet neue Sichtweisen erleben. Morgen steht euch der ganze Vormittag zur freien Verfügung. Pool, Massage oder einfach ausruhen. Es wird eine lange Nacht im Schloss, also nehmt euch die Auszeit. Um sechzehn Uhr werdet ihr abgeholt. Ihr geht vollkommen nackt, es wird keine Kleidung mitgenommen, ihr zeigt euch also von eurer besten Seite.«

Die Mädels schauten sich erstaunt an.

»Uns ist wichtig, eure Psyche zu schulen, eure Devotheit und euer Können real zu überprüfen. Ich gebe euch dort einige Instruktionen, werde die ganze Zeit bei euch sein. Also, wir sehen uns.«

***

Auch der nächste Tag war sonnendurchflutet. Beim Frühstück bat Pierre Sari, sie solle nach dreißig Minuten zu ihm zur Massage kommen. Zwar war sie überrascht, freute sich aber.

»Es wird ein Ausflug in die Höhle des Löwen«, sagte Pierre, als sie auf der Massagebank lag.

Sie konnte nichts erwidern, denn als sie seine Hände auf sich spürte, fühlte sie, wie sich ihre Härchen aufstellten. Ein sinnliches Wohlgefühl ergriff von ihr Besitz, und das nicht nur durch die Massage ... Es knisterte ...

Pierre massierte ihren von Striemen gezeichneten Arsch sehr intensiv. Es brannte leicht, aber das war nichts gegen das unglaubliche Wohlgefühl.

»In deinen Händen schmelze ich dahin bis zur Glückseligkeit«, sagte Sari seufzend.

»Du bist aber auch ein tolles Mädel, und wie ich erleben durfte, ein super geiles noch dazu. Ich freue mich, wenn du zurück bist!«

Sie spürte, wie sie schneller atmete, wie ihr Herz klopfte, wie sie errötete. Sie wurde gerade von einem fremden Mann wegen ihrer gekonnten Fickerei gelobt! Wie hatte sich in den paar Tagen ihr Leben doch verändert ...

Es tat ihr gut. Warum nicht ... es stimmte ja.

»Danke. Ich melde mich dann, denn ich glaube, ich werde deine Massage sicherlich mehr denn je gebrauchen.«

»Dessen bin ich mir ganz sicher!«, sagte Pierre mit Nachdruck und zwinkerte ihr zu.

***

Ein großer Pickup kam auf sie zu. Die vier Nackten Sari, Susan, Svenja und Carla wunderten sich, denn sie alle vier, also das Dreamteam, würden komplett das Schloss besuchen. Susan hatte noch nachträglich gebucht, und Tim hatte eine Ausnahme gemacht.

Ihre Begründung war einleuchtend. »Ich kann euch drei doch nicht allein in euer Unglück stürzen lassen, da muss und will ich doch dabei sein! Jetzt kann kommen, was will. Eine für alle, alle für eine ...« Sie lachte.

Sari beruhigte es sehr, dass ihre drei Freundinnen mit von der Partie waren.

»Kommt her, Mädels«, riss der Fahrer die vier Freundinnen aus ihrer Umarmung. Auf der Pritsche des Wagens war eine Art Käfig aus Metall. »Rauf mit euch. Alles ein bisschen schneller.«

Der Fahrer half jeder Einzelnen beim Aufsteigen auf die Pritsche des Pickups. Beim großen Schritt auf die Trittstufe öffneten sich ihre Votzen. Er wusste das und schaute genau hin.

Sie setzten sich auf Holzbretter. Viel Platz war nicht. Eine große Plane wurde bewusst lässig über den Metallkäfig geworfen und befestigt. Richtig blickdicht war das Ganze nicht, was anscheinend so gewollt war.

»Die machen wohl ein bisschen Psychoterror mit uns«, sagte Carla mit Unsicherheit in der Stimme. »Aber so können wir wenigstens etwas von der Landschaft sehen.« Sie grinste.

Bei einer holprigen, ziemlich staubigen Fahrt fuhren sie durch Montpellier, vorbei an Fußgängern, Ampeln und Autoverkehr ... und sie vier alle nackt auf der Pritsche! Um sich wenigstens ein bisschen vor den Blicken der hinter ihnen Fahrenden zu schützen, versuchten sie, die Plane etwas runterzuziehen. Doch ein kurzes Hupkonzert sagte ihnen, dass es nicht immer gelang.

Als ein Auto mit einem älteren Mann hinter ihnen fuhr, konnten sie sich nicht zurückhalten und ließen die Plane nach oben fliegen.

»Der arme Opa denkt sicherlich, er sei schon im Paradies«, rief Svenja lachend und Sari und die anderen beiden fielen lachend mit ein. Es war, trotz Schamgefühl, verrückt und aufregend.

***

Nach einer Stunde Fahrtzeit fuhr der Wagen durch ein altes, steinernes Tor.

»Runter mit euch. Kommt mit, und kein Wort!«, wies der Fahrer sie an.

Ohne Schuhe liefen sie über uralte, holprige Pflastersteine. Sie beeilten sich, den Hofplatz schnell hinter sich zu lassen. Es ging über eine steile Steintreppe hinunter in ein Verlies. An den Wänden brannten Fackeln. Man fühlte sich hunderte von Jahren zurückversetzt. Der sandige Naturboden war ein Relikt aus vergangenen Zeiten.

Eiserne Hand- und Fußfesseln sowie Eisenketten waren in die steinerne Gewölbewand eingelassen. Es sah aus, als hätte eben noch eine Inquisition stattgefunden, als könnte man die Schreie der Gepeinigten noch erahnen.

Solche Szenen in alten Gemäuern, Verliesen oder Kellern waren Sari aus Büchern bekannt. Unglaublich, jetzt war sie selbst Akteurin in einer solchen, fantastischen Umgebung.

»Oh je, zum Glück habe ich euch drei mit dabei!«, sagte sie unsicher. »Ich finde das ziemlich unheimlich. Und ein Segen, dass wir in der heutigen Zeit leben. Obwohl, vielleicht hängen wir hier später gefesselt bei Brot und Wasser ... Wundern würde mich das nicht.«

»Irgendwie törnt mich das richtig an«, meinte Susan. »Ich komme mir vor wie in einem SM-Pornofilmchen mit dem Titel ›Vier geile Weiber im Burgverlies‹.« Aber ihre Stimme klang trotzdem zittrig.

Aber den anderen ging es ähnlich, und durch ihre Nacktheit fühlten sie sich zusätzlich ungeschützt.

Die schwarzgekleideten Männer führten die Mädels zu einer Stahltür, ließen sie eintreten.

Carla polterte lauthals los: »Ich glaub, ich spinne! Das kann doch nicht wahr sein! Wie in einer Zeitreise.«

Sie standen in einem hell erleuchteten, modernen Baderaum. Helle Kacheln an Wänden und Boden, eine große begehbare Dusche, mehrere moderne Schminktische mit beleuchteten Spiegeln, füllten den Raum. Auf der anderen Seite waren mehrere Liegemöglichkeiten. Im Nebenraum waren Sauna und Whirlpool untergebracht. Eine Klimaanlage machte den Aufenthalt angenehm. Schicke Bademäntel standen zur Verfügung. Kleine Häppchen und Getränke waren vorbereitet.

»Also, allen Respekt. Es gelingt ihnen schon, uns immer wieder zu überraschen«, sagte Svenja freudig.

Entsprechend gut gelaunt wurde Tim von den Frauen begrüßt, als er den Raum betrat.

»Ich hoffe, ihr hattet eine komfortable, bequeme Anreise«, sagte er mit einem Schmunzeln und begrüßte die Mädels. »Ihr seid bei unserem Prime-Dinner heute Abend die Stars. Die Damen und Herren kommen im Smoking, beziehungsweise im Abendkleid. Es gibt ein Fünf-Gänge-Menü vom Feinsten. Damit ihr euch zurechtfindet, beachtet folgendes: Unsere Servicemädels erkennt ihr an ihrem engen, blauen Latexoberteil, nur die Nippel sind frei sichtbar. Für einen Rock hat unser Budget nicht gereicht.« Er lachte. »Kleiner Scherz. Ihr wisst sicher, warum. Sie servieren beim Dinner und bringen euch die Drinks. Auch wenn es tolle, und was die Kleidung betrifft, sehr offenherzige Mädels sind, gibt es ein klares Tabu. Sie dürfen nicht berührt oder gar zu sexuellen Handlungen aufgefordert werden. Sie sind die guten Engel und nur für den Service zuständig. Dann gibt es unsere SM-Mädels. Sie tragen ein rotes Halsband und einen schwarzen Latexrock. Sie dienen zur sexuellen Unterhaltung unserer Gäste. Auch sie können selbstverständlich durch Handzeichen ein ›Nicht‹ oder ›Nein‹ anzeigen. Wir möchten, dass alle respektvoll miteinander umgehen, ohne Ausnahmen! Den Damen stehen die SM-Herren zur Verfügung. Diese tragen ein schwarzes Halsband, schwarze Latexshorts. Ihr bekommt gleich eure Kleidung für diesen Abend. Obwohl ihr den Herrschaften vorgeführt werdet, seid ihr immer primär unsere Gäste. Ihr habt das Recht, durch ein einfaches Handzeichen, und ohne Begründung, eine Annäherung abzulehnen. Niemand wird euch ohne eure Zustimmung belästigen, das ist ein Ehrenkodex. Wir sind zurzeit etwa sechzig Clubmitglieder. Anwesend beim heutigen Dinner sind etwa dreißig Gäste. Jede von euch bekommt einen roten Latexdress. Die beiden Aussparungen am Oberteil dienen dazu, eure Titten perfekt zu präsentieren. Der kurze Rock zeigt mehr, als er verhüllt. Helft euch gegenseitig in die engen Outfits. Zeigt euch von eurer besten Seite. Schminkt euch die Lippen kräftig rot. Nehmt etwas Lippenstift auf einen Finger und betont damit eure Brustwarzen inklusive Nippel, ebenso eure äußeren Schamlippen. Wir wollen den Gästen ja etwas bieten. Zunächst werdet ihr den Herrschaften in eurer vollen Weiblichkeit präsentiert. Ihr seid ein Teil der Show, also keine falsche Scham. Alle Gäste werden sich an euch erfreuen. Sie kennen dieses Zur-Schau-Stellen und lieben es. Natürliche Scham ja, aber ihr habt alle einen sehenswerten, schönen Körper. Steht dazu. Alle lieben dieses Intro in den Abend und ihr macht ihnen damit eine optische Freude. Habt ihr mich verstanden?«

Die Frauen nickten ihm zu. Sari fragte sich, ob ihr Stolz über ihr Schamgefühl siegen würde ... Sie hatten da aber so ihre Zweifel. Allerdings war sie extrem neugierig, wie alles ablaufen würde.

***

Sari wurde auf eine spezielle Liege geschnallt. Ihre Hände in Kopfnähe festgebunden, die Beine deutlich gespreizt und auch befestigt. Sie trug Highheels und halterlose Strümpfe. Für den Zeitraum der Vorführung musste sie den Rock ausziehen. Leicht schräg gestellt, präsentierte sich ihre Votze perfekt in Richtung des Betrachters. Sie hatte ihren Analplug zu benutzen, dessen Griffteil für alle sichtbar war. Durch den Druck der

Metallkugel war ihre Votze leicht geöffnet. Das war so gewollt. Das rollbare Rohrgestell wurde von einem Servicemädel in den Raum geschoben. Leichter Beifall war zu vernehmen. Alle Blicke richteten sich sofort auf Sari.

Es war ein prunkvoller Saal mit viel Stuck an den Decken. An den Wänden hingen viele Meter große Motivwandteppiche, auf denen überwiegend kriegerische Motive dargestellt waren.

Die Herrschaften in ihrer Abendgarderobe saßen an einer großen Tafel vor edlem Gedeck und aufwendigen Blumengebinden. Kerzenlicht erzeugte eine warme Stimmung und steigerte den festlichen Anblick. Die Servicemädels waren dabei, die Vorspeise aufzutischen.

Die extrem enganliegende Gummihaut betonte ihre prächtigen Titten. Ein winziger Ausschnitt legte ihre Nippel frei. Es wurde peinlich darauf geachtet, dass der Farbton ihrer dunkelrot geschminkten Lippen mit den ebenfalls besonders geschminkten Schamlippen identisch war. Alle hatten die Haare hochgesteckt, waren professionell geschminkt. Sie besaßen alle eine tolle Figur, große Titten und waren zwischen zwanzig und fünfundzwanzig Jahre alt. Das schienen die Auswahlkriterien zu sein, um hier dabeizusein.

Die gutsituierten Gäste waren überwiegend mittleren bis älteren Semesters. Die Anzahl von Frauen und Männern war an diesem Abend etwa pari. Die absolute Diskretion hier im Zirkel, gestattete es auch, höher gestellten Persönlichkeiten ihrem exzentrischen Hobby nachzugehen – das nötige Eigenkapital vorausgesetzt.

Tim eröffnete den offiziellen Teil des Abends. Nach der üblichen Begrüßung ging er zum ersten Programmpunkt über. Seine Stimme war klar und deutlich, als er sagte: »Direkt aus dem Camp ist heute unser Gast ... Sari! Den Ausbildungsbericht findet ihr in eurer Mappe. Sie wird als Drei-Loch-Votze und im

Bereich Maso ausgebildet. Bisherige Qualitätsmerkmale: Sehr enge Votze ... Mundvotze: Vollaufnahme ... perfekte Reiterin mit Note Eins ... Abrichtung von ihrem Mann gewünscht ... Analplug Größe Zwei.«

So wie Tim es sagte, klang es nüchtern, ganz ohne Emotionen. Die Leute kannten dieses Vorgehen anscheinend, denn sie nickten zu der bizarren Vorstellung der Mädels. Normalerweise wäre Sari vor Scham im Erdboden versunken. Das Vorlesen des Ausbildungsberichts hatte sie geschockt und es war ihr peinlicher als die Vorführung. Hier auf diesem Gestell, in diesem extravaganten Umfeld, musste sie mitspielen. Doch nach und nach entspannte sie sich.

Sie wurde nahe an sämtliche Personen herangeschoben, begutachtet und weitergeschoben. So umrundete sie langsam und mit Pausen die ganze Tafel.

»Was für eine herrliche Votze«, hörte sie eine der Damen zu ihrem Nebenmann sagen. »Eng soll sie auch sein, wäre doch was für dich.«

Weiter wurde Sari den Blicken der Tafelrunde ausgesetzt.

»Kann ich sie etwas näher sehen?«, fragte ein männlicher Gast.

Selbstverständlich wurde ihm der Wunsch erfüllt. Verrückt! Das Servicemädel schob Sari bis auf einen Meter an den Bittenden heran.

»Gute Idee mit dem Plug. Ich liebe diesen Anblick der etwas geöffneten Schamlippen.«

Nach Beendigung der Rundfahrt, wurde Sari in den dunkleren Bereich des Saales geschoben und konnte das Nachfolgende beobachten.

Carla wurde auf einem Tisch hereingefahren. Festgebunden kniete sie auf diesem, mit dem Kopf nach unten. Ihr geiler Arsch sowie ihre Votze wurden so perfekt zur Begutachtung dargeboten.

Während sich die Herrschaften mit ausgewählten Weinen zuprosteten, genossen sie sichtlich den anregenden Anblick der in Augenhöhe vorbeigeschobenen Carla. Beide Ficklöcher waren bestens erkennbar. Deutlicher war das nun wirklich nicht möglich. Es war einfach ein Anblick, dem sich niemand entziehen konnte. Man sah etwas Nässe zwischen ihren Schamlippen glitzern.

Carla gab es später zu, als sie mit den Mädels sprach. Sie wäre in einem geilen Tunnel gewesen. »So hergezeigt zu werden, in dieser saugeilen Position ... das machte mich richtig an! War einfach ein irres Gefühl. Muss ich mich jetzt schämen?«

Tim erklärte während des Herumfahrens ihre Stärken: »Arschfick, Vollaufnahme, Pissing und Gagging. Sie liebt Verbalsex.«

Zum Schluss wurden Susan und Svenja gemeinsam auf einem Wagen präsentiert. Auf dem Rücken liegend waren ihre Beine extrem weit zurückgezogen. Sie lagen eng nebeneinander. Svenjas rechtes, Susans linkes Bein waren aneinander gebunden worden. Ihre Füße berührten fast ihre Gesichter. Arsch und Votze wurden in aller Deutlichkeit dargeboten.

Einige der Anwesenden wurden unruhig.

Es war aber auch ein atemberaubender Anblick. Hinzu kam dieser direkte Vergleich: Svenja hatte etwas wülstigere, deutlich sichtbare Schamlippen, Susan besaß eine mehr mädchenhafte, geschlossene Votze. Leider war Berühren und Benutzen nicht gestattet.

»Was für Mädels! Da freue ich mich auf später ... hoffe, die spielen mit«, raunte einer der Herren.

»Beide lieben Sperma-Vollaufnahme und sind ansonsten echte Drei-Loch-Fickerinnen. Sie sind Anfängerinnen im Masobereich. Svenja liebt Gangbang, Susan Rimming.« Tim gab ein Zeichen, woraufhin alle vier Frauen hereingefahren wurden. »So, meine Freunde, jetzt nochmals alle Mädels mit ihren Edelstahlkugeln und ihren Plugs, aktiv in Benutzung.«

Während die Gäste ihre Vorspeise genossen, wurden die Mädels erneut als optischer Leckerbissen den Anwesenden vorgeführt. Alle in der devoten Haltung, Kopf nach unten, Arsch und Votze deutlich dargeboten. Zweimal umrundeten sie den Tisch. Im Saal wurde es immer lauter. Viele rutschten auf ihren Stühlen hin und her, und nicht nur die Männer. Niemand blieb unberührt von dem Gezeigten. Wieder erklang leichter, dezenter Beifall für die geile, ansprechende Präsentation.

»Da im Camp nur Mädels ausgebildet werden, möchten wir nicht, dass die Damen zu kurz kommen. Für sie präsentieren sich unsere heutigen vier SM-Herren.«

Einzeln stellte Tim sie der Versammlung vor. In extrem engen Latexhosen konnte man gewollt ihre Männlichkeit erahnen. Es waren kräftige, sportliche junge Männer.

»Tolle Kerle, gute Auswahl«, sagte eine der älteren Damen zu ihrem Tischnachbarn.

»Und jetzt gehen wir zum gemütlichen Teil des Abends über. Ich wünsche euch gute Unterhaltung und einen lustvollen Abend. Weiterhin einen guten Appetit«, sagte Tim und erntete Beifall.

***

Die vier Frauen trafen sich im Badebereich. Sie waren aufgeregt, verwirrt, freudig und ruhelos.

»Um ehrlich zu sein«, sagte Carla, »bin ich noch immer sprachlos. Dieses Schloss, die Vorführung, die Zuschauer, wir vier ... alles läuft bei mir wie in einem Film ab. Findet das wirklich statt?«

Sari legte ihr die Hand auf den Unterarm. »Ich sehe es wie du. Einerseits nehme ich alles mit meinen Sinnen war, andererseits kann ich es nicht glauben und es scheint unwirklich.

Ich bin wirklich gespannt, wie es weitergeht.«

Svenja und Susan nickten zustimmend. Alle waren stark beeindruckt von dem Erlebten.

Sari wollte wissen, wie sie sich eben bei ihrer Präsentation gefühlt hatten. Tim hatte schon in etwa recht, als er Scham und Stolz in Verbindung brachte.

»Zunächst natürlich nur Scham«, fand Svenja als erste Worte. »Dann aber sagte mir mein Verstand, ich solle das Spiel so gut ich könnte, mitspielen. Und tatsächlich kam eine Gewissheit in mir auf, dass ich die Gäste erfreue. Also mal ehrlich, da gibt es nun wirklich Schlimmeres, oder? Und von da an konnte ich gut damit umgehen und es erregte mich immer mehr. Es ist aber auch ein besonderer Kick.«

Die Frauen nickten.

Susan sagte: »Vor ein paar Tagen habe ich noch beim Discounter eingekauft, war im Badeanzug züchtig im Thermalbad, habe mit meinen Nachbarn übers Wetter gesprochen, bin mit meinem Auto durch die Waschstraße gefahren und nur eine Woche später zeige ich wildfremden Damen und Herren in deutlich aufreizender Pose meine intimsten Körperteile ... Verrückter geht's doch nicht, oder?« Susan tippte sich mit einem Finger an die Stirn.

Sari lachte und die anderen beiden taten es ihr nach.

Susan fuhr fort: »Als ich meinem Freund von meinem besonderen Urlaub erzählte, hätte der fast einen Herzinfarkt bekommen. Ich hoffe, es geht ihm ein Licht auf, weshalb ich im Camp bin. Sex ist für ihn rein-raus und wenn es gut läuft, ein paar Minuten lecken. Nach zwanzig Minuten kommt es ihm, und er ist mit Gott und der Welt zufrieden. Danach muss ich ihn immer loben, ihm sagen, wie toll er ist. Er ist wirklich ein liebenswerter Kerl, aber für mich ist das nicht ganz einfach. Natürlich habe ich mit ihm ernsthaft geredet, aber besser ist es nicht geworden, leider. Ich muss mich einfach mal austoben. Jetzt, heute, hier ... Basta!«

Die anderen hörten vertehend zu. So manche dachte bestimmt an Erlebtes aus der eigenen Vergangenheit. Vieles war nicht weit entfernt vom eben Gehörten. Alle hatten schon unterschiedliche Beziehungen, mit all den zwischenmenschlichen Höhen und Tiefen durchgestanden. Nur Sari war die Ausnahme.

Tim kam zu ihnen. »Hallo Mädels. Die Nacht wird lang. In der ersten Stunde ist es den Gästen verboten, euch anzusprechen oder mit einzubeziehen. Bleibt in eurem Dress und seht euch in Ruhe um. Danach seid ihr dann auch Gäste, das wissen alle. Ihr könnt dann alles tun, was ihr möchtet, ihr müsst aber nichts tun. Wichtig ist nur, dass ihr zum späteren Zeitpunkt als unsere SM-Mädels unbekleidet seid.«

»Da zieh ich mich doch gleich mal aus«, sagte Carla lachend und steckte alle mit ihrer heiteren Art an.

Trotz Lachen spürte Sari doch weiterhin eine leichte Anspannung bei ihnen. Sie wären allerdings keine Mädels, wenn sie nicht eine ebenso große Neugierde befallen hätte. Was erwartete sie in dieser Nacht?

Tim verabschiedete sich und hob die Hand zum Gruß.

Mit einem Drink in der Hand saßen die Mädels am Rand des Whirlpools. Ihre Beine plantschten im warmen Wasser.

»Als Single habe ich es hier sicher etwas einfacher als du, Sari«, sagte Carla. »Denkst du oft an deinen Mann?«

»Wenn ich in den Sessions bin, nicht. Aber sobald ich auf dem Zimmer bin schon. Es ist ein komisches Gefühl, mit einem anderen Mann so intim zu werden ...«

»Das kann ich mir gut vorstellen«, nickte Carla. »Von daher hast du meinen Respekt, das hier durchzuziehen. Bei mir ist es sicher etwas einfacher. Ich wollte lediglich nicht mehr nur am Strand liegen oder durch die Metropolen der Welt spazieren. Ich bin nicht nur hier, um durchgefickt zu werden oder Neues zu erleben und zu erlernen, sondern um einen echten Break zu machen, ein Ausbrechen aus der Tretmühle des Lebens. Wenn man so will, eine Art freiwillige Gehirnwäsche. Ich bin keine Person, die einen Psychiater braucht oder gar esoterisch denkt oder veranlagt ist. Das Leben ist eben eine tägliche Herausforderung. Trotzdem habe ich mich zu sehr angepasst, bin mit der Masse mitgeschwommen, Hauptsache kein Risiko. Hier erlebe ich die totale Freiheit des Denkens und der Gefühle. Ich fühle meinen Körper ... meine Lust ... all meine Sinne ... meine Seele ... Diese Offenheit, die ich hier erleben kann, findet nicht nur im körperlichen Bereich statt, auch mein Gehirn wird entrümpelt. Lustig! Ich sitze hier halbnackt in Gummi und erzähle euch Schwermütiges. Aber jetzt ist Schluss! Ich freue mich auf eine außergewöhnliche Nacht. Lassen wir die Sau raus!«

Alle lachten herzlich und plantschten mit ihren Beinen im warmen Wasser.

Sari fiel auf, dass sie von Svenja bisher am wenigsten über ihr Hiersein erfahren hatte. Svenja war die Ruhigste von allen, ihre Figur war Weiblichkeit pur, pechschwarze lange Haare und ein hübsches Gesicht. Als Sari ihr in die Augen schaute, verstand sie Sari anscheinend sofort und räusperte sich.

»Ich saß vor dem Fernseher und ...«, begann Svenja etwas zögerlich, »... und schaute einen Bericht über die Sexualität in Deutschland. An diesem Abend war ich allein. Mein Freund, den ich vor einem Jahr kennengelernt hatte, war mit Freunden unterwegs. Es wurde aus einem Swingerclub berichtet. Szenen aus dem SM-Bereich lösten etwas in mir aus, was mir bis heute nicht aus dem Kopf geht. Da war ein Mädchen an ein Andreaskreuz gefesselt. Schemenhaft konnte man erkennen, dass sie ausgepeitscht wurde. Die Personen hatten Lack- und Lederkleidung an. Ihr kennt das ja alles. Ich spürte Neugierde in mir aufkommen, hinzu kam ein Kribbeln, das mir so bisher unbekannt war. Auch als ich im Bett lag, gingen mir die Bilder nicht mehr aus dem Kopf. Am nächsten Tag gab ich SM in den PC ein. Abertausende von Seiten mit Text und Filmchen. Manches fand ich albern, manches abstoßend, vieles aber war auch einfach geil. Es berührte mich. Natürlich hatte ich schon viel Sex in meinem Leben, aber dieses SM wirkte so anders ... so bewusst auf die Lust des Einzelnen ausgerichtet. Sehnsüchte und Fantasien wurden zur Realität. Durch die Masse des Angebots glaubte ich fast, dass ich eine der Wenigen war, die es nicht so treibt. Das Thema hatte mich gepackt. Sex auszuleben, und zwar so richtig, dieses Sich-Hingeben und das harte Genommenwerden machten mich richtig an. Ich konnte es kaum glauben. Etwas in mir hatte sich verändert. Tage später redete ich mit meinem Freund darüber, auch ob er sich vorstellen könnte, mich beim Sex etwas härter zu nehmen. Ich wollte nicht als Liebchen immer nur rücksichtsvoll und zärtlich, sondern als Vollweib mal so richtig an die Wand geknallt und benutzt werden. Er sagte, dass er es versuchen wollte. Um es kurz zu machen, das, was ich brauchte, konnte er mir nicht geben. Alles, was er anders machte als bisher, wirkte gespielt, nicht echt. Klar, woher auch, wenn keine echte Veranlagung vorhanden ist! Natürlich mache ich ihm keinen Vorwurf daraus. Ich, nur ich, war ja im Begriff mich zu verändern. Ich war in BDSM-Foren, um mich umzusehen. Ich spürte immer mehr, dass es diese Offenheit und deutliche Sprache war, die mich sexuell ansprach. Manches fand ich weiterhin albern, aber anderes berührte meine Sinne. Selbst Tage danach war ich mit mir nicht im Reinen. Mal war alles nur lächerlich, Stunden später wieder hocherotisch und aufwühlend. Ich dachte nie, dass diese Sehnsucht nach dem Neuen mir so zusetzten könnte ... Immer wieder fragte ich mich, nach was ich mich eigentlich sehnte ... Ich fühlte eine Zerrissenheit in mir. Es waren keine einfachen Tage und Stunden für mich. Doch nach und nach spürte ich dann doch, dass es mir wichtig war und mir wurde klar, es zu wollen, es auszuleben, es zu erleben und dazu zu stehen. Ich wollte als Frau nicht nur geliebt werden, sondern auch als Sexobjekt im positiven Sinne meine Weiblichkeit erleben und ausleben. Ich meldete mich in den bekannten Foren an, gierte nach Informationen. Das ging einige Wochen so. Durch Zufall kam ich im Netz auf diese, unsere Camp-Seite, und ich muss ganz offen sagen, das wühlte mich erst so richtig auf. Zu bezahlen und dadurch Sex nicht unbedingt mit Gefühlen zu verknüpfen, war mir gleich sympathisch. Das Abenteuer Sex austesten, ohne sich hinterher ausweinen zu müssen, weil es wieder mal der Falsche war. Mein Freund hatte nach vielen Diskussionen eingewilligt. Er spürte, dass ich mich orientieren wollte. Mir war wichtig, dass er weiß, wo ich bin. ›Fremdgehen‹ mit dem Wissen des Partners, damit konnte ich besser umgehen, warum auch immer. Nach meiner Rückkehr sehen wir einfach mal weiter. Nicht, dass ihr mich falsch versteht ... Ich liebe meinen Freund und werde alles versuchen, mit ihm glücklich zu sein. Ich genieße aber natürlich diese Power im sexuellen Bereich, die wir hier erleben. Es geht mir absolut unter die Haut. Mein Denken in diesem Bereich hat sich radikal verändert. Ich komme mir wie neugeboren vor.«

Alle hatten andächtig zugehört.

Nach einer Weile sagte Sari: »Diese Tage bisher ... Wie beurteilst du zum jetzigen Zeitpunkt dein Hiersein?«

Svenja tat sich schwer mit der Antwort. Sie überlegte einige Zeit, und sagte dann: »Für mich wäre etwas weniger manches

Mal gut oder besser. Ein etwas langsameres Hinführen, etwas mehr Zeit, um meine Gedanken und Empfindungen zu sortieren, vermisse ich ein wenig. Natürlich wusste ich, auf was ich mich einlasse. Ich bin ja freiwillig hier. Aber für mich persönlich, wäre es etwas leichter gewesen, wenn es langsamer ginge.«

Alle Frauen zeigten durch ein leichtes Kopfnicken, dass sie ähnlich dachten und fühlten.

»Aber der Sinn des Camps ist es ja, uns in allen Bereichen weiterzubringen«, sagte Svenja schließlich. »Für die zehn Tage haben wir viel Geld bezahlt. Sie müssen uns also täglich was bieten, und das ist ja letztendlich auch richtig so. Die Jungs hier sind alle schwer in Ordnung und machen ihren Job super. Ich fühle mich persönlich angenommen. Trotz unserer mitunter deftigen Behandlung, spüre ich die Achtung und den Respekt von allen. Darum geht es doch in erster Linie, oder?! Darum fühle ich mich hier wohl. Dazu kommt noch die Freude, mit euch zusammenzusein. Wie ihr seht, habe ich sogar das Zusatzprogramm gebucht ... Ich bin natürlich gespannt auf diese Nacht. Und um kein Missverständnis aufkommen zu lassen: All das hier und mein bisher Erlebtes möchte ich auf keinen Fall missen! Das ist Abenteuer pur!«

***

Mehrere mit je fünf Kerzen versehene Kandelaber standen verteilt im sonst abgedunkelten Saal. Wo eben noch gespeist wurde, lagen nun Matten auf dem Tisch. Klassische Musik erfüllte dezent den Raum. Die großen, alten Türen zu den Nebenräumen waren geöffnet. Der angenehm warme Sommerabend, das wunderbare, stilvolle Ambiente verzauberte alle. Im angrenzenden Garten sorgten Fackeln für eine traumhafte Illumination.

Sari trat in einen Nebenraum. Dort standen mehrere Personen, auch ihre drei Freundinnen waren dabei.

Eines der nackten SM-Mädels präsentierte sich in einer Konstruktion von Metallrohren in aufgeilender Position. Ihre Beine waren weit gespreizt hochgebunden, sodass ihre Ficklöcher direkt zur Benutzung einluden. Mit einem Knebel im Mund, einer Augenbinde, die langen Haare am hinteren Metallrohr verknotet, ihre Hände seitlich am Rohr gefesselt, wirkte sie wie eine Statue, und bewegungslos ausgeliefert. Man hatte sie komplett mit weißer Körperfarbe bemalt. Ihre Schamlippen, Tittennippel und Lippen waren knallrot geschminkt. Diese kontrastreiche Betonung hatte schon eine hoch erotische Wirkung. Niemand konnte sich dem entziehen. Sie wurde als Kunst- und Lustobjekt durch alle Räume geschoben.

Auf einem anderen Stahlrohrgestell hatte sich ein Mädel über eine Metallstange gebückt. Mit den nach vorn gezogenen Händen präsentierte sie deutlich ihre sehr enge Arschvotze. Aufreizender konnte man das nicht anbieten. Eines der Servicemädels stand in ihrem blauen Gummidress daneben.

Als einer der Herren vortrat und »Arschfick« sagte, reichte sie dem Herrn ein Kondom und ein Vaselinespray. Er sprühte etwas Vaseline auf ihre Rosette und begann, sie mit seinen Fingern zu bearbeiten. Dann fickte er sie. Nicht abzuspritzen war zu diesem Zeitpunkt des Abends für die Mitglieder Ehrensache. Der Abend war noch lang. Konnte »Mann« mehrfach, dann war es ihm natürlich gestattet.

Er fickte sie kräftig durch. Weitere Herren brachten sich in Position. Abwechselnd wurde nun der Arsch durchgefickt. Die Rosette war offen, ohne Probleme benutzbar. Die Votze des Mädels glänzte nass. Für alle war es ein stimulierender Anblick. Nach dem dritten Herrn wurde sie in den nächsten Raum geschoben.

Sari, wie auch die anderen Mädels, sahen staunend dem Schauspiel zu. Die vier Mädels gingen mit einigen Frauen in den nächsten, mit Kerzenlicht spärlich beleuchteten, Raum. Alle waren sich einig. Dieses flackernde, warme Kerzenlicht, hatte einen großen Anteil an der erotisierenden Stimmung in allen Räumen. Alles war im Halbdunkel, nur der Aktionsbereich war erhellt. Auch hier spielte klassische Musik dezent im Hintergrund, was perfekt zu dem Ambiente passte.

An zwei dicht nebeneinander stehenden Andreaskreuzen präsentierten sich zwei durchtrainierte junge Männer. Einer in Blickrichtung des Betrachters, der andere zeigte Rücken und Arsch.

Eine der älteren Frauen setzte sich auf einen Lederstuhl und fing an, den Schwanz mit Händen und Mund zu bearbeiten. Sie leckte ihn, presste seinen Schwanz zwischen ihre Lippen. Dann stand sie auf und schloss eine enge Metallhalskrause mit einer Flügelschraube um den Hals des Mannes. Sie drehte an der Schraube, bis ein Röcheln ihr ein sichtbar befriedigendes Schmunzeln entlockte.

Er war wie ans Kreuz genagelt, nun vollkommen ausgeliefert. Kopf, Hände, Beine, waren brutal eng fixiert. Sein abstehender, steifer Schwanz bot einen skurrilen Anblick. Der junge, gutgebaute, durchtrainierte Mann zog zurecht die Blicke aller auf sich.

Auf dem Hocker sitzend, nahm die Frau den nun extrem harten Prügel tief zwischen ihre Lippen. Gekonnt bearbeitete sie ihn minutenlang.

»Gib mir einen Absinth«, sagte sie zu einem Servicemädel. Ihr Wunsch wurde umgehend erfüllt. Nach einem kräftigen Schluck kippte die Dame einen Teil des hochprozentigen Getränks über die Eichel. Das Opfer stöhnte schmerzhaft laut auf und zerrte an den Handfesseln. Sie bearbeitete genüsslich weiter seinen Schwanz. Dann tauchte sie einen Finger in das Absinthglas und betupfte den Harnröhrenausgang mit dem Hochprozentigen. Der Mann konnte sich nicht mehr zurückhalten. Er verzerrte sein Gesicht, war wie von Sinnen. Das Brennen schien teuflisch. Geschickt leckte die Dame die Schwanzspitze sauber, was das Brennen sichtlich bei ihm milderte.

Nebenan klatschte der Rohrstock auf den knackigen Arsch des anderen Mannes. Eine andere Dame hatte eine Lederpeitsche genommen. Nun wurden der Rücken und der Arsch abwechselnd traktiert. Die ersten tiefen Striemen zeigten sich.

Die Schwanzlutscherin stand auf, kippte etwas Absinth in ihre Hand und rieb kräftig über den rot gezeichneten Rücken und Arsch des Gepeinigten. Sie amüsierte sich über das Gestöhne und schmerzhafte Gejammere des jungen Mannes.

»Muss man dich Versager erst auspeitschen und bestrafen, damit du einen steifen Schwanz bekommst!«, sagte sie und schlug ihm kräftig mit der Peitsche auf den Rücken.

Dann nahm sie ein Paddel und versohlte ihm lustvoll seinen Arsch. Man hatte das Gefühl, der arme Kerl wurde stellvertretend für alle Männer bestraft.

Immer heftiger schlug sie zu, immer unkontrollierter. Er war deutlich gezeichnet. Sie befreite ihn von seinen Fesseln und zog ihn an seiner Halsbandleine eine enge Steintreppe hoch in den Turmbereich. Dort betraten sie ein kleines Turmzimmer. Mindestens vier sichtbar postierte Kameras waren installiert. Matratzen und stabile Holzgestelle erlaubten diverse Sexpraktiken und Stellungen in verschiedenen Positionen einzunehmen.

Sari befragte später Tim zu diesem Turmzimmer und er erzählte: »Alle Mitglieder unseres Zirkels können sich mit ihren PCs oder Handys live in das Geschehen einwählen. Jede der Kameras ist anwählbar. Die Benutzer dieses Zimmers empfinden dies als besonderen Kick. Betritt jemand den Raum, wird das auf der App angezeigt und unsere Nutzer können sich zuschalten. Ein Service für alle Mitglieder, auch für die, die nicht im Schloss anwesend sind.«

»Alles hier kommt mir wie in einem Traum vor. Ich betrachte es, schaue zu, vieles scheint unwirklich. Seht ihr das ähnlich?« Fragend schaute Carla ihre Freundinnen an.

Benommen von dem, was sie hier sahen, nickten sie.

»Für mich ist das immer noch unglaublich«, sagte Carla. »Ich bin real hier und doch in einer anderen Welt. Alle diese Personen sind freiwillig hier, um ihre geilen Fantasien und Sehnsüchte auszuleben. Das Entscheidende ist, dass sie ihren Fetisch ausleben, natürlich auch die, die benutzt, geschlagen, gefickt oder erniedrigt werden, jeder und jede eben auf seine Art. Was mich richtig antörnt, zwischen Mann und Frau findet keine Trennung statt. Alle sind gleichberechtigt, es gibt keine Privilegien. Ganz toll finde ich auch, dass Altersunterschiede überhaupt keine Rolle spielen. Es ist dadurch unkompliziert, und beeindruckt mich ungemein. Das ist im realen Leben total anders, denken wir nur an Alter und Berufsleben ... Dass es auch anders gehen könnte, erleben wir hier live und mit aller Deutlichkeit. Jung respektiert alt und umgekehrt.«

Heftiges Nicken und Zustimmung zeigten Sari, dass alle genauso dachten.

»Wollen wir eine Pause machen und etwas Trinken gehen?«, fragte Sari.

Ihre Freundinnen stimmten freudig zu und holten sich einen alkoholfreien Tropical Cocktail. Danach gingen sie in den Saal zurück und setzten sich abseits im Halbdunkeln um einen runden Tisch.

Auf dem mit Matten ausgelegten Tisch liegend, wurde eine Dame leidenschaftlich geleckt. Der Kopf des Mannes war unter dem Kleid versunken. Die Kleiderordnung erzeugte eine zusätzliche erotische Stimulanz. Die Damen in ihren exklusiven Abendkleidern und die perfekt sitzenden Anzüge der Herren, erzeugten ein Niveau, das beeindruckte. Hinzu kam der Kontrast der leicht bekleideten Latexmädels. Zusammen entstand eine sinnliche, hocherotische Mischung, die den Betrachter aufwühlte. Die vier Frauen schauten weiter neugierig auf das Treiben im Saal, um sich dann dem Drink zuzuwenden.

»Je länger wir hier sind, umso erregender empfinde ich es«, sagte Susan. »Es kribbelt in mir und ich freue mich aufs Mitmachen. Ich habe Lust, dabei zu sein, meine Neugierde und sexuelle Lust zu befriedigen.«

»Ja, ich will auch!«, rief Svenja in die Runde und erzeugte Gelächter am ganzen Tisch.

»War jemand von euch schon in einem Swingerclub oder gar in einem SM-Studio?«, fragte Carla. »Ich kann das für mich verneinen. Das alles ist absolutes Neuland für mich.«

Svenja war mutig und erzählte von einem Besuch im Swingerclub. »Ist schon lange her. Ich hatte mal einen Freund, der auf so was stand. Einmal bin ich mitgegangen. Es ging allerdings nur um Sex, kein SM. Es hat mich damals eher irritiert. Positiv fand ich, dass niemand sich beteiligen musste. Man konnte einfach hingehen, Kaffee trinken, und sich stimulieren lassen. Wenn jemand keinen Partner hat, ab und zu Sex braucht, ist das eine praktische Möglichkeit, sich auszutoben. Das Zuschauen hatte mich zwar angeregt, und als wir Zuhause waren, ging auch die Post ab, aber ich muss das nicht wiederholen. Und das sage ich, obwohl ich in diesem Camp bin. Allerdings stimmt alles einfach: Tolle sportliche, leckere Jungs, hohes Niveau. Auch heute Abend sind hier drei oder vier interessante Herren ...« Svenja grinste. »Der Abend ist ja noch lang.«

»Da hast du recht«, stimmte Carla ihr zu. »Und, war sonst noch jemand in einem SM-Studio oder Ähnliches?«

Susan hob zaghaft die Hand. Als alle sie ansahen, fing sie an zu erzählen. »Mich hatte vor Jahren mal mein damaliger Freund in ein Pornokino mitgenommen. Mehr oder weniger freiwillig ging ich mit. Der Film hatte wie erwartet keine Handlung. Die fand eher auf den Sitzen statt. Nachdem mein Freund mir unter den Rock gelangt hatte, musste ich ihm den Reißverschluss seiner Jeans öffnen und ihm einen blasen. Im Dunkeln war mir das möglich, aber besonders aufgeilend fand ich das nicht, da alles sehr eng und unbequem war. Trotzdem war es aufwühlend für mich, da man ja beobachtet werden konnte. Als sich aber ein anderer Junge neben mich setzte, hatte ich genug. Die Jungs ticken oft anders als wir Mädchen.«

Tim kam auf sie zu und setzte sich zu ihnen. »Na, alles klar bei euch? Unten wird das Verlies geöffnet. Mein Rat, lasst euren Dress noch an und schaut einfach zu. Es liegt allerdings an euch, was ihr tut ... Na, kommt mal mit.«

***

Mehrere Fackeln, angebracht an dem uralten Gemäuer, schwärzten das bogenförmige Deckengewölbe weiter ein. Das Szenario war hocherotisch. Die Damen und Herren in ihrer festlichen Kleidung, die Servicemädels in ihrem Latexdress und die vier Neugierigen aus dem Camp, sahen im Fokus ein nacktes Mädel mit absoluter Topfigur. Alle Blicke waren auf sie gerichtet. Seitlich waren ein junger Mann und ein ebenso junges Mädel wie zur Zeiten der Inquisition mit schweren Eisenketten an Händen und Füssen gefesselt, den Blicken der Anwesenden preisgegeben. Nackt wanden sie sich unter den schweren Ketten, zerrten daran.

Carla war fasziniert von dem Anblick. Alles hatte eine hocherotisierende Wirkung auf sie. Eine Zeitreise in die Vergangenheit. Sie flüsterte: »Das flackernde Licht, der Geruch, das alte Gemäuer ... Das erzeugt eine ausgesprochen knisternde, erotische Stimmung. Findet ihr nicht? Das ist schon gekonnt gemacht. Man kann sich dem einfach nicht entziehen …«

Sari und die anderen beiden Frauen nickten zustimmend. Was für ein perfektes Ambiente!

Das Mädel hatte einen Strick um den Hals, der an dem Deckenbalken befestigt war. Die großen Titten waren eng abgebunden, ihre Hände auf dem Rücken gefesselt, die Augen verbunden, Ohrstöpsel waren mit Klebeband fixiert. Ihre Sinne waren deutlich eingeschränkt. Alle schauten auf sie.

Immer wieder wurde ihr über einen Trichter im Mund Wasser eingeflößt. Ihr in schwarz gekleideter Herr, stellte sie auf zehn Zentimeter hohe Holzklötze. Der Henkerstrick um ihren Hals wurde angespannt. Für einige Anwesende war das der Kick, ihr Fetisch schlechthin.

»Das Spiel mit dem Strick«, hörte Sari jemanden leise sagen. Es war Tim. Er blickte nicht zu ihr, sondern nur zu dem Mädchen, während er leise weitererzählte: »Im Netz gibt es abertausende von Seiten. Es ist ein widersprüchliches Szenario. Niemand will das real, aber in Spielform ist es gefragter denn je. Viele Studios haben mit Guillotinen als Spielgerät einen neuen Kick für ihre Besucher geschaffen. Vielleicht hat das wieder etwas mit unserem angepassten, glattgebügelten, nüchternen Alltag zu tun. Eine Todessehnsucht kann es ja nicht sein, da jeder weiß, dass es eine Spielform ist. Es ist also ein großer Kitzel, eine perverse Art, etwas Grenzwertiges zu erleben. Auch lange Gespräche mit der Clubpsychologin Lena haben kein relevantes Ergebnis gebracht. Sexualität ist wie ein Fingerabdruck. Jeder hat seine ganz eigenen, persönlichen Empfindungen, Sehnsüchte, Wünsche, Neigungen. Solange das alles ein Spiel ist, kontrolliert abläuft, ist nichts dagegen einzuwenden. Unser Camp versucht dem Zeittrend zu entsprechen. Schaut euch weiter um, wir sehen uns später.«

Die Mädels konzentrierten sich wieder auf das Geschehen. Einer der Herren nahm ein Paddel und bearbeitete ihren Arsch. Sie versuchte, ihr Gleichgewicht zu halten. Hart trafen die klatschenden Schläge auf ihren schnell geröteten Arsch. Ein anderer steckte ihr zwei Metallkugeln zu je fünfunddreißig Gramm in ihre Pussy. Durch die besondere Position mit leicht gespreizten Beinen, war es schon jetzt eine Herausforderung für das Mädel, die Kugeln bei sich zu behalten.

»Wenn auch nur eine herausfällt, hängst du am Strick. Jetzt bekommst du noch einen Analplug mit einem Durchmesser von drei Komma zwei Zentimetern«, sagte ihr Herr. Er drückte ihr den Plug in ihren Arsch. Sari wusste, dass die Kugeln durch den Gegendruck fast nicht zu halten waren. Angestrengt versuchte das Mädel, dem Unheil zu entgehen, was ihr durch eisernen Willen, ihre Erfahrung und hohe Konzentration gelang.

Anscheinend nicht genug für die Herren. »Zeig uns, dass du pissen kannst. Bist ja abgefüllt genug. Lass es laufen, zeig uns, was wir sehen wollen«, verlangte ihr Herr.

Sie versuchte es. Würde sie Druck auf die Blase ausüben, wären die Kugeln nicht zu halten. Auch hier zahlte sich ihr Training aus. Sie konzentrierte sich, dann ließ sie es einfach geschehen, ließ es laufen. Das Nass lief ihre Beine hinunter, tropfte auf den Boden.

Was für ein geiler Anblick …, dachte Sari.

Da wurde das Mädel kalt erwischt. Ein Mann schüttete ihr einen vollen Eimer Wasser mit Schwung auf ihren Körper. Sie schreckte zusammen, die Kugeln polterten auf den Boden, sie fiel von den Klötzen auf den sandigen Naturboden. Ihr Herr fing sie auf, ließ sie sanft fallen. Mit gefesselten Händen wäre das ein Sturz mit Folgen gewesen. Er ließ den Strick durch seine Hände laufen, zog ihn wieder leicht an. Sie atmete hektisch, lag auf dem sandigen Boden. Ihrer Sinne beraubt und ohne Orientierung war es ein kurzzeitiger Schock für sie gewesen.

Noch etwas benommen wurde sie schon wieder gefordert. Einer der Herren trat an sie heran, pisste über ihren sandigen Körper und sagte: »Ich kann das besser als du.«

Ohne Vorwarnung schüttete einer der Herren nochmals einen Eimer Wasser über ihren Körper. »Wir sind ja keine Unmenschen. Sauberkeit geht vor«, sagte er zynisch zu dem Mädel.

Zwei Männer hoben das nasse, sandige Bündel auf einen alten Holztisch, legten sie auf den Rücken, zogen ihre Beine hoch und fickten sie. Minutenlang wurde sie so rangenommen. Ihr nasser, schmutziger Körper machte das Ganze bizarr, erregte die Herren aufs Äußerste.

Stöhnend kam einer der Fickenden. Er nahm das gefüllte Kondom ab, befahl ihr den Mund zu öffnen. Genussvoll entleerte er den Inhalt des Kondoms in ihren Fickmund, während der nächste schon in ihr war und sich austobte.

Jetzt nahm ein anderer Herr das Bündel und befahl ihr, sich vor einen Pfahl zu knien. Ihre Hände wurden hinter dem Pfahl gefesselt. Das war die perfekte Position, um sie in den Mund zu ficken. Skullfuck war angesagt, deftiger Mundfick. Ihr Kopf an den Pfahl gedrückt, konnte nicht ausweichen.

Ein elegant gekleideter Herr um die fünfzig, öffnete seinen Reißverschluss und begann, sie zwischen ihre Lippen zu ficken. Mit der vollen Fickbewegung wurde ihr in den Mund gestoßen. Immer wieder blieb er tief in ihr, um dann wieder mit voller Power energisch zuzustoßen.

Ein junger Mann gesellte sich dazu. Die vier Camp-Ladies hatten schon Mitleid, so brutal wurde das Mädel als Lustobjekt traktiert. Abwechselnd, ohne Pause, ohne Erbarmen. Immer noch patschnass, mit hochrotem Kopf, verschwitzt, mit klebrigen Haaren, ließ sie es mit sich geschehen.

»Wenn ich nicht wüsste, dass das alles ein Spiel ist, könnte ich es nicht mit ansehen. Es löst nicht gerade sinnliche Lust in mir aus, aber berühren tut es mich schon«, raunte Sari den anderen zu.

»Ich sehe das ähnlich«, meinte Svenja. »Ich finde allein dieses Zuschauen schon hocherotisch. Gerade weil alle Beteiligten es eben genauso wollen, es einvernehmlich ihre Lust befriedigt. Denk daran, was Tim uns eben über die verschiedenen sexuellen Neigungen gesagt hat.«

Der eine Herr nahm ein breites Klebeband, wickelte es wieder und wieder um den Kopf des Mädchens und den Pfahl. Nun war ihr Kopf komplett umwickelt, nur ihr Mund war frei. Ein Atmen durch die Nase war unmöglich. Mit zwei Umwickelungen um ihren Hals, war ihr Kopf vollkommen unbeweglich fixiert. Die Steigerung war perfekt. Ein perfektes, geiles, deutlich hervorgehobenes Fickobjekt bot sich den Herren.

Der Herr des Mädels beobachtete alles, würde eingreifen, wenn er es für nötig hielt.

Die anderen Männer tobten sich wieder zwischen ihren Lippen aus. Sie prustete, japste nach Luft, sobald auch nur eine kleine Pause entstand. Der Speichel tropfte auf ihre Titten. Einer konnte sich nicht mehr zurückhalten und spritzte tief in ihr ab. Sie erstickte fast, alles konnte sie unmöglich aufnehmen, ließ etwas aus ihrem Mund laufen.

Der Herr war richtig empört über ihr Versagen. Er ließ sich einen Löffel bringen, nahm das um Mund und Titten verspritzte Restsperma damit auf und gab es ihr zwischen die Lippen. »So eine Sauerei«, ärgerte er sich. »Beim Nächsten machst du das besser! Du Schlampe benimmst dich wie eine dumme Anfängerin.«

Sie konnte die Beschimpfung bestimmt nur erahnen, denn sie trug ja die Ohrstöpsel, dachte Sari.

Einer der Männer brachte einen Leinensack, stülpte ihn über ihren Kopf. Im Mundbereich schnitt er eine Öffnung in den Sack, band ihn dann, eng anliegend, um ihren Hals zusammen. Jetzt war es nur noch ein unpersönliches, anonymes Fickloch. Sofort stieß er seinen Schwanz in die Öffnung, tobte sich aus. Dann der Nächste. Minutenlang ging das so weiter.

Schließlich befreite man sie. Als die Anwesenden anerkennend Beifall zollten, huschte ein kleines Lächeln über ihre geschundenen Lippen.

Tim trat zu ihnen. »Ich möchte euch gern etwas zeigen. Inquisition fast wie in alten Zeiten. Eine kleine Gruppe unserer Mitglieder liebt diese Spielart. Sie haben einen Raum mit teilweise echten, teilweise nachgebauten Foltergeräten für sich. Kurz zusehen ist nur in meinem Beisein erlaubt. Bitte seid ruhig und haltet Abstand. Seid ihr interessiert?«

»Aber klar«, rutschte Sari sofort raus. »Also, mich kann nichts mehr erschüttern und neugierig bin ich von Natur aus.«

»Ich auch«, pflichtete Carla ihr bei.

Svenja sagte mit gerötetem Gesicht: »Ich möchte das auch gern sehen. Und du, Susan?«

»Unbedingt.«

Sie folgten Tim in einen anderen Raum. Auf einem Stuhl aus schwerem, altem Holz, waren die Hände und Beine eines Mannes mit alten Eisenbügeln eingeschlossen. Über dem Kopf hatte der Mann eine eiserne Maske. Er wurde von zwei Männern und einer Frau befragt und verhört. Sie hatten mittelalterliche Gewänder an. Man spürte den Hauch der Geschichte, konnte sich dem nicht entziehen.

Sein Schwanz und die Hoden steckten in einem Eisenkäfig mit mehreren Stellschrauben. Die Frau drehte gerade wieder etwas an den Schrauben, was sofort ein lautes Aufstöhnen bei dem Delinquenten zur Folge hatte.

Sie redete eindringlich auf den Mann ein. »Wir werden dich zum Sprechen bringen. Darauf kannst du dich verlassen!« Die Befragung ging weiter. Und niemand zweifelte, dass sie ihn zum Sprechen bringen würde.

Auf einer uralt aussehenden Streckbank hatte man ein nur in Fetzen gekleidetes, junges Mädel eingespannt. Es hatte eine Topfigur, die Kleidung verhüllte wenig. Ein ungewöhnlich erregender Anblick. Das flackernde Licht der Fackeln steigerte noch die Wirkung auf den Betrachter.

»Was für ein Anblick ...«, flüsterte Carla ehrfurchtsvoll. »... einfach fantastisch!«

Die Peiniger des Opfers trugen Kapuzen, die nur Augenschlitze besaßen. Diese Bedeckung erzeugte schon allein ein mulmiges Gefühl nur beim Betrachten, ging Sari durch den Kopf und sie bekam eine Gänsehaut.

Einer der Männer drehte an einem Einstellrad und erhöhte somit die Spannung auf Arme und Beine des Mädels. Ihr Stöhnen erklang, die weitere Streckung zeigte also Wirkung. Der extrem erotische Frauenkörper, der Anblick der Kapuzenmänner, das Quälen ... es war ein Szenario, dem alle gebannt zusahen.

Als Film wäre es kein Problem gewesen, aber es hautnah zu erleben, auch wenn es nur gespielt war, das besaß eine ganz besondere Wirkung!

»So, Ladies, kommt wieder mit. Ich wollte euch mal zeigen, was auch möglich wäre. Diese Exzentriker sind nur eine kleine, exklusive Gruppe, die in diesem Gewölbe ihrem Treiben und ihren Trieben nachgeht. Wir haben den Bereich bewusst getrennt. Es ist Liebhaberei, eine andere Art des Spielens.«

Als Tim sie wieder allein ließ, bedankten sie sich bei ihm für diese aufregende Zeitreise.

»Wenn man sich vorstellt, dass die Inquisition über viele

Jahrhunderte Gang und Gebe war ... unglaublich«, sagte Sari nachdenklich. »Wir Menschen sind schon seltsame Kreaturen. Diese menschlichen Folterungen fanden auf Anordnung der Kirche statt, was alles noch wahnsinniger erscheinen lässt.«

»Stimmt, was für ein Irrsinn ...«, pflichtete Svenja ihr bei. »Gut, dass wir in einem besseren Zeitalter leben und wir vor Unrecht besser geschützt werden können. Aber nun ist es so, dass es Menschen gibt, die sich der Folter freiwillig unterziehen. Der Lustfolter.«

»Hey, ihr beiden Philosophen, ich würde jetzt gern auf mein Zimmer gehen und mich ausruhen. Wenn ihr wollt, diskutiert ruhig noch weiter, aber ich bin kaputt«, seufzte Carla.

Sari legte ihr den Arm um die Schulter. »Hast recht. Nein, ich bin auch erledigt von den vielen Eindrücken. Ich werde mich gleich auf mein Bett fallen lassen und Kraft tanken.«

So verabschiedeten sich die Mädels voneinander und gingen auf ihre Zimmer.

***

Die vier Frauen hatten sich wieder für nachmittags verabredet. Sie trafen sich in der großen Lobby mit breiten, hübschen Sesseln. Sogleich kamen sie ins Gespräch.

Sari meinte, nach den allgemeinen Äußerungen, dass sich die Mädels gut erholt hatten: »Hier geht es echt ab. Vor allem die Männer. Ich frage mich, ob viele auf solche Spielarten stehen ... Und ich? Tue ich das auch? Brauche ich das?«

»Durch das Internet leben wir auch in Bezug auf Sex in einer neuen Zeit«, meinte Svenja. »Alles ist mit ein paar Mausklicks ohne Einschränkung anzusehen. Von der 80jährigen Oma, die es mit einem 22jährigen treibt, bis zum Sex mit einem Hund oder Pferd. Alles ist kostenlos anzusehen.«

Carla nickte. »Du hast recht. Ich frage mich, wie sich dies auf unsere Jugend, auf die nächste Generation auswirkt?«

»Das kann heute noch niemand sagen«, antwortete Sari. »Die Wissenschaft hat keine vergleichbaren Daten. Ich habe im Fernsehen mal eine Sendung über dieses Thema gesehen. Auch unser Hiersein ist ja eine Auswirkung dieser neuen Zeit.«

Susan wollte auch ihren Teil dazu beisteuern und sagte: »Schon immer gab es Orgien, sexuelle Exzesse und extreme, perverse Ausschweifungen. Ich glaube, es wird sie auch immer geben. So sichtbar, so deutlich präsent war das natürlich noch nie. Jedes Kind, jeder Jugendliche hat Zugriff auf alle noch so perversen Sexpraktiken. Du hast schon recht, Svenja. Millionen von Filmchen sind kostenlos anklickbar. Ob das gut oder schlecht für die Gesellschaft heute und in Zukunft ist, kann niemand vorhersehen ...«

»Okay. Jetzt aber wieder zurück ins Hier und Heute«, holte Carla die Mädels zurück. »Was machen wir jetzt? Ich würde gern in braver Form ein bisschen mitspielen. Und ihr?« Carla schaute in die Runde. »Ich meine keine harten Masospielchen, sondern einfach mal schauen, was sich so ergibt ... Seid ihr mit dabei?«

»Ja, klar!«, sagten Sari und Svenja wie aus einem Mund und lachten. Dann sahen sie zu Susan.

»Natürlich mache ich auch mit«, gab sie mit einem Grinsen zu. So gingen die Vier zu den Spielräumen. Carla war am mutigsten und setzte sich dort auf eine Auflage an einen großen Tisch. Die anderen machten es ihr nach. Mit ihren hochhackigen Schuhen und ihren dunklen halterlosen Strümpfen wussten sie, dass sie begehrenswert aussahen. Das war eine eindeutige Aufforderung zuzugreifen.

Es dauerte auch nicht lange, da kam ein Mann. Er ging auf Sari zu, packte sie und setzte sie auf den Tisch. Dann kippte er sie nach hinten, setzte sich auf den Platz, auf dem sie eben noch gesessen hatte und begann sie zu lecken. Sari schloss die

Augen. Von der Veranstaltung am Morgen noch angetörnt, genoss sie seine Zungenfertigkeit. Er konnte das aber auch richtig gut! Mal leckte er leicht, mal saugte er den Kitzler ein. Minutenlang genoss Sari sein gekonntes Spiel an ihrem Lustzentrum. Als er ihr einen Finger in ihre Arschrosette drückte, war es um sie geschehen. Sie war im Fegefeuer angekommen. Der Himmel wartete. Intensiv saugte er ihren Kitzler, machte das gefühlvoll und gekonnt. Ihre Votze lief aus. Der Herr stand auf, steckte zwei Finger tief in ihre triefende Pussy und bearbeitete den G-Punkt. Mit den Fingern der anderen Hand wichste er ihren Kitzler. Nach ein paar Minuten kam es ihr. Sie spritzte ab, und das im wahrsten Sinne des Wortes! Eine kleine, nasse Fläche auf dem Tisch dokumentierte das.

»Danke«, sagte der Herr und entfernte sich.

Sari blieb mit geschlossenen Augen auf dem Rücken liegen, brauchte ein paar Minuten, um sich zu erholen. Ein Gefühl von Wärme, Ruhe und Entspanntheit durchflutete ihren Körper.

Nach einer Weile fragte ein älterer Herr freundlich: »Darf ich?«

Und als nach einer Pause nichts von Sari als Antwort kam, fickte er sie in ihre enge, nasse, vorbereitete Votze. Er tat das unaufgeregt, genussvoll und wie sie fand, fast liebevoll. Nach den ganzen harten Benutzungen der letzten Tage empfand sie das als ein lustvolles, sinnliches Genießen. Es tat ihr unglaublich gut. Er sollte bitte nicht aufhören. Mit geschlossenen Augen ließ sie sich treiben.

Ihr leises Stöhnen signalisierte ihre erneute Geilheit. Mit seinen Fingern behandelte er ihre Nippel, drehte an ihnen, zog sie lang. Ihr Stöhnen wurde lauter. Der Mann fickte sie nun schneller und auch etwas härter. Mit beiden Händen umgriff er ihren Hals, blieb dort für einige Momente. Dann holte er ihren Votzensaft, steckte ihr zwei Finger in den Mund und ließ sie daran lecken. Minutenlang fickte er sie weiter, bis er in ihr kam und sich danach dezent zurückzog.

»Danke dir. Es war mir eine Freude«, sagte er mit einem dankbaren Unterton und entfernte sich.

Sari erholte sich ein paar Minuten, dann schaute sie sich weiter um.

Ein Mann im Zweireiher rief eines der nackten Mädchen zu sich. Ganz ruhig gab er ihr seine Order. Es musste vor ihm hinknien. Er fesselte ihre Hände mit Handschellen auf dem Rücken, verband ihr die Augen. Mit einer Kerze aus dem Kandelaber stellte er sich vor das Mädel und ließ das heiße Wachs auf ihre Titten tropfen. Traf er ihre Nippel, zuckte das Mädchen kurz zusammen, kannte diesen Schmerz, kannte diese Spielart. Danach tropfte Wachs auf ihr Hinterteil. Mit der flachen Hand und einem lauten Klatschen, schlug er ihr einen Teil der Wachsspuren ab. Etwas später brachte ihm ein Servicemädel, anscheinend abgesprochen, eine Ingwerknolle. Sie war wie ein Plug zurechtgeschnitzt.

»Leg dich mit dem Oberkörper auf den Tisch. Beug dich nach vorn«, befahl ihr der Herr. Er band ihr die Hände los, befeuchtete einen Finger und dehnte damit ihre Rosette.

»Du bekommst ein Geschenk von mir«, sagte er. »Ich möchte dir etwas Gutes tun.« Er steckte ihr die Ingwerknolle in die Arschrosette. »So, jetzt dreh dich um, ich möchte dich ficken.«

Nach einer Weile konnte man im Gesicht des Mädels ablesen, dass die Wirkung eingesetzt hatte. Ihr Arsch hatte Feuer gefangen. Ein Brennen breitete sich in der ganzen Körperregion aus. Er hob ihre Beine hoch und schob seinen Schwanz in ihre Pussy.

Jeder der Betrachter fand die Aktion ausgesprochen geil. Eine Frau gesellte sich dazu. Sie leckte das Mädchen im Wechsel mit dem fickenden Mann. Das Mädel wurde immer hektischer in ihren Bewegungen, stöhnte ununterbrochen aus Schmerz und Lust.

»Das Zeug brennt bekanntlich ganz ordentlich«, klärte Carla die anderen drei Freundinnen auf. »Die Wirkung hält etwa neunzig Minuten an. Auch Natur pur kann sehr wirkungsvoll und stimulierend sein und das alles für ein paar Cent ... Ihre Sinne werden Achterbahn fahren. Es ist ein brennender, sich steigernder Schmerz. Die Lust ... Das Gefickt- und Geleckt-werden ... Alles zugleich wirkt wie eine Droge für die Sinne, erzeugt einen rauschähnlichen Zustand. Ich denke, wir werden Ähnliches im Camp auch noch erleben ...«

***

Sari nahm einen Drink zu sich, und begab sich nackt in den Garten. Immer noch war es angenehm warm. Sie schnappte sich ein Handtuch von einem Stapel und setzte sich an einen kleinen Tisch. Büsche und Bäume waren schemenhaft zu erkennen. Sie atmete tief durch und versuchte, ihre Gedanken zu ordnen. Minutenlang schaute sie in die Tiefe des Gartens.

»Darf ich?«, fragte ein Herr.

Sari blickte auf.

»Ich war das eben. Erinnerst du dich?«, fragte er Sari ruhig.

»Natürlich. Ich genieße gerade die Ruhe, lass meine Sinne sich erholen.«

»Wenn du willst, komme ich später wieder und gönn dir deine Ruhe.«

»Nein, so war das nicht gemeint. Ich möchte alles nur ein bisschen sacken lassen. Bitte setz dich.«

Sari freute sich über die Gesellschaft des etwa zwanzig Jahre älteren Mannes. Eine gegenseitige Sympathie war augenblicklich spürbar. Sie prosteten sich freundlich zu, schauten sich dabei in die Augen. Beide genossen diese Auszeit. Bald waren sie in einem anregenden Gedankenaustausch. Sari erzählte, welche Gründe zu ihrem Besuch des Camps geführt hatten.

Schmunzelnd hörte der Unbekannte ihrer Story zu. »Das ist schon außergewöhnlich. Dein Mann hat meinen vollen Respekt, seine tolle Frau einfach so loszulassen ... Ganz schön mutig. Ich bin übrigens Alexandre, wohne etwa eine halbe Stunde von hier. Ich bin geschäftlich in ganz Europa unterwegs, oft in Deutschland.«

Er erzählte vom Tod seiner französischen Frau vor fünf Jahren. Eine neue Beziehung kam für ihn bisher nicht in Frage. Beruflich war er selbständiger Unternehmensberater und hatte mehrere Angestellte.

Sari erzählte von ihren nächsten Fotoprojekten, Vernissagen und Ausstellungen, was ihn sehr beeindruckte. Er selbst hatte in künstlerischen Dingen keine Fähigkeiten, sei aber häufiger Museumsbesucher. »Kunst, Musik, gutes Essen und Sex ... alle herrlich emotionalen Dinge sind für mich Lebensfreude pur. Dieses genießen zu dürfen, ist ein Stück Himmel auf Erden«, sagte er.

»Da stimme ich dir voll zu. Ich sehe es genauso«, sagte Sari ernst.

»Lass mich ein Kleid für dich holen«, bot Alexandre an. »Es wird jetzt doch etwas frischer. Größe achtunddreißig, richtig? Hier soll niemand frösteln. Ich besorge uns gleich noch einen Happen aus der Küche, denn verhungern soll auch niemand.«

Als er ging, blickte sie ihm nach. *Komisch*, dachte Sari, *er verhält sich wie beim Ficken: liebevoll, aufmerksam, einfühlsam.*

Mit reichlich Leckereien auf dem Teller kam Alexandre aus der Küche zurück. Konnte er Gedanken lesen? Sie hatte so was von Lust auf diese Häppchen! Und das Kleid wärmte sie.

»Was mich ungemein interessiert, wäre die männliche Sicht auf das Treiben hier«, sagte Sari kauend. »Was geht in dir, in euch Männern, vor? Zum Beispiel eben im Gewölbe, bei der SM-Session? Oder vorhin, als du mich gefickt hast? Oder auch ganz allgemein ... Ich würde gern an deinem Denken, deinen Empfindungen und deinen Gefühlen teilhaben. Manches würde ich gern besser verstehen. Ich liebe Sex mit Gefühl und Zärtlichkeit, aber natürlich auch die härtere Gangart. In einer Session liebe ich, devot zu sein und werde gern als Fickobjekt benutzt. Ein andermal brauche ich Wärme und zärtliche Zuneigung. Sex ist für mich ein Geben und Nehmen. Manche Männer sehen das sehr einseitig. Hier ist sehr vieles neu für mich. Manches finde ich super, anderes ungewöhnlich. Da niemand zu einer Handlung gezwungen wird, alles freiwillig passiert, kann ich auch Extremes akzeptieren. Es hat eine klare positive Seite. Lieber sich hier austoben und abreagieren, als Unschuldige zu vergewaltigen oder die Ehefrau oder Partnerin zu verprügeln, was ja bekanntlich vorkommen soll. Auch der Dirty-Talk ist ein Ventil. Im Netz sind Millionen in Foren und reagieren sich dort ab.« Sari stockte kurz und besann sich. »Jetzt habe ich nur von mir geredet. Also, nochmal, mich würden deine echten Empfindungen und Gefühle interessieren, bei allem was hier abgeht. Was denkst du, gibt dir den Kick?«

Er erhob sein Glas, prostete ihr zu. Nach kurzem Überlegen, begann er zu antworten. »Ich bin vor zwei Jahren Mitglied geworden. Meine Grundwerte sind konservativer Art. Werte wie Respekt und Achtung sind mir wichtig. Natürlich habe ich Lebenserfahrung, kann vieles ruhiger und gelassener sehen. Hättest du eben meine Avancen abgelehnt, ich hätte es nicht als abweisend empfunden. Früher war ich empfindlicher.« Er trank einen Schluck, überlegte, dann sah er Sari direkt an. »Also gut, der ältere Herr gibt jetzt seine Erkenntnisse und Lebensweisheiten preis. Das macht er auch nicht alle Tage.« Alexandre hatte ein warmes Lachen.

Sari stupste ihn lachend an und beide tranken noch einen Schluck. »Dann leg mal los!«, motivierte sie ihn.

»Ich kann natürlich nur für mich sprechen, denke aber, viele der Herren sehen das ähnlich. Diese Art des sexuellen Auslebens, wie sie hier stattfindet, hat trotz aller Deutlichkeit noch etwas mit Anstand zu tun – wenn man in diesem sehr speziellen und hochsensiblen Bereich überhaupt von so etwas sprechen kann. Wir versuchen es zumindest, und ich finde im Großen und Ganzen gelingt es ganz ordentlich. Niemand wird gezwungen, hier zu sein, auch die sehr hart benutzten SM-Mädels leben ihre Neigung. Sie erhalten einen Unkostenbeitrag, aber nur dafür würden sie das nicht tun. Das kann man auch nicht. Es ist für sie ihr Fetisch, ihre Form, sich auszutoben, ihre Geilheit zu erleben. Alle anderen sind hier Mitglied und lieben diese, ich gebe zu, exzentrische Art der Freizeitgestaltung. Wir sind so etwas wie eine perverse, verschworene, unsittliche Gemeinschaft. Natürlich kennen wir die Neigungen von vielen hier. Seit zwei Jahren sind nur fünf Personen neu aufgenommen worden.« Er schaute ihr offen in die Augen.

Ihre Sympathie verstärkte sich. Es passte einfach.

»Die Mädels und Jungs sind liebenswert und machen ihren Job gern«, fuhr er fort. »Die positive Stimmung erlebst du ja selbst. Seit ich hier Mitglied bin, gab es keinen negativen Vorfall. Wie gesagt, Respekt und Achtung stehen ganz oben in unserer Satzung, ebenso wie absolute Diskretion. Wird ein Mitglied von der Mehrheit als unpassend für die Gemeinschaft empfunden, kann es ausgeschlossen werden. Jedes neue Mitglied muss von allen akzeptiert werden, sonst bleibt es bei einem einzigen Auftritt. Was empfinde ich in diesem Umfeld? Zunächst liebe ich den weiblichen Körper. Wenn mein Geschmack getroffen wird, ist es wirklich der Genuss, eine Freude für meine Sinne. Hier sind viele besonders hübsche Exemplare dabei, was ja auch dem Sinn der Veranstaltung entspricht. Natürlich regt mich das an. Ich habe, wie wir alle, meine persönliche Art der Sexualität. Es muss eben nicht immer aktiv sein. Ein perfekter Körper, eine Frau mit Ausstrahlung, gute Gespräche, all das kann mich erfreuen, kann mich für Stunden den Alltag vergessen lassen. Es geht nicht nur um das Eine.«

Fasziniert schaute Sari ihm in die Augen. Sie verstand. Und auch genoss sie den Augenblick. Mit etwas Humor und Intellekt konnte man sie beeindrucken.

Alexandre nahm noch einen Schluck und sagte: »Ich denke, Männer und Frauen lieben Sex. Frauen nur, wenn alles passt, Männer, wenn es für den Moment stimmt. Euer Gehirn bildet ganze Satzfolgen, wenn es um Männerkontakt geht. Aussehen, Kleidung, Körpergröße, Stimme, alles wird in Sekunden abgeglichen. Passt etwas nicht, wird es schwierig, fast unmöglich. Oft spielt dann noch der soziale Status eine Rolle. Ein Bündel von Informationen werden verarbeitet. Stimmt etwas nicht, fallen wir durch das Raster. Pech gehabt. Wir denken da logischer. Tolle Frau! Ficken! Na ja ... ist vielleicht etwas vereinfacht, aber so ähnlich ist die Realität.«

Sari musste lauthals loslachen. Natürlich wusste sie, dass es in etwa so stimmte.

Alexandre studierte sie. Dann sagte er sinnierend: »Als ich dich auf dem Tisch liegen sah, so nackt, nur mit deinen Halterlosen, deinen Stiefeletten, deinen prachtvollen Titten ... Das war ein wirklich leckerer Anblick. Das sprach meine Sinne an. Gleichzeitig empfand ich Sympathie für dich. Frag den lieben Gott, warum das in Sekunden möglich ist. Es passiert einfach. Keine Abweisung deinerseits, also Meldung nach unten und los geht's ... Drei Schwellkörper müssen sich mit Blut füllen. Das Gehirn muss Geilheit und Lust vermelden. Natürlich wollte ich dich und er spielte mit.«

Wieder lachte Sari ihn an.

Er fuhr sich mit der Hand übers Kinn. »Es muss also schon etwas ausgelöst werden – bewusst oder unbewusst. Nur so nebenbei: Bei euch ist das doch wesentlich unkomplizierter ... Ihr könnt uns ganz schön was vorspielen ... schon rein biologisch. Bei uns ist ein Versagen unbarmherzig sichtbar. Manches Mal reicht körperliche Erschöpfung, oder man hatte ein negatives Erlebnis, was einen immer wieder einholt. Nicht so natürlich bei mir. Nicht umsonst nennt man mich auch: Alexandre den Großen ...«

Grinsend sahen sie sich an. Sie stießen mit ihren Gläsern auf ihr Wohl an.

»Und wie empfindest du es hier?«, wollte Sari wissen.

»Hm ... Wenn ich einem guten Freund erzähle, was ich hier im Zirkel erleben kann, was da abgeht, klingt das alles für ihn unglaublich, wahnsinnig und toll. Welcher Mann will das nicht erleben. Sicher aber wird bei ihm ein Teil Ungläubigkeit und Skepsis mitschwingen, so nach der Art: *Mein Freund, du kannst mir viel erzählen ...* Ich kann das sogar verstehen! Real musste ich zunächst feststellen, wie einfältig meine Grundeinstellung war. Ich konnte mir nicht vorstellen, dass jemand aus meiner rasenmähenden Nachbarschaft sich mit Sex beschäftigt, geschweige denn, hier auftauchen könnte. Es war mir unvorstellbar. Naiver kann man nicht sein! Mitunter hat man eine vorgefasste Meinung, die sich oft als falsch erweist. Anscheinend ändert daran auch die Lebenserfahrung nichts. Als ich schließlich die Damen und Herren hier fixierte, musste ich mir eingestehen, dass ich auch ihr Nachbar hätte sein können. Alle Charaktere, wie im richtigen Leben, waren dabei. Irgendwie war das eine beruhigende Erkenntnis für mich. Alles ganz normale Mitmenschen, ich konnte es kaum glauben.«

Er trank einen Schluck und fuhr fort: »Hier gefällt mir das

Zwanglose. Ich könnte nur zum Dinner kommen und wieder gehen. Ich allein entscheide, ob ich Zuschauer oder Teilnehmer bin. Es gibt keine Animation – was ich schrecklich fände! Niemand wird bloßgestellt, wenn mal etwas nicht so klappt wie gewünscht. Für mich ist es eine Auszeit, um meine Akkus aufzuladen. Sexualität ist ein wichtiger Teil meines Lebens, ein Lebenselixier, ein Hormoncocktail. Eben habe ich dich körperlich und menschlich kennengelernt, wo geht das sonst. Schon das ist eine Rechtfertigung, hier zu sein.«

Sari hatte seine Sätze in sich aufgesogen. Sie blickte in die Ferne, um sein Gesagtes zu verarbeiten.

Eine Weile schwiegen beide, lauschten der Stille.

Dann sagte Alexandre: »Ich hätte Lust, in das Gartenhaus zu gehen. Kommst du mit?«

Sari war irritiert. Sie blickte ihn überrascht an. Er übte keinen Druck auf sie aus, hatte lediglich diese Frage gestellt und es wurde warm in ihrem Körper. *Warum eigentlich nicht*, dachte sie und nickte lächelnd.

Im Gartenhäuschen zogen sie sich aus.

Sari freute sich regelrecht auf ihn, auf seinen Schwanz. Tief nahm sie ihn in den Mund. Sie merkte, dass sie richtig gierig war, ihn zu verwöhnen. Er spürte das wohl, denn es geilte ihn sichtlich auf. Eine Zeitlang war es ein pures Genießen. Dann leckte er liebevoll ihre Titten, saugte an den Nippeln, um sich dann um ihren Kitzler zu kümmern.

Seine Erfahrung tat ihr gut. Er fickte sie mit den Fingern, dann leckte er ihre Schamlippen und das Innere ihrer Votze. Durch das Auseinanderziehen mit ihren Fingern, präsentierte sie ihm ihren Kitzler. So deutlich sichtbar, geilte es ihn auf, machte die Leckerei zu einem hocherotischen Genuss. Wie bei einem erigierten Schwanz war die Kitzlerspitze nun voll und prall durchblutet. Er bearbeitete sie abwechselnd, mal saugend, mal leckend, dann wieder durch schnelle Zungenschläge. Mit den Fingern drückte und drehte er an ihren empfindlichsten Stellen.

Minuten leckte er gleichmäßig, ruhig ihre Klitoris. Genau das geilte sie unendlich auf. Jetzt kein Rhythmuswechsel, einfach immer weiter ... so wollte sie das ... genau sooooo ...

Sie presste ihre Beine unkontrolliert gegen seinen Kopf.

»Jaaa ... Ich komme gleich ...«

Alexandre ließ abrupt von ihr ab, betrachtete erregt ihre extrem verkrampften Reaktionen.

»Mach weiter ... sofort ... bitte ... leck mich weiter ... bitte ... schnell ...« Sie presste die Beine zusammen, wand sich auf dem Tisch.

Er spielte mit ihr. »Lass dir Zeit. Du kommst, wann ich das will.«

Wieder bettelte sie.

Der aufgegeilte, sich windende Körper bot ihm einen Anblick, den er über alles liebte. »Okay, jetzt darfst du kommen, du verficktes, geiles Mädel.« Er zog ihre Beine wieder auseinander, schob zwei Finger zwischen ihre Schamlippen und leckte sie, bis es ihr mit einem gewaltigen Orgasmus kam.

Sie presste ihre Beine zusammen, zog sie an ihren Körper, rang nach Luft, atmete hektisch, unkontrolliert. Ihr Puls raste. »Jaaaaaaaaaa ... jetzt ...« Nässe überall.

Erschöpft genoss sie für einige Minuten diese Gedankenleere. Nach einem tiefen Durchatmen kehrte das wohlige Gefühl der Entspannung ein.

»Jetzt bist du dran!«, sagte Sari bestimmt. »Ich melke dich ab. Dreh dich um, stütz deine Hände auf die Bank.«

Willig bot er ihr seine Rückseite an.

Sie liebte den Rimjob. Beherzt nahm sie den prallen Schwanz und melkte ihn mal schneller, mal mit viel Gefühl, zog ihn stark nach hinten. Dann fuhr sie ganz sanft mit einem nassen Finger über seine ganze Schwanzlänge. Minutenlang. Sie holte Votzensaft und rieb ihm die Eichel ein. Genüsslich leckte sie ihn sauber, um erneut den ganzen Schaft mit ihrem Votzensaft zu nässen. Langsam, mit viel Gefühl, spielte sie mit seinen Eiern. Er zuckte, reagierte, wurde noch praller. Dann umgriff sie seinen Hodensack, bis es schmerzhaft für ihn wurde. Er stöhnte auf, aus Schmerz oder Erregung, ihr war das egal, sie wollte ihn hören. Sein Arsch sah gepflegt aus. Sie konnte nicht anders, musste ihn lecken. Tief ging ihre Zunge in seine Ritze. Immer wieder. Mit der Hand wichste sie seinen nach unten hängenden Schwanz. Dann spielte sie mit einem Finger an seiner Rosette, leckte ihn danach wieder. Sie spürte, wie es ihn aufgeilte, wie er immer unruhiger wurde.

»Dreh dich jetzt um«, befahl sie. »Ich will dich leersaugen, bin geil auf deinen Saft. Gib ihn mir. Du hast aber auch einen geilen Schwanz ...!«

Er veränderte seine Position.

Jetzt war sie in ihrem Element. Sie saugte und wichste ihn, leckte an seinen Eiern, nahm ihn tief in sich auf. Als sie spürte, dass er explodierte, presste sie ihre Lippen fest zusammen. Sie schluckte alles, wollte es so. Das fühlte sich verdammt gut und richtig an! Und es führte bei ihr zu einer tiefen, sinnlichen Zufriedenheit.

Er nahm ihren Kopf zwischen seine Hände, schaute ihr tief in die Augen und sagte: »Du hast es wirklich drauf! Klasse! Großes Kompliment. Du bist ein Supermädel. Schön, dich erleben zu dürfen.«

Sie wischte sich über den Mund und strahlte ihn an. In diesem Augenblick war sie ihrem Mann sehr dankbar, dass er ihr diesen Campbesuch ermöglicht hatte!

***

Zurück im Saal setzte Sari sich zu ihren Freundinnen.

»Wo warst du denn?«, war die neugierige Frage von Carla.

»Müsst ihr denn alles wissen?«, gab Sari mit funkelnden Augen zur Antwort. Eine Weile ließ sie ihren Satz so stehen, blickte in enttäuschte Gesichter. Dann lachte sie und rückte schließlich mit ihrem Erlebnis heraus. Die Mädels hingen an ihren Lippen.

***

Nach einer halben Stunde trat Tim zu ihnen an den Tisch und sagte: »In unserer Night-Session ist heute ein Dom mit seinen zwei Sub-Mädels unser Gast. Der Kleiderzwang ist ab sofort aufgehoben. Einige leben ihre Neigung, ihren Fetisch aus, also wundert euch über nichts. Aus Deutschland haben wir ›Das Spermakochbuch‹ mitgebracht. Daraus kochen wir eine Kleinigkeit. Viel Vergnügen und bis später ... Wir sehen uns.«

Svenja fragte erstaunt: »Was für ein Kochbuch?! Habe ich das richtig verstanden?«

Carla kicherte vor sich hin, konnte sich nicht halten. »Ich muss euch kurz etwas erzählen ... Eine meiner Freundinnen ist begeisterte Hobbyköchin. Natürlich hat sie schon unzählige Kochbücher. Als ich im Internet ein weiteres zu ihrem diese Tage anstehenden Geburtstag bestellen wollte, gab es da wirklich ›Das Spermakochbuch‹ zu ordern. Erst konnte ich es nicht glauben, dann musste ich es einfach bestellen. Den ganzen Tag lief ich grinsend in der Gegend herum, wenn ich an das Geschenk dachte. So was Verrücktes! Hinzu kam, dass das Geburtstagskind schon sehr konservativ ist ... Ich hielt mich mit der Übergabe des Präsents bewusst zurück, bis alle Gäste anwesend waren. Das Geburtstagskind fing an, die Geschenke auszupacken. Ganz zum Schluss reichte ich ihr meins und sie öffnete es. Sie war total perplex, starrte nur ungläubig auf den Titel. Da sie sprachlos war, setzte ich noch einen drauf und fragte sie bange, ob sie das Buch schon hätte, was bei den Umstehenden zu wahren Lachorgien führte. Niemand der Anwesenden hatte so ein Buch für real möglich gehalten. Ein unglaubliches Lachen, Schreien und Klatschen machte den Geburtstag denkwürdig. Immer wieder erklang der Ruf: ›Vorlesen! Vorlesen!‹, verbunden mit Trampeln auf dem Boden. Alle hatten einen Riesenspaß. Später kam dann die Aufforderung hinzu: ›Kochen! Kochen!‹, wobei es den anwesenden Herren immer mulmiger wurde. Ihr seht, ich kenne das Ding! Ich habe damit fast Heldenstatus erreicht.« Sie lachte fröhlich.

Und Sari, Svenja und Susan fielen mit ein.

***

Alle Mitglieder und Gäste hatten sich eingefunden. Das Rundbogengemäuer lag fast im Dunkeln. Nur drei Fackeln erhellten den Aktionsbereich. Der Dom hatte das Wort und erklärte den Ablauf der nächsten Stunden. Er war ein recht stattlicher Mann um die fünfzig Jahre. »Jetzt eine kleine Story über meine SM-Mädels. Meine Sklavin Jessica liebt die Abrichtung und Erziehung durch extreme Züchtigung. Sie ist verheiratet, hat Kinder. Ihr Mann hat normalen Sex mit ihr, der ihn voll befriedigt. Da er keine Veranlagung im SM-Bereich hat, haben sich beide geeinigt, dass Jessica sich einen Dom suchen durfte. Bei einem persönlichen Treffen mit ihrem Mann, legten wir einige Regeln fest, die für alle Beteiligten akzeptabel waren. Bis hier und heute funktioniert diese Beziehung. Wenn jemand möchte, kann er sich nach der Session gern mit Jessica über diese tolerante Art des Zusammenlebens austauschen. Natürlich stehe ich auch für Auskünfte zur Verfügung.« Er sah selbstsicher in die Runde. Dann richtete sich sein Blick auf das nächste Mädel. »Julia ist Single. Auch sie lebt ihre sexuellen Wünsche und Sehnsüchte aus. Sie ist nicht nur eine perfekte Sub, sondern auch eine für ihr Alter gestandene Persönlichkeit. Ihr Abi-Notendurchschnitt war vom Feinsten. Sie hat zwei große Leidenschaften: Zum Ersten ist sie meine Sub, zum Zweiten liebt sie den Marathonlauf. In Berlin und London ist sie jedes Jahr aktiv dabei, und landet häufig im vorderen Mittelfeld. So, und jetzt freut euch auf die Mädels.«

Mit auf dem Rücken gefesselten Händen wurden die beiden Frauen hereingeführt. Ein Raunen ging durch das Auditorium.

Julia war eine Skinny, ein großes, extrem mageres Mädel, ohne ein Gramm Fett zu viel. Sie war knapp über zwanzig Jahre, hatte kleine, kindliche Titten, eine flachen Arsch. Ihre braunen Haare waren zu einem Zopf geflochten. Ihr hageres Gesicht wirkte freundlich und man glaubte, etwas Vorfreude auf das Kommende zu erkennen. Ihr leichtes Lächeln kam an, machte sie sympathisch.

Jessica hingegen war ein gutgebautes Vollweib mit prallen, großen Titten. Sie war um die dreißig Jahre, hatte kurze, hellblonde Haare, ein hübsches Gesicht. Der Körperbau der beiden Mädels bot, gewollt vom Dom, einen extremen Kontrast.

Unter das Gemurmel der Anwesenden mischte sich nun freundlicher Beifall.

»Gute Idee des Doms. Hatten wir so auch noch nicht. Kann ganz spannend werden«, sagte einer der Herren zu seiner Frau, die zustimmend nickte.

Der Meister nahm ein Klebeband und umwickelte die großen Titten von Jessica. Nach mehreren Umwicklungen standen sie steif vom Körper ab, boten einen geilen Anblick. Die Sklavin musste sich über einen etwa zwanzig Zentimeter breiten Balken legen, Beine gespreizt auf dem Boden, Oberkörper über den Balken.

»Erfüllen wir der geilen Sub ihre Sehnsucht nach Züchtigung. Erfüllen wir ihrem Mann den Wunsch, sie an seiner Stelle zur perfekten Sub abzurichten. Sie bekommt jeweils zwölf mit Peitsche und Rohrstock zum Aufwärmen.«

Die Lederpeitsche knallte auf ihren Arsch. Schon nach kurzer Zeit war eine Rötung ihrer Arschbacken zu erkennen. Für einige war die Kennzeichnung eines Frauenarsches durch Striemen ein extremer Hochgenuss. Das galt auch für einige Damen.

»Ich bitte einen der Herren festzustellen, ob die Sub bei der Sache ist«, stellte der Dom die Forderung an die Zuschauer.

Ein junger Mann befingerte Jessicas Votze und hob für alle sichtbar seine glänzenden, nassen Finger in die Höhe.

»Dann bitte eine Dame und einen Herrn an meine Seite, zu meiner Unterstützung«, verlangte der Dom. »Der Herr nimmt die Peitsche, die Dame den Rohrstock. Jetzt abwechselnd, je ein Dutzend.«

Und schon knallten die Hiebe auf Jessicas Arsch. Besonders der Rohrstock wurde voll durchgezogen. Die Frau war um die fünfunddreißig Jahre und schlug sehr hart zu, was so gewollt war und ihr offensichtlich Lust bereitete. Der Dom wusste, weshalb er immer auch Frauen zur Züchtigung auswählte. Oft verhielten sie sich rücksichtsloser und konsequenter als die Männer. Diese dominante Weiblichkeit hatte schon eine besondere Wirkung auf die anwesenden Herren. Frau züchtigt Frau ist schon ein besonders geiler Moment während einer Session.

Jessica zeigte erste Reaktionen. Sie versuchte, die Position zu ändern, was praktisch unmöglich war. Ihr Jammern und lautes Stöhnen beim Auftreffen der Schläge, bestätigte die Wirksamkeit der Züchtigung.

»Ich verstöpsle dir jetzt deinen Jammermund. Das stört uns alle«, fuhr ihr Dom sie an. »Bitte einen der Herren zu mir. Und du nimmst jetzt den Schwanz des Herrn ununterbrochen in deine Mundvotze. Wenn du ihn verlierst, bekommst du ein halbes Dutzend Schläge extra zur Strafe. Das ist ein faires Angebot von mir. Dein Mann hat mir aufgetragen, dich zu absolutem

Gehorsam und Folgsamkeit zu erziehen. In seinem Sinne werde ich das unerbittlich tun. Es ist also in deinem Interesse.«

Der Mann stieg auf ein Holzpodest und fickte sie in den Mund. Sofort war Ruhe. Der Arsch und Rücken waren schon deutlich gezeichnet. Bei einem sehr schmerzhaften Schlag, drückte sie ihre Zähne in den Schwanz des Herren, was der nicht einfach so hinnehmen konnte. Er gab ihr eine schallende Ohrfeige, fickte sie danach heftig zwischen ihre Lippen. Sie hatte verstanden. Nach Abarbeitung der Anzahl, trat wieder der Dom auf den Plan.

»Neue Position, Jessica, dreh dich um.«

Sie tat wie befohlen, musste jetzt ihre prallen Titten auf den Holzbalken legen.

Der Dom nahm eine dünne Schnur, verknotete diese um ihre Nippel und wickelte sie um den Balken. Bewegungsunfähig, mit zurückgenommenem Kopf, wusste sie, was kommen würde.

»Jetzt eine Dame und einen Herrn für die Abrichtung ihrer Titten. Kommt, ihr beiden bitte.« Der Dom zeigte auf eine ältere Dame in Ledermontur und einen jüngeren Mann im schwarzen Anzug. Beide hatten sich angeboten.

Die Skinny hatte sich vor den Herrn zu knien, um seinen Schwanz zu bearbeiten. Der Mann hatte eine Klatsche in der Hand und begann mit Jessicas Tittentortur. Ein Lederteil war an einem langen Stiel befestigt.

»Zunächst auf jede sechs«, gab der Dom die Anzahl an.

Seinen Schwanz im Mund der Skinny, schlug der Mann zu. Er machte lange Pausen zwischen den Schlägen, genoss diese Mischung aus Züchtigung und Mundfick. Er steigerte mit anwachsender Geilheit die Intensität der Schläge.

»Zähle das Dutzend mit und bedanke dich bei jedem Schlag«, wies der Dom an.

Sie tat es bis sieben. Dann schrie die Sklavin auf. »Sieben«, schaffte sie zu sagen und leiser: »... danke für diesen Peitschenhieb ...« Der letzte Hieb hatte ihr die Luft genommen.

»Das war mir zu leise«, herrschte ihr Dom sie an. »Nochmals! Mich hier so zu blamieren! So kommst du mir nicht davon!« Er setzte ihr eine Gummiblase über den Kopf. Diese hatte nur eine kleine Öffnung für die Atmung. Die Schläge waren jetzt nicht mehr zu sehen. Das Atmen wurde zur Tortur, leichte Panik baute sich auf und sie atmete hektisch, unregelmäßig. Sie spürte, wie sie in den Tunnelbereich taumelte, ihre Wahrnehmung hinter einem Schleier unwirklich wurde. Sie hasste und liebte gleichzeitig dieses Abtauchen. Dann der nächste Schock. Ihr Dom rieb mit Eiswürfeln über ihre traktierten Titten. Sie zuckte extrem zusammen und trotz Maske erfüllte ihr Schrei den Raum.

»Ein bisschen Abkühlung tut gut. Jetzt bekommst du die nächste Serie«, sagte er.

Eine vornehm gekleidete Dame hatte ihren Auftritt. Nach jedem Schlag hielt sie mit ihrer Hand kurz das Atemloch der schwarzen Gummimaske zu.

Gemurmel unter den Zuschauern. Laut hörbar versuchte die Sub, an Luft zu kommen. Durch die hektischen Bewegungen wurden ihre Nippel extrem gedehnt. Jeder weiterer Fehler würde mehr als schmerzhaft werden. Extrem schwierig war, den Atemrhythmus beizubehalten. Die kleine Öffnung an dem Gummiteil reichte nur bedingt zur Sauerstoffaufnahme. So ging das minutenlang weiter.

Als eine Reaktion auf die Schläge ausblieb, trat der Dom hinter sie. Jetzt war sie in ihrem Traumland. Langsam zählte er von zehn rückwärts, um bei null die Maske von ihrem Kopf zu ziehen. Nach Luft hechelnd, verschwitzt und mit verklebten Haaren, war sie noch geraume Zeit abwesend, weggetreten, nicht ansprechbar.

Nur langsam regulierte sich ihre Atmung, stabilisierte sich der Kreislauf, kam sie zurück. Ihre Vorführung, die Anwesenden, ihre Benutzung, all das nahm sie zwar wahr, aber erlebt hatte sie diesen Taumel für sich, es war für sie eine Reise ins Abenteuerland der Unvernunft. Leben grenzwertig erleben.

Ihr Dom nahm sie in seine Arme. Dankbar, vollkommen erschöpft, klammerte sich Jessica an ihn. Dopamin durchflutete sie. Dieses kurzzeitige, aber extreme Glücksgefühl überwältigte sie. Darum ging es.

Mit Tränen in den Augen flüsterte sie ihm zu: » Danke, lass es mich immer wieder erleben.«

Seine Antwort war eindeutig: »Ich denke, alle hier sind stolz auf dich.«

»Schmerz erzeugt Lust. Alles ganz neue Gefühlswelten für mich. Etwas Erfahrung habe ich ja, aber bei weitem nicht in diesen Dimensionen. Jetzt bin ich hier, habe mich für die SM-Session eingetragen. Wenn ich das hier sehe, bezweifle ich doch sehr, ob das richtig war«, flüsterte Sari Svenja besorgt zu. »Allerdings haben die Jungs mich bisher perfekt behandelt. Ich denke doch, sie werden mich auch im Masobereich richtig einschätzen können, oder?« Sari war durch die Vorführung und das Wegtreten der Sklavin verunsichert.

»Da bin ich mir absolut sicher!«, kam postwendend die Antwort von Svenja. »Auch ich habe bisher nicht die kleinste negative Erfahrung gemacht. Du kannst ihnen voll vertrauen. Dieses extreme Abenteuer wird dich verändern. Allein weil du es real erleben wirst. Ob es Teil deiner Sexualität wird, ob es dir Lust bereitet, wird sich zeigen.«

Jessicas Titten waren von Striemen gezeichnet, von der Abbindung schon leicht bläulich. Nach dem Losbinden gab es einen unangenehmen schmerzhaften Moment, als das Blut zurückfloss. Noch erschöpft, aber schon wieder mit einem entspannten Gesichtsausdruck, gab es respektvollen Beifall der Anwesenden. Jessica bekam eine kurze Erholungspause.

»Wenn ich Jessica so ansehe, kommt sie mir vor, als hätte sie gerade ein großes Sportevent gewonnen«, sagte Carla. »Sie ist ausgepowert, aber glücklich. Hier wie dort ist Dopamin das Glückshormon. Ich werde mich nachher mal mit ihr unterhalten« Carla war sichtlich beeindruckt.

Ein nacktes Servicemädel bot Getränke an. Das Tablett trug sie als Bauchladen, befestigt nur an einem Ring, an ihrem sehr eng anliegendem Halsband. Die Befestigung an ihren Titten sorgte für eine waagrechte Tragbarkeit des Tabletts. Je schwerer beladen das Tablett war, umso mehr zog es an ihren Titten.

»Wirklich ein geiler Anblick«, murmelte einer der Gäste und stellte sein leeres Glas auf die Ablage.

Von Highheels bis zu Lederstiefeln, vom Gummianzug bis zum Lederdress, alles war vertreten. Einige der Herrschaften waren reine Zuschauer und hatten ihre Abendgarderobe anbehalten. Diese Mischung gab dem Ganzen einen zusätzlichen Reiz.

Alle vier Mädels schauten dem Treiben angespannt zu, mal irritiert, dann wieder aufgewühlt. Sie hatten beschlossen, ihre knappen Kleidchen anzuziehen. Obwohl sie wussten, dass die Sub-Mädels den Schmerz liebten, und es ihr Fetisch war; sie es wollten, ja süchtig danach waren, zuckten sie bei jedem Schlag zusammen.

Einer der Männer aus dem Zirkel hatte sich rücklings auf einen Holzblock gelegt. Sein steifer Schwanz stand senkrecht nach oben. Die Höhe des Holzblocks war so gewählt, dass die Damen breitbeinig über ihm stehen konnten. Einige der Zuschauerinnen nutzten umgehend das Angebot. Der harte Schwanz verschwand unter manchem Kleid. Lustvoll ritten sie ihn im Stehen, fickten mit ihren nassen Votzen den stehenden

Pfahl. Einige schafften es, zu kommen, ihnen lief die Soße die Beine entlang. Manch eine nahm die Gelegenheit mehrfach wahr. Immer mehr der anwesenden Frauen beteiligten sich, waren aufgegeilt vom Zusehen.

Auch hier gab es Fickerinnen jeglichen Alters. Als einer der jüngeren Männer sich beim Ritt der ältesten Teilnehmerin nicht zurückhalten konnte und abspritzte, wurde das mit Beifall und lobenden Zurufen für die Dame aufgenommen.

»Erfahrung ist durch nichts zu ersetzen«, raunte ein junger Mann seinem Freund zu.

Jetzt hielt auch die vier Freundinnen nichts mehr zurück. Hitzig geworden beim Zusehen, reihten sie sich ein.

Sari war zurecht besonders zufrieden. Der Herr musste nach ihrem geilen Ritt ausgetauscht werden. Wohlwollend und schmunzelnd quittierten es die anderen Mädels.

Jetzt hatten alle nachfolgenden Reiterinnen den Ehrgeiz, nicht nur für sich einen guten Fick zu haben, sondern die Jungs zu entsamen. Konnte einer der Jungs mehrere Ritte überstehen, wurde er mit Beifall und anerkennenden Zurufen belohnt. Lockerer ging es hier selten zu. Alle erfreuten sich an der ausgelassenen Stimmung.

Svenja setzte sich als Erste mit dem Rücken zum Gesicht des Mannes auf dessen Schwanz, was einige der Herren mit geilen Zurufen quittierten.

Als dann Carla die Idee hatte, den armen Kerl nacheinander in schnellem Wechsel zu reiten, kam Stimmung auf unter den sonst so gesitteten Gästen. Jetzt hatten die Mädels bei allen ein Stein im Brett. Sie hatten einigen Wirbel erzeugt, klatschten sich gegenseitig unter dem Beifall der Anwesenden ab und entsorgten dem Jungen sein Sperma. Es artete fast zu einem Sportevent aus.

Die Vier spürten den Esprit dieser Veranstaltung. Sie fühlten sich sichtlich wohl und erkannten, dass es ein unvergesslicher Abend für alle war.

***

»Kommt ihr Vier bitte mal mit!«, bat Tim die Freundinnen. »Einer unserer Sponsoren hat den Wunsch geäußert, von euch Camp-Ladies verwöhnt zu werden. Ich denke, ihr seid damit einverstanden. Dir, Susan, teile ich die Spielregeln mit.«

Tim ging mit ihnen aus dem Gewölbe. Er öffnete eine eisenbeschlagene Holztür zu einem weiteren, kleineren Verlies. Dort lag ein Mann, er musste um die fünfzig sein, auf einem schweren Holztisch.

Eines der Servicermädels hatte ihn schon vorbereitet. Sie hatte ihn mittig auf dem Tisch mit breiten Spanngurten festgezurrt. Jetzt legte sie ein schwarzes Latextuch über seinen ganzen Körper. Seinen Schwanz mit den Hoden zog sie durch eine kleine, enge Öffnung. Die Hoden band sie mit einem Lederband ab. Mit einem weiteren Band unterteilte sie seine Eier. Der Kopf blieb frei, war aber durch Gurte fixiert. Die Augen verschloss sie mit einer breiten, schwarzen Binde.

Tim flüsterte noch mit Susan, gab ihr Instruktionen und verließ dann mit dem Mädchen den Raum. Die schwere, eisenbeschlagene Holztür wurde geschlossen. Zwei Fackeln gaben ihr diffuses Licht ab und erhellten das alte Gewölbe spärlich.

Nun gab Susan dem Festgebundenen seine Order: »Jede von uns Mädels nimmt zwei Finger und holt Votzensaft damit. Du merkst dir den Geschmack und den dazugehörigen Namen, den wir dir mitteilen. Nachher hast du jede an ihrem Votzensaft zu erkennen und namentlich zu nennen.«

Schon diese Ankündigung zeigte eine deutliche Reaktion bei dem Herrn. Sein Körper war durch die Plane vollkommen abgedeckt, nur sein harter Schwanz präsentierte sich.

»Ich bin Sari.«

Er bekam zwei Finger in den Mund und leckte sie genüsslich sauber.

»Merk dir den Geschmack, merk dir meinen Namen.«

Nacheinander bekam er nun die nassen Kostproben von den anderen drei Mädels. Für alle war das ein verrücktes Spiel.

»Jetzt steigern wir das Ganze. Teil eins war das Schmecken von unseren Fingern. Jetzt bekommst du Votze pur und das Ganze viermal«, sagte Susan und gab Sari ein Zeichen.

Sie kletterte auf den Tisch und hockte sich mit ihrer nassen Votze über das Gesicht des Mannes. Er leckte sofort gierig den Saft, der reichlich vorhanden war.

»Wessen Votzensaft leckst du gerade? Merk dir den Namen und dazu die Reihenfolge.«

Die Nächste setzte sich auf das Gesicht des Mannes und nannte ihren Namen. Eine herrliche Leckerei für den geilen Herrn, der dieses Spiel nicht zum ersten Mal erleben durfte. Durch eine zusätzliche Spende an den Zirkel hatte er sich dieses Privileg erkauft. Sein Fetisch war ihm einiges wert. Er wollte diese Mädels als Spielpartner, dieses frische Blut aus dem Camp.

Die vier Frauen grinsten sich an. Das Spiel machte ihnen richtig Spaß.

»Nun ein Test.« Svenja gab ihm zwei Finger mit ihrem Saft. »Wessen Votzensaft ist das?«

Staunend mussten die Mädels akzeptieren, dass der Mann ihn richtig zuordnen konnte.

»Hier kommt dein nächstes Rätsel«, sagte Susan. »Wir lecken dir nacheinander deinen Schwanz, sagen dir den Namen dazu. Erkenne uns an der Technik. Eine von uns wird dich dann nochmals lecken, diese sollst du erkennen und uns namentlich nennen. Danach reiten wir dich, ebenso mit Namensnennung. Merk dir jede noch so kleine Besonderheit und ordne sie zu.

Auch hier wird dich eine nochmals reiten, und du musst uns ihren Namen nennen.«

Mit ihren Mundvotzen bearbeiteten sie nacheinander seinen Harten, leckten seine Eier. Jede hatte etwa vier Minuten, um ihre persönliche »Visitenkarte« abzugeben.

Sich gegenseitig zuzusehen, geilte die Mädels auf, spornte sie an. Mit all ihrem Können fickten und leckten sie seinen Schwanz. Nachdem sie ihm ein Kondom übergestülpt hatten, ging eine wilde Reiterei von Statten.

»Spritz ja nicht in uns ab, hörst du!« Mit gespreizten Beinen nahmen sie ihn so tief wie nur möglich auf. Das Training im Camp hatte sie perfekt gemacht. Ein geiler, wilder Ritt folgte dem nächsten. Es fiel ihm immer schwerer, sich bei diesen perfekten Ficks der Mädels zurückzuhalten und nicht vorzeitig zu kommen.

»Clevere Idee von Tim«, sagte Svenja. »Nur durch die Ablenkung und die Konzentration auf die Zuordnung unserer Namen, hat er sich bisher zurückhalten können. Bei unserem Talent hätte er normalerweise schon längst abgespritzt!«

»Tim ist ja nicht umsonst der Chef des Unternehmens. Er kennt eben seine Klienten und hat den Laden im Griff«, meinte Carla.

Sari schlug mit ihrer Hand auf den Schwanz, was mit einem geilen Stöhnen erwidert wurde. Ob gewollt oder nicht, er hatte einen Fehler in der Aufzählung. Die Mädels ließen es ihn spüren. Der nächste deftige Klaps auf seine Eier ließ ihn schmerzlich aufstöhnen.

»Ganz schwache Leistung. Du bist ein typischer Versager. Nicht einmal vier kannst du zuordnen. Das macht uns richtig sauer«, sage Svenja und spielte perfekt die Enttäuschte.

Schon tröpfelte das heiße Wachs auf seine Eier und seinen Schwanz. Er zerrte an den Gurten, stöhnte auf.

Susan steigerte das Ganze noch, indem sie ihm die Vorhaut zurückzog und das Wachs auf seine Eichel tropfte. Das ließ ihn aufschreien.

Es war schon sehr grenzwertig ...

»Jetzt hat er wenigstens für die nächsten Tage eine besonders schmerzhafte Erinnerung an uns geile Mädels«, sagte Svenja. »Ich denke, du bist sehr dankbar dafür, liebst das doch, oder?!«

Auch seine Eier verschwanden vollkommen unter heißem Wachs. Als Svenja mit der Kerze nur noch wenige Zentimeter Abstand zu seinen Hoden hatte, war das auftreffende Wachs besonders heiß, ließ ihn sich aufbäumen.

Danach kratzte Sari Teile des Wachses mit ihren langen Fingernägeln von seinen abgebundenen Eiern. Der Gepeinigte zerrte an den Gurten, es schmerzte ihn hörbar. Sie fanden Gefallen daran, ihn zu quälen, wussten aber, dass er es so wollte.

»Jetzt lasst ihn uns abmelken!«, rief Svenja in die Runde.

Eifrige Hände besorgten es ihm. Ihre Wichsbewegungen unterbrachen sie durch kurze Pausen, was ihm sichtlich widerstrebte. Ihre Warnung an ihn, ja nicht zu kommen, erzeugte bei ihm das Gegenteil. Die ersten Tropfen waren erkennbar.

»Für dein Versagen kommt jetzt unsere Bestrafung!«, sagte Svenja streng.

Ohne die unterstützende Melkbewegung erlebte er einen mehr als nüchternen ruinierten Orgasmus. Er kam zwar, aber ohne die Wichsbewegung an seinem Schwanz, war es eher ein Auslaufen, kein druckvolles, geiles Abspritzen – extrem unbefriedigend für den Mann.

»Das hast du nun davon«, sagte Svenja und verschränkte die Arme. »Nächstes Mal streng dich mehr an! Ich schätze, du kannst vier regionale Weinsorten nach ihrem Geschmack zuordnen, bist aber unfähig, vier geile, nasse Mädelsvotzen zu unterscheiden. Das ist eine Beleidigung für uns. Schäm dich!

Du bekommst jetzt Zeit, darüber nachzudenken.«

Die Fackeln wurden ausgemacht und die Frauen gingen aus dem dunklen Raum. Sie schlossen die Tür ab und ließen ihn einfach liegen.

***

Der Dom bat die Herren, zu beginnen. Für alle war Julia ein besonderer Anblick. Die meisten Herren liebten prachtvolle Titten, einen geilen prallen Arsch.

Nichts davon bot dieses Skinnymädel. Im Gegenteil. Aber genau das erzeugte bei vielen eine gewisse perverse Neugierde und stachelte ihre Geilheit an.

Julia lag rücklings auf einem kleinen Holztisch. Ihr Kopf hing über den Tisch. Ein praller Schwanz fickte sie tief in ihre Mundvotze. Gagging war angesagt. Durch den nach unten hängenden Kopf, konnte sie die Schwänze in voller Länge aufnehmen. Obwohl der Würgereflex durch diese Kopfhaltung minimiert war, war es extrem anstrengend für Julia, da ein normales Atmen unmöglich war. Sie hatte nur Sekunden, um Luft zu holen. Zwei der Herren fickten sie ohne Pause zwischen ihre Lippen. Das Blut schoss in ihren Kopf, bald schmerzte ihr Nacken. Die Männer gönnten ihr nur kurze Pausen. Bis zu ihrem Sack hatte sie die Schwänze aufzunehmen und musste sie für Sekunden in dieser Position halten. Speichel tropfte auf den Boden. Am anderen Tischende wurde sie von mehreren Männern abwechselnd in ihre Votze gefickt. Sie liebte Gangbang, von mehreren Männern durchgefickt zu werden.

Pausenlos wurde sie mit aller Härte rangenommen. Es war ein Sinnestaumel wie sie ihn liebte und es ausdrücklich auch wollte. Ein Fickmarathon. Sie war schon ein besonderes Mädel. Wochenlang verbrachte sie ganz normal ihren Alltag, setzte ihr Studium fort, war ein eher schüchternes, zurückhaltendes, ruhiges Mädel. Dann aber, nach Wochen, meldete sie sich bei ihrem Dom.

Dann war es wieder soweit. Sie wurde hippelig und brauchte ihre Droge, das exzessive Ausleben, diese Explosion ihrer Sinne.

Der Dom unterbrach kurz die Aktionen und änderte die Position von Julia. Er zog ihre Beine weit über ihren Kopf zurück. Dort befestigte er sie mit Stricken. Dies erforderte eine extreme Gelenkigkeit. Diese außergewöhnliche Position ließ die Betrachter staunen.

Sie erhielt einige Peitschenhiebe, die schnell Wirkung zeigten. Durch die hohe Körperspannung malten die schmalen Lederriemen ein Muster auf den flachen Arsch. Vieles hatten die Mitglieder des Zirkels schon erlebt, aber diese Skinny war für alle etwas Besonderes. Nur ein kleiner, geschlossener Schlitz war zwischen ihren Beinen zu erkennen. Die Herren kamen zu einem sehr exzentrischen, seltenen, ungewöhnlichen Fick. Geiler und enger hatten sie das noch nicht erlebt.

Eine der älteren Frauen führte ihr einen kugelförmigen, metallischen Analplug in ihre Rosette ein. Zusätzlich befestigte sie noch Klammern an Julias Titten. Danach ergötzte sie sich aus nächster Nähe an den steifen, fickenden Männerschwänzen.

Julias Votze war durch die Kugel des Plugs mehr als eng. Nur mit viel Druck und einem perfekten harten Schwanz war ein Eindringen möglich. Einige der Herren mussten passen. Für die restlichen war es eine lustvolle, außergewöhnlich geile Fickerei, die sie so noch nicht erlebt hatten.

Die Anwesenden standen um Julia herum und beobachteten, wie sie unaufhaltsam auf ihren Höhepunkt zusteuerte.

Ihr Dom entfernte die Fesseln, zog ihr blitzschnell eine Plastiktüte über den Kopf und hielt sie zu. Mit der Unterstützung durch harte, schnelle Fickstöße von einem der Herren, kam es ihr explosionsartig. Der Fick und das schwere Atmen, der geringe Sauerstoffgehalt unter der Hülle, besorgten ihr eine Reise ins Nirgendwo.

Viele Augenpaare beobachteten, wie Julia sich verkrampfte, um dann im wörtlichen Sinne, unter lautem Gestöhne, sichtbar abzuspritzen. Sie schrie es unkontrolliert aus sich heraus. Sie zog die Beine an, streckte sie wieder, drückte sie eng zusammen, war sekundenlang abwesend.

Hände berührten ihren Körper, hielten sie. Alle Zuschauer waren in ihrem Bann. Einige Frauen beneideten sie, wegen der Intensität ihres Kommens.

»Sie ist ein wirklich super geiles Mädel, mein lieber Freund, höchsten Respekt«, war nur einer der Kommentare.

Getragen von hormonellen Glücksgefühlen, entspannte sich ihr Körper langsam. Sie blieb noch eine Weile liegen, genoss diesen Gefühlstaumel, genoss, wie ihr Dom ihr leise etwas zuflüsterte. Dass sie sich auf ihn verlassen konnte und ein spezielles Vertrauensverhältnis zu ihm besaß, war mit das Schönste. Nur so konnte sie sich fallenlassen, loslassen, es zulassen. Nur er war wichtig für sie.

***

Alexandre tippte Sari auf die Schulter und sagte: »Kommt mit in die Küche, wenn ihr wollt. Ich habe da was für euch organisiert.«

Das ließen sich die vier Frauen nicht zweimal sagen. Sari freute sich über Alexandres Idee und spürte ein Kribbeln in ihrem Bauch. Seine Nähe tat ihr einfach gut, das musste sie sich eingestehen. Sie liebte seine gelassene, ruhige, besonnene Art, wie er mit allem umging.

Rührei wurde in einer Pfanne hergestellt. Vier Minuten später wurde aus den Glasschalen das Sperma darüber geschüttet. Die Mädels schauten sich lachend und kopfschüttelnd an. Ein paar Gewürze, Petersilie, und das Ganze war fertig.

»Bitte die Damen ... Verkostung ist angesagt. Gesünder geht's nicht. Protein pur. Wo bekommt man das sonst so lecker.«

Neugierig waren sie, obwohl auch etwas Widerwille dabei war. Keine der Frauen wollte kneifen. Also aßen sie es pur oder mit Butter auf dem Baguette.

»Das könnte ich öfters essen«, sagte Svenja und grinste die anderen an.

Sari fand, dass es nach Rührei schmeckte, ihr Kopfkino jedoch, mit all seinen Gedankenspielen, konnte sie nicht abschalten.

»Wo sind wir hier nur gelandet!« Svenja amüsierte sich köstlich.

Die Köche trugen das Gericht zu den anderen Herrschaften.

Inzwischen war es vier Uhr in der Nacht, eine gewisse Ruhe kehrte ein. Im Saal war ein kleines Buffet mit feinsten Häppchen aufgebaut.

»Ist das jetzt unser Frühstück?«, fragte Carla amüsiert und nahm sich ein Lachsbrötchen.

Am großen Tisch saßen noch einige zusammen und unterhielten sich lebhaft. Einige fuhren nach Hause, andere übernachteten im Schloss.

Tim gab den Mädels die Zimmerschlüssel. »Zwei übernachten jeweils in einem Zimmer. Morgen erwartet euch nach dem Frühstück so gegen neun Uhr der Abholdienst. Zieht euer Kleid an. Ich wünsche eine gute Nacht.«

Alexandre machte einen Wink mit dem Kopf in Saris Richtung. Sie verstand, und beide setzten sich an einen kleinen, runden Tisch.

»Ich möchte dir meine Visitenkarte geben«, sagte er. »Es wäre schön, wenn wir in Verbindung bleiben könnten. So eine tolle Frau trifft man nicht jeden Tag. Lass uns mal einen Kaffee trinken, wenn ich Deutschland bin. Ich würde mich sehr freuen. Du liebst deine Familie und hast einen tollen Mann. Nach so vielen Ehejahren ist das nicht überall so. Ich freue mich für dich, für euch, und ich meine das ehrlich. Deine sexuelle Ausstrahlung auf mich ist enorm. Sex mit dir ist ein Erlebnis. Das ist kein unsittliches Angebot, ich wollte es dir nur noch einmal sagen. Ich will keine Handynummer oder Mailadresse von dir. Ich möchte, dass es ausschließlich bei dir liegt, ob wir uns nochmals in Deutschland treffen wollen. Zuhause hast du bestimmt eine ganz andere Sicht auf alles, auch auf meine Person. Hier, in diesem Ambiente, sind wir in einer anderen Welt, sehen einiges in rosarotem Licht. Ich finde, das ist ein faires Angebot. Sex hatten wir ja schon, in diesem Sinne wäre es kein Fremdgehen.« Er verzog seinen Mund zu einem schelmischen Schmunzeln. »Es hat mich wirklich gefreut, dich etwas kennenzulernen. Ich fahre jetzt nach Hause und wünsche dir im Camp noch eine tolle Zeit. Ich bin dir dankbar für die schönen Stunden hier.«

Er verabschiedete sich noch von den anderen, nahm Sari in den Arm und gab ihr jeweils einen Kuss auf die Wangen. Er verließ den Saal, nicht ohne sich nochmals nach ihr umzudrehen.

Sari war irritiert und erstaunt über ihre Gefühle und Empfindungen für diesen Mann. Ein vor Stunden noch Unbekannter hatte solch eine Wirkung bei ihr hinterlassen ... Natürlich fühlte sie sich geschmeichelt und es tat ihr gut, so begehrt zu werden, gleichzeitig trat eine Verunsicherung ein. Was war mit ihr passiert?

Wenn sie wieder bei ihrem Mann war, würden ihr diese Flausen schon schnell aus dem Kopf verschwinden. So ganz sicher war sie sich allerdings nicht. Alexandre hatte das gewisse Etwas.

Zum ersten Mal während ihrer Ehezeit hatte sie mit einem anderen Mann geschlafen, mit dem sie intensive Gefühle verbanden. Sie wollte es, hatte es reichlich genossen, fand es ausgesprochen erregend und geil. Wie hatte sie sich verändert ... War das wirklich im Sinne ihres Mannes, als er ihr den Vorschlag zum Campbesuch unterbreitete? Welche Auswirkungen hatte es auf ihre Zweisamkeit?

Zum ersten Mal kamen Sari Zweifel an der Richtigkeit ihres Abenteuers. Mit dem sexuell Erlebten konnte sie gut umgehen, aber hier ging es um tiefe Gefühle, die sie zuließ, denen sie sich nicht erwehren konnte. Noch lange lag sie grübelnd in ihrem Bett, bis sie irgendwann der Schlaf überkam.

***

Die Rückfahrt ins Camp war unspektakulär. Ein kleiner Bus holte sie ab. Während der Fahrt wurde viel über die Eindrücke und Erkenntnisse im Schloss geredet. Es war ein außergewöhnliches Erlebnis gewesen, darüber waren sich alle einig. Jede hatte etwas anderes als besonderes Highlight empfunden, jede hatte ihre individuelle Sicht auf diese Stunden. Sie waren in eine andere ihnen bisher unbekannte Welt eingetaucht. Missen wollte diese Erfahrung keine von ihnen.

Sari lag auf einer Liege neben dem Pool. Sie wartete auf ihren Massagetermin. Mit einem Stift füllte sie einen Fragebogen aus. Ihre Bewertung hatte sie schon durchgelesen. In dem Bereich Ficken mit all seinen Facetten, hatte sie gute bis sehr gute Bewertungen. Im Reiten und Mundfick hatte sie die Bestnote, was sie mit einem Lächeln erfreut registrierte. Nun durfte sie eintragen, welchen Verlauf ihre Ausbildung die restlichen Tage nehmen sollte. Löste Schmerz bei ihr einen Hormoncocktail aus? In welcher Intensität brauchte sie diese Erfahrung? Sie wollte und musste es wissen! Wo sonst als hier im Camp konnte sie das real austesten. Sie sah es als einmalige Chance, sich selbst besser kennenzulernen. Devotheit als Spielform liebte sie. Sie liebte Sex mit all seinen Spielarten. Aber wollte und brauchte sie auch die körperliche Züchtigung?

»Sari? Komm bitte. Du bist dran«, unterbrach Pierre abrupt ihr Gedankenspiel.

Sie legte sich auf den Bauch und entspannte sich. Wieder fand sie seine Art zu massieren traumhaft. Er hatte es einfach drauf.

Nach Beendigung seiner Arbeit setzte sich Pierre zu ihr. Es war ein herrlicher Sommertag. Ohne Sonnenschirm konnte man es nicht aushalten. Sari trank einen Eiskaffee mit einer ordentlichen Sahnehaube. Zum Schutz gegen die sengende Sonne trug sie ein weißes T-Shirt, das ihre sonnengebräunte Hautfarbe betonte und sie sehr sexy aussehen ließ. Sie spürte die Blicke und war schon etwas stolz auf sich.

Total entspannt erzählte sie Pierre von den vergangenen Stunden, von den Erlebnissen im Schloss. Ein Thema war die Skinny mit ihrem Dom und natürlich das Spermakochbuch.

Er war ein guter Zuhörer, unterbrach sie nicht.

Danach erzählte er lustige Anekdoten über einige exzentrische Campbesucherinnen. Immer wieder musste Sari darüber lachen, über seine kleinen Geschichten und die Art, wie er es erzählte.

Sari war verblüfft. Erst Alexandre, jetzt auch noch Pierre. Es gab sie also doch noch, diese richtigen Männer.

»Auf dich, du tolle Frau!«, prostete Pierre ihr liebevoll zu.

***

Die vier Freundinnen hatten sich um Tim gruppiert, der den weiteren Ablauf des Tages erklärte. »Heute ist Tag sieben für euch im Camp. Meine Güte, wie die Zeit vergeht ... Jede von euch wird gleich ein Einzelgespräch mit Lena führen. Nach dem Abendessen findet unsere Night-Session statt. Ihr Sieben, und drei Ehemalige, werden ab zweiundzwanzig Uhr im Außengelände die Hauptakteure sein. Unsere Bewertung habt ihr erhalten. Euren Hauptpart heute Abend konntet ihr ja per Fragebogen selbst bestimmen. Wie ich soeben gelesen habe, sind einige von euch ganz schön mutig. Unsere Ausbilder werden, nach Absprache, von Gästen und Angestellten unterstützt. Ihr kommt wie Gott euch schuf. Alle anderen sind bekleidet – wie ihr es ja kennt. Glaubt an euch! Ihr werdet gefordert werden, an eure Grenzen gehen müssen. Ihr wollt es! Denkt immer daran. So, und nun ist aber erst das Gespräch mit Lena an der Reihe.«

***

Lena saß hinter ihrem Computer.

Sari hatte das Gefühl, sie schon ewig zu kennen, denn beide waren sich sehr vertraut. Kein Wunder, bei diesen extrem persönlichen Themen, um die es hier ging.

Zunächst stellte Lara Sari ein paar allgemeine Fragen über das Camp, die Ausbilder, das Essen und die Sauberkeit. Sari konnte nur Positives als Antwort geben. Spannend wurde es, als sie auf den heutigen Abend zu sprechen kam.

»Was möchtest du erleben, Sari?«, fragte Lena.

»Ich lasse einfach meinen Körper und meine Gefühlslage entscheiden, ob ich Maso-SM erleben möchte und in welcher Intensität. Natürlich bin ich neugierig, habe aber auch einen gehörigen Respekt vor dem, was mich erwartet. Was ist mit deiner Erfahrung zu dem Thema. Wie ist deine Meinung dazu, Lena?«

»Wenn du spürst, nicht loslassen zu können, wenn du es nur tust, um es anderen zu beweisen, wenn du nicht abtauchen kannst, nicht spürst, wie es dir Lust erzeugt, brich es ab. Nach einiger Zeit, in der es wirklich nur schmerzt, muss eine Phase kommen, in der du dich von der Realität entfernst. Wie gesagt: Du spürst dich, deine Haut, deinen Körper, alle deine Sinne ... Du bist dann in einem Tunnel. Alles wirkt gedämpft, unwirklich, du bist bei dir. Diese Vermischung von Lust und

Schmerz ist SM. Du ganz allein fühlst und spürst die Wucht, wie es dich emotional erfasst. Dieses ›Sich erleben‹, diese Empfindungen dabei, kann nur jeder für sich selbst wollen und verantworten, oder es eben ablehnen.«

In Saris Körper hatte sich ein Kribbeln eingeschlichen. So wie Lena es ihr erzählt hatte, fühlt sie jetzt schon, dass sie diese anscheinend unglaublichen Gefühle unbedingt erfahren wollte.

***

Beim Abendessen waren alle Frauen in Erwartung des Kommenden sehr aufgeregt.

Sari konnte nicht einschätzen, wie sie während der Session reagieren würde. Zwar hatte das Gespräch mit Lena ihr viel gebracht, aber letztendlich musste Sari ganz allein diese Erfahrung machen. Sie war immer wieder hin und her gerissen. Doch wenn sie ganz intensiv an die Session dachte, dann war sie sich doch sicher, dass sie es unbedingt erleben wollte ...

***

Sari war nervös und aufgeregt, ihre Hände kalt. Erwartungsvoll hörte sie Tim zu, der erneut die einleitenden Worte des heutigen Abends sprach.

»Was mich besonders freut«, sagte Tim, »ist, dass unsere liebgewonnene Louise auch dieses Jahr wieder unser Gast sein wird. Mit ihren einundsechzig Jahren, ihrer tollen Figur und ihrer Jugendlichkeit liebt und lebt sie SM. Nach ihrer eigenen Aussage: mehr denn je. SM ist ihr Jungbrunnen, das Abenteuer ihres Lebens. Mit neun weiteren Mädels werden wir die Session beginnen. Ihr dient uns heute Nacht als Sklavinnen und werdet auch so behandelt. Wir malen euch eine Nummer auf den Körper. Jede von euch hat angegeben, devotes Verhalten zu lieben. Nun müsst ihr es beweisen. Geht zu den Tischen, die euch genannt werden. Ab jetzt seid ihr auf euch allein gestellt. Die Prüfung beginnt!«

Sari bekam Tisch sieben. Dort saßen bereits drei Herren mit zwei Damen. Einer von den Herren hatte das Sagen.

»Gib jedem von uns deinen Votzensaft zum Riechen und Schmecken«, befahl er. »In der Wasserkaraffe kannst du deine Finger reinigen.«

Sari tat wie ihr befohlen.

»Stell dich breitbeinig vor uns hin.« Erst roch der Mann an ihr, dann leckte er die Finger ab. »Schöner Votzengeschmack, fast etwas zu mild. Mach weiter.«

Sari machte die Runde. Am kritischsten waren die Frauen.

»Geh unter den Tisch und leck meine Votze, damit du den perfekten Geschmack kennen lernst«, verlangte eine von ihnen. Sie drehte ihren Stuhl zur Seite.

Sari kniete sich vor sie und fing an zu lecken. Sie wollte es ihr zeigen. Die Frau drückte ihren Kopf kraftvoll zwischen ihre Beine. Die auslaufende Nässe signalisierte Sari, dass es mehr als erregend wirkte.

Ein Herr delegierte Sari zu sich. »Kannst hier gleich weitermachen. Zeig, was du drauf hast.«

Sari nahm den steifen Schwanz in ihre Mundvotze und war in ihrem Element. Nach kurzer Zeit musste er sie stoppen, sonst wäre er wohl gekommen. Er zog sie an den Haaren hoch und stülpte ihren Kopf auf den Nachbarschwanz. Der war nicht gerade mit Größe gesegnet. Er verschwand zwischen ihren Lippen und sie musste aufpassen, nicht zu grinsen. Dieser kleine Schwanz brachte sie fast aus dem Konzept, denn das hatten sie bisher nicht trainiert.

»Okay, geh an Tisch vier und schick uns die Nächste hierher.«

An Tisch vier saßen die Ausbilder mit Sofia.

»Setzt dich zu uns«, sagte Leandro. »Du redest mit uns in der Ich-Form. Sag laut und deutlich: ›Du bist ein braves, aber extrem versautes Mädchen.‹«

Sogleich gab Sari ihre Antwort: »Ich bin ein braves, aber extrem versautes Mädchen.«

So ging das Spiel. Sari hörte ihren leichten Trotz in der Stimme, war aber gewillt, alles nachzusprechen. Sie merkte, dass es sie nicht unberührt ließ.

Ihre nächste Antwort lautete: »Ich bin nur zum Ficken geboren, zum Dienen und Gehorchen. Ich bin eine devote Ficksau.«

Der nächste Herr kam dran und mit ihm der nächste Satz. Sari zuckte zusammen, schaute Claas kurz in die Augen, schluckte mehrfach, um dann trotzig zu sagen: »Ich bin eine verfickte, versaute Hure geworden. Ich lecke Votzen und melke Schwänze ab. Mein Mann wäre stolz auf mich, wenn er jetzt hier wäre und zusehen könnte.«

Das hatte sie getroffen, aber richtig! Am liebsten hätte sie Claas den Kopf abgerissen. Sie versuchte, taff zu wirken, was ihr extrem schwerfiel. Ihren Mann ins Spiel zu bringen, fand sie unfair und geschmacklos. Zum Glück ging es ohne Pause weiter.

Tisch zehn war ein reiner Herrentisch. Beim Flaschendrehen wurde einer ausgelost. Unter erschwerten Bedingungen musste Sari ihn zum Abspritzen in ihrer Mundvotze bekommen. Um ihn abzulenken, alberten die anderen herum, redeten mit ihm, erzählten Witze, ignorierten Sari und ihre Tätigkeit ganz bewusst. Die Zeit war auf acht Minuten begrenzt. Da sie ihn mit Hand und Mund bearbeiten durfte, hatte er, trotz aller Bemühungen seiner Tischgenossen, keine Chance. Sie wusste, was sie zu tun hatte. Gekonnt brachte sie ihn innerhalb von fünf Minuten zum Abspritzen. Gerade wollte sie schlucken, als einer der Männer sie zurückhielt und rief: »Halt! Zeig es uns!«

Sie öffnete den Mund und zeigte ihre Mundfüllung, dann durfte sie es schlucken.

Am nächsten Tisch hatte eine etwa fünfundvierzigjährige Frau ein gefülltes Kondom in der Hand. Sari schwante nichts Gutes.

»Bevor wir hierherkamen, hat mein Mann mich gefickt. Er steht auf dich, hat dich im Garten oft beobachtet. Um ihn aufzugeilen, habe ich ihm gesagt, dass ich dir sein Sperma geben würde. Er sollte vorhin also nur für dich abspritzen. So lebendig und geil hat es mir mein Mann schon lange nicht mehr besorgt. Hier ...« Sie gab Sari das Kondom. »Sei stolz, es jetzt ›essen‹ zu dürfen. Zeig es uns. Schluck es ... mach es leer ...«

Sari war geschockt. Sie wollte diese Aufgabe ablehnen. Ekliger ging es nicht mehr! Kaltes Sperma, das auch noch den süßlichen Kondomgeschmack angenommen hatte ... Sie musste würgen. Zum ersten Mal spürte sie eine klare Abneigung. Sollte sie es ablehnen? Für Sekunden dachte sie an die Fernsehsendung »Dschungelcamp«, in der Kandidaten Tierhoden und Ähnliches verzehren mussten. Das half ihr bei ihrer Überwindung. Also los ... Sie dachte intensiv an Austern, die sie so gern verzehrte.

Austern, Austern, ich schlürfe Austern ... und weg damit ..., dachte sie.

Sari schüttelte sich, musste sich fast übergeben, erklärte sich selbst für verrückt, erklärte alle hier für perverse Spinner. Warum hatte sie das gemacht?

Scham und Wut überkamen sie. Darauf war sie nun wirklich nicht stolz, im Gegenteil. Mit einer gewaltigen Wut im Bauch über sich selbst, ging sie zum nächsten Tisch.

An ihrem letzten Tisch musste sie einige Zeit verweilen. Einer der Herren legte sie rücklings auf darauf, zog beide Beine senkrecht hoch. Seine Dame füllte Sekt in Saris Votze. Ihre Beine wurden gespreizt, um dem Herrn das Austrinken so bequem wie möglich zu machen.

»Schmeckt einfach noch etwas würziger. Ich könnte mich

daran gewöhnen«, bemerkte ein Mann und wischte sich mit dem Handrücken seinen Mund ab.

Nochmals wurde nachgefüllt. Es schäumte aus ihrer Pussy. Das Perlen des Sektes fand Sari angenehm. Eine der Damen schlürfte nun das edle Getränk aus Saris Votze, fasziniert beobachtet von ihren Tischnachbarn.

Einer der Herren steckte ihr eine halbvolle Flasche in ihre Grotte, machte spielerische Fickbewegungen damit, was zu einer überschäumenden Reaktion führte und für viel Gelächter sorgte.

Was für eine leichte Aufgabe, nach dem Schock von eben, dachte Sari.

Nach weiteren fünf Minuten, stand plötzlich Jean an dem Tisch. Sofort wurden die Aktionen eingestellt und alle blickten ihn erwartungsvoll an. Er nahm Sari am Arm und verließ mit ihr den Raum. Er ging weiter, bis sie zu einem Seitentor kamen, durch das sie hindurchgingen. Sie verließen praktisch das Camp.

Sari wurde ein bisschen mulmig. Was hatte er vor?

Ein Sandweg führte beide in die offene, dunkle Landschaft. Schließlich landeten sie bei einer Hütte. Sari blickte sich um. Das Camp war jetzt weit entfernt.

Sie gingen ein Stück um die Hütte herum. Erleichtert stellte Sari fest, dass Svenja und Louise hier waren. Ebenfalls warteten drei weitere Herren in schwarzer Kleidung. Fast wirkten sie unsichtbar.

Sari erkannte mehrere Stricke, die von einem auf Stützen stehenden, großen Holzbalken hingen. Neben der Hütte waren mehrere Strohballen aufgeschichtet. Eine etwa zehn Meter entfernte Laterne beleuchtete nur indirekt diese Szene. Vor langer Zeit hatte Sari mal einen Film über ein Gefangenenlager im Krieg gesehen. Dieses Szenario erinnerte sie sehr daran und löste ein starkes Unbehagen bei ihr aus. Zeit zum Nachdenken ließ Jean ihr nicht. Er zeigte allen ihre Positionen.

Svenja, Louise und Sari wurden nebeneinander unter den Balken gestellt und die Hände über ihren Köpfen gefesselt. Dann wurden sie hochgezogen, bis sie nur noch auf ihren Zehenspitzen standen. Ein Sack wurde ihnen übergestülpt und am Hals zugebunden.

So stand Sari für einige lange Minuten. Allein dieses Stehen forderte ihre Kondition.

Dann klatschte ein Peitschenhieb auf sie. Auf den Zehenspitzen konnte Sari sich gerade eben halten, aber schon beim nächsten Peitschenhieb schob es sie nach vorn und sie drehte sich etwas. Jede der Frauen schien ihren eigenen Herrn, ihren eigenen Sklaventreiber zu haben.

»Sari, du bekommst jetzt drei Dutzend Hiebe«, sagte Jean. »Das Schmerzgefühl wird du erst nach einer Endorphinausschüttung deines Körpers als stimulierend und euphorisierend empfinden. Lass es einfach geschehen.«

Sari wusste, dass sein Rat wohlgemeint war. Sie drehte sich noch immer um ihre Achse. Ihre Peiniger fixierten ihren Arsch und der nächste Peitschenhieb traf sie. Zunächst war es nur heftiger Schmerz, den sie empfand. Minutenlang wirkte alles unwirklich, sinnlos und sie bereute schon jetzt, es zugelassen zu haben.

Doch auf einmal spürte sie tatsächlich eine Reaktion ... Die hormonellen Schutzfunktionen ihres Körpers arbeiteten. Die kommenden Peitschenhiebe empfand sie nur noch als dunklen, dumpfen Schmerz ... Sie war in einem Tunnel ... spürte und fühlte alles ... aber eben anders, irgendwie weit entfernt ... fast unbeteiligt, passiv ... Klatsch! Der nächste Schlag ... und der nächste ...

Jemand zog ihr den Sack vom Kopf. Es war Jean. Er nahm

sie in den Arm, streichelte liebevoll über Rücken und Arsch, berührte ihr nasses Lustzentrum.

Sie schaute ihn mit glasigen, leeren Augen an. Sie fühlte sich unbeteiligt.

Mit ruhiger Stimme gab er seine klaren Anordnungen: »Ich gebe dir jetzt noch fünfzehn mit dem Rohrstock. Denk daran, du bist hier, um zu erfahren, ob du masochistisch veranlagt bist. Vertraue deinem Körper. Entscheide erst nach der Session, ob du diese Veranlagung hast. Jetzt wirst du es ablehnen, morgen vielleicht auch noch, aber in ein paar Tagen ... wer weiß ... Achtung, es wird es nochmal hart für dich.«

Die ersten Schläge spürte sie deutlich als Schmerz, aber sie wollte es. Dann veränderte sich ihr Empfinden. Jetzt war ihr alles egal. Sie war im Tunnel. Sie verdrehte sich nicht mehr, ließ es einfach zu. Eine unerwartete, tiefe innere Ruhe überkam sie. Der nächste dumpfe Schlag. Sie spürte ihn nur noch als Nadelstich, kein dauernder Schmerz. Eher hatte sie mit ihrer Kondition zu kämpfen. Die Hände über dem Kopf, nur auf den Zehenspitzen stehend, das forderte sie. Sie hing jetzt mehr an dem Strick, als dass sie stand. Wieder ein Rohrstockhieb. Sie brach nicht ab – das war ihr wichtig!

Als Jean sie losband, sank sie erschöpft auf einen der Strohballen. Ein tiefer, sinnlicher Rausch überkam sie, ein Gefühlsausbruch, den sie noch nie so erlebt hatte. Sie fing an zu weinen, ohne es zu wollen, ohne es bewusst wahrzunehmen. Sie lachte und weinte. Ihre Hormone spielten verrückt. Dann wurde sie auf einmal ganz ruhig. Für einige Minuten kauerte sie sich in der Babyhaltung zusammen. Jean legte eine Decke über sie, in die sie sich reinkuschelte, sich über den Kopf zog.

Jean kannte diese Reaktionen. Fast alle verhielten sich so.

Langsam, ganz langsam, kam Sari in die Realität zurück. Jean half ihr auf, führte sie zu einer Liege. Ihre Striemen wurden von einem Mann mit feinem Öl behandelt. Die leichte Massage fühlte sich wohltuend an. Noch war sie nicht voll ansprechbar. Es fühlte sich an, als hätte sie Alkohol in Mengen getrunken. Nach und nach bekam sie mit, dass Pierre sie massierte.

»Heute mache ich meinen Job besonders gern«, sagte er leise zu Sari. »Erhol dich jetzt. Komm, wir gehen zu den Strohballen zurück.« Es tat ihr gut, seine Stimme zu hören, wenn auch nur sehr dumpf und unwirklich.

Sari setzte sich zu Svenja auf einen Strohballen.

Louise war noch unter dem Holzbalken. Einer der Herren stand einige Meter von ihr entfernt. Er hatte eine Bullwhip-Peitsche und rief ihr laut zu: »Ich gönn dir zehn.«

Gekonnt knallte der erste Peitschenhieb auf ihren Körper. Die meterlange Peitsche musste man bedienen können. Eine Trefferkontrolle war unmöglich. Die Einundsechzigjährige hatte damit Erfahrung. Für ihre Sinne war es der Höhepunkt, der Kick, den sie wollte und brauchte. Bei jedem Peitschenknall zuckten die Mädels zusammen. Es war ein perverses Schauspiel, nichts für schwache Nerven. Louise drehte sich, hing in den Seilen. Die Spitze der Peitsche wickelte sich immer kurzzeitig um den Körper. Die Striemen waren selbst auf die Entfernung zu erkennen. Klatsch! Das war der letzte Peitschentreffer.

Zwei Männer machten sie los, führten sie neben die Mädels. Aufrecht, extrem gezeichnet, aber mit einem trotzigen Stolz in ihrem Gesicht, setzte Louise sich auf einen Strohballen.

Eines der Servicemädels betupfte ihre aufgerissene Haut mit einem desinfizierenden Mittel.

Jean schlug einmal in die Hände und sagte: »Legt euch rücklings auf die Ballen. Beine breit. Jetzt bekommt ihr noch den letzten Schliff.«

Ungläubig schauten die drei Frauen Jean und die anderen Herren an. Es sollte noch weitergehen?

Die Frauen befolgten schweigend die Anordnung.

Einer der Herren hob Saris Beine an, spreizte sie weit und hielt sie so für die nächsten Minuten. Eine aus Gummifäden bestehende Peitsche knallte auf ihre präsentierte Votze. Diese spezielle Peitsche erzeugte eine tiefe Rötung und einen besonderen, ziehenden Schmerz. Durch die Spreizung und das Halten der Beine war Sari der Peitsche schutzlos ausgeliefert. Ihr Instinkt wehrte sich dagegen. Ihre Psyche war am Limit.

Aber bestimmt wussten die Herren das. Die Härte der Schläge war dosiert. Nach sechs Peitschenhieben wurde Sari verbal gefordert.

»Sag mir, dass du weitere sechs Peitschenhiebe auf deine Votze willst. Sag es mir«, befahl ihr einer der Männer.

»Ich ... möchte weitere sechs Hiebe ... auf meine Votze ... Ich bitte darum ...«

Nach einem Dutzend Hiebe ließ man Sari liegen, damit sie sich erholen konnte. Sie wollte an diesem Abend an ihre Grenzen gehen, und sie hatte es geschafft.

»Kommt alle mit. Jetzt erwartet euch eure schlimmste Prüfung«, riss Jean sie aus ihren Gedanken.

Sofort sahen sich die Mädels ratlos und unsicher an. Sari stellte fest, dass wohl auch Svenja und Louise auf ein Ende gehofft hatten. Was sollte denn jetzt bloß noch kommen? Sari hatte kaum noch Kraft, zu laufen. Aber sie musste.

Über einen mit Brettern ausgelegten Pfad gingen die Frauen und Männer in das dunkle Wäldchen. Eine Petroleumlampe warf ein bescheidenes Licht auf ein weiträumiges Matratzenlager. Die Herren zogen sich aus.

»Jetzt wirst du erleben, warum du diesen Weg gegangen bist«, sagte Pierre mit einem Schmunzeln.

Sari war froh, dass er ihr zugeteilt worden war, doch ihr Realitätssinn war noch so gut wie ausgeblendet.

Sie sollte sich vor ihn auf alle viere auf die Matratze knien. Er war hinter ihr und fickte sie im Doggystyle in ihre patschnasse Votze, die von den vielen Peitschenschlägen angeschwollen war. Sari senkte stöhnend ihren Kopf tiefer in die Matratze, um ihn noch besser zu spüren, ihn noch tiefer aufnehmen zu können. Sie war wie von Sinnen, und fing an, ihre Geilheit und ihr Lustempfinden mit jedem Stoß von ihm herauszuschreien. Hinzu kam das Wissen, endlich alles überstanden zu haben. Und das erzeugte bei ihr ein zusätzliches Hochgefühl. Sie hatte keine einzige Session abgebrochen. Sie spürte, wie ihr Arsch brannte, spürte ihre geschwollene Votze ... Aber all das war jetzt Nebensache. Sie war im Taumel der Lust. Wieder und wieder fickte Pierre sie gewaltig durch.

»Jetzt gib alles ...«, feuerte Pierre sie an. »Setz dich auf mich und reite mich. Geh an deine Grenzen. Lass dich fallen ... Sei meine geile Sari ... zeig es mir!«

Als Sari sich auf Pierre setzte, schaute sie neben sich. Dort fickte Svenja mit Claas. Was ging hier ab?!

Sari war wie in einem Rausch und unglaublich aufgegeilt. Schweiß tropfte auf ihre Titten, ihre Haare waren nass. Sie ritt Pierre einige Zeit richtig heftig, doch sie war schnell fertig und erschöpft. Sie stoppte, keuchte, konnte nicht mehr ... Bewegungslos und schwer atmend saß sie auf ihm.

»Komm weiter, immer weiter«, spornte Pierre sie an. »Du kannst das! Auf, weiter!« Er schlug ihr auf die Titten, drehte an ihren Nippeln. Er putschte sie weiter auf: »Lass dich nicht hängen. Du willst es, du kannst es ... komm, Sari!«

Sie schaute ihm in die Augen ...

Er hatte ihren Namen genannt. Ja, sie war Sari. Eine stolze Sari. Sie spürte neue Energie, ihren Willen ... Minutenlang ritt sie weiter, fickte ihn. Ihre Fingernägel krallten sich tief in seine Brust, hinterließen Spuren. Bewusst machte sie kurze

Pausen, schaute ihn an. Dann war es nur noch ein unkontrollierter geiler Ritt. Mit offenem Mund und in den Nacken gelegtem Kopf, schrie sie es hemmungslos heraus, wie noch nie in ihrem Leben. Hier, in der freien Natur, verhallten ihre Schreie. Sie war total verschwitzt und körperlich am Ende. Erschöpft kippte sie einfach von ihm herunter.

Mit rasendem Puls lag sie neben ihm, kaputt und ausgelaugt, unfähig, sich zu bewegen.

Endlich durfte sie sich erholen. Sie hörte das Rauschen der Bäume, genoss diese Ruhe mit Pierre, der neben ihr lag. Viele Minuten genossen sie so. Während ihr Puls sich normalisierte, schaute sie sentimental in den glitzernden Sternenhimmel. Was für ein Anblick, was für ein Augenblick!

Hätte sie mit einem anderen Ausbilder das alles hier genauso empfunden? Sie musste nicht lange überlegen. Die Antwort war ein klares Nein. Mit Pierre war es einfach außergewöhnlich, dachte sie mit einem Lächeln auf den Lippen.

***

Schließlich trafen sich alle vor der Hütte. Ein knisterndes Lagerfeuer erhellte die Nacht. Servicemädels kümmerten sich um ihr Wohl. Sari, Svenja und Louise erhielten jede einen Bademantel zum Überziehen. Es gab Prosecco.

Alle prosteten sich zu.

Sari trauten ihren Augen nicht, denn ein üppiges Mitternachtsbuffet war aufgebaut. Wie gewohnt war alles vom Feinsten. Alle freuten sich riesig über diese wirklich gelungene Überraschung.

Sari spürte, wie ausgehungert sie war.

Als ein Musiker mit Gesang und Gitarrenspiel am Lagerfeuer aufspielte, waren alle restlos begeistert.

»Eins muss man der Campleitung lassen«, meinte Svenja, »sie weiß genau, wie man die Mädels bei Laune hält. Eben noch in der Hölle, jetzt im Himmel!«

Ein mehrstimmiges befreiendes Lachen war zu vernehmen.

Nach dieser extremen Session schmeckten die Häppchen wirklich exzellent. Die Wärme des Lagerfeuers, unterstützt von der inneren Erwärmung des Proseccos, ließ nach und nach den körperlichen Schmerz in den Hintergrund rücken.

Sari spürte deutlich das Abfallen der Anspannung, die vor diesem Abend besonders groß gewesen war. Hier in der freien Natur konnte sie bei manchem Lied richtig schön laut mitsingen, sich einfach gehen lassen.

»Diesen Abend werde ich mein Leben lang nicht vergessen«, sagte Sari andächtig. »Diese harte, außergewöhnliche Session unter dem herrlichen Sternenhimmel ... Und jetzt hier, diesen wunderbaren Abschluss in den neuen Tag ... Ich bin immer noch berauscht von allem ...« Sari war so überwältigt von den Eindrücken, dass mitunter die Gespräche an ihr vorbeigingen. In kurzer Zeit hatte sie unglaublich viel erlebt, sodass sie alles erst einmal verarbeiten musste. Sie hatte ihre persönliche Prüfung bestanden. Die Jungs waren sehr einfühlsam gewesen, hatten sie an ihre Grenzen geführt, aber nicht darüber. Sie empfand eine tiefe, innere Ausgeglichenheit. Alles schien etwas verklärt, fast kitschig schön. Was für verrückte Tage ...

»Hey Sari!«

Der Ruf riss sie aus ihren Gedanken und sie bemühte sich, sich an der Konversation zu beteiligen. Sofort spürte sie auch wieder ihren Körper und veränderte ihre Sitzhaltung. Ihr Arsch tat reichlich weh. Den anderen Mädels konnte sie es auch ansehen. Es war kein starker Schmerz, eher ein ungewohntes Ziehen. Trotzig setzte sie sich aufrecht hin. Schwäche zeigen war jetzt nicht angebracht.

Schwere Holzscheite wurden auf das Feuer gelegt. Viele blickten gedankenverloren in die lodernden Flammen. Einige sangen lauthals mit. »An Tagen wie diesen ...«

Die Nacht wurde lang.

***

Sari, Svenja, Carla, Susan und Louise genossen den dampfenden Kaffee und die Croissants beim Frühstück. Sie sprachen viel über den gestrigen Abend. Im Mittelpunkt stand auch Louise. Sie wurde mit Fragen über ihre Neigung und Gefühlswelt geradezu überhäuft.

»Ich wohne nicht weit von hier, in Agde. Seit einigen Jahren bin ich von meinem Mann getrennt und komme ab und zu ins Camp, um mich auszuleben«, erzählte Louise.

»Ich weiß nicht, wie es euch geht«, sagte Sari. »Aber ich finde, uns sitzt eine ganz besonders liebenswerte, intelligente, lebenslustige, jung gebliebene, humorvolle und überaus sympathische Louise gegenüber. Hätte mir vor Wochen jemand von einer Person erzählt, die eine solch extreme sexuelle Neigung hat, ich hätte eine total andere Vorstellung von dieser Person gehabt. So ist das mit den Vorurteilen. Das Camp hat mir die Augen geöffnet, und ich bin dankbar dafür.« Sari sah nur zustimmendes Nicken.

»Seht ihr, deshalb bin ich auch hier«, meinte Louise. »Wo sonst kann man über solche Themen reden? Wichtig ist ein Austausch, um andere und sich selbst besser zu verstehen.« Sie tauchte ihr Croissant in ihren Kaffee und sprach Sari und Svenja an: »Wie sieht es bei euch aus, habt ihr den Abend schon verarbeitet?«

Svenja antwortete mit einem klaren: »Nein.«

Auch Sari hatte noch viel aufzuarbeiten. Nur schwer hatte sie gegen Morgen in den Schlaf gefunden. Jetzt, wenige Stunden später, war sie noch nicht voll auf dem Damm. Ihre Erinnerungen an den Abend waren undeutlich, teilweise wie hinter einem Nebelschleier verborgen. Der Alkohol hatte seinen Teil dazu beigetragen. Nur kurz hatte sie ihren Körper im

Spiegel betrachtet und war erschrocken gewesen. Nicht nur die Striemen, auch ihr sonstiges Aussehen hatte gelitten. Sie fühlte sich nicht nur kaputt, sondern sah auch so aus.

»Komm, trink noch eine Tasse. Der Kaffee wird dich munter machen«, flachste Carla und füllte Sari unaufgefordert nach.

Sari bedankte sich und fragte Louise: »Ich bewundere dich, du sitzt hier, als sei nichts gewesen, während mir noch der Kopf brummt und meine Gedanken hin und her schwirren. Der Abend war schon deftig, und erst recht, was sie mit dir getrieben haben! Mit der Bullwhip gepeitscht zu werden, war schon für mich als Betrachter schmerzhaft. Du willst es, das akzeptiere ich, aber es zu verstehen, ist mir kaum möglich.«

Louise lächelte und tätschelte kurz Saris Hand. »Natürlich bin ich gegen jede Form von Willkür oder Gewalt, aber das hat mit dem, was ich ab und zu erlebe, absolut nichts zu tun. Ich entscheide mit meinem Verstand selbst, was ich freiwillig als Fetisch – als mein persönliches Abenteuer – erleben möchte. Die Jungs, die mir meine gewollte Befriedigung verschaffen, leben es als ihre Sexualität aus. Beide Teile kommen also auf ihre Kosten. Beide finden das geil. Wäre jemand Sadist, würde ich das sofort abbrechen. Ich hasse zum Beispiel den Stierkampf. Ich habe einfach kein Verständnis dafür. Mir tun die Tiere leid, aber auch die Menschen, die sich daran ergötzen. Unzählige solcher Beispiele könnte ich anführen. Was ich da gerade sage, ist doch selbstverständlich. Manche klettern auf Berge, fahren Autorennen, springen mit dem Fallschirm aus Tausenden von Metern. Alle wollen diesen Kick erleben. Bei mir ist es eben SM mit seinen Spielarten. Vielleicht möchte ich es mir immer wieder selbst beweisen, brauche eine Bestätigung, noch voll dabei zu sein, auch in meinem Alter. Ich muss euch gestehen, ich genieße dieses Lustgefühl heute mehr denn je.«

Dieses Bild, wie Louise mit der Bullwhip gestern Abend ausgepeitscht wurde, hatte sich Sari eingeprägt. Sie war letztendlich in einer ähnlichen Situation, wenn auch mit weniger Intensität.

Tim trat zu ihnen, um ihnen mitzuteilen, dass der nächste Termin für sechzehn Uhr angesetzt war. Alle waren erleichtert, dass es nicht sofort weiterging und freuten sich über diese längere Erholungsphase.

***

Als Sari auf ihrem Zimmer war und allein auf ihrem Bett saß, spürte sie die Erschöpfung. Im Spiegel betrachtete sie ihre rot gepeitschte Pussy, ihren gepeinigten Rücken und Arsch. Sie legte sich auf das Bett. Der gestrige Abend holte sie ein. Alles kehrte in ihr Bewusstsein zurück. Die Schläge, der Schmerz, der Orgasmus, die Glücksgefühle ...

So einen Rausch der Sinne hatte sie noch nie erlebt. Sie dachte an ihren Mann. Ihre Augen wurden feucht. Sie freute sich auf ihn. Diese extremen Momente würde sie ab sofort auch mit ihm teilen können, dessen war sie sich sicher. Sich fallen zu lassen, alles um sich herum auszublenden, es zuzulassen, sich gehen zu lassen, das hatte sie hier gelernt. Es war ihre wichtigste Erfahrung. Und wenn sie ehrlich mit sich war, hatte sie zu selten ihre Geilheit ausgelebt. Sie war häufig zu kontrolliert. Das würde jetzt anders werden ...

Ihre Gedanken lösten sich auf und sie schlief ein.

***

Louise verabschiedete sich von den vier Freundinnen. Winkend lief zu ihrem Auto. Sari, und auch die anderen Frauen, hatten großen Respekt vor dieser besonderen Person.

Als Louise davonfuhr, sagte Svenja: »Ich bin froh, dass ich noch so viele Jahre Zeit habe, um mich auszutoben! Das hat mir Louise gezeigt.«

Zustimmend nickte Sari. Svenja hatte recht.

***

Kurz nach vier betrat Lena den Raum. »Heute können sich euer Körper und eure Seele mal erholen«, sagte sie. »Es ist keine körperliche Ausbildung angesagt.«

»Oh wie schade«, rief Susan spöttisch.

Sari und die anderen waren sichtlich erleichtert und konnten nun entspannt Lenas Worten lauschen.

»Nach diesen acht Tagen bekommt ihr nun eure Abschlussbewertung. Morgen bleibt euch noch ein Tag, um eventuelle Schwächen zu beseitigen. Unser komplettes Team steht euch den ganzen morgigen Tag zur Verfügung. Nutzt diese Möglichkeit. Übermorgen reist ihr ab. Wir werden euch ab acht Uhr ein reichhaltiges Brunchbuffet anbieten. Jede von euch kann unser Camp in Zukunft als Gast buchen, falls wir freie Kontingente haben – all inclusive, versteht sich.«

Ein Lachen ging durch die Runde.

»Zuhause erwartet euch der Alltag. Das Erlebte dieses Camps kann euch niemand nehmen. Aber im häuslichen Umfeld sieht das alles schnell wieder ganz anders aus. Ich habe Psychologie studiert und mit den Jahren hier meine Erfahrungen gesammelt. Wenn ihr möchtet, könnt ihr mich über meine Mail-Adresse jederzeit erreichen. Noch schöner wäre es allerdings, euch irgendwann hier wiederzusehen. Was also nehmt ihr von hier mit? Zunächst euren Mut, hierherzukommen. Ich denke, jede hatte die Vor- und Nachteile abgewogen und es sich sicherlich nicht einfach gemacht. Ihr habt es getan. Respekt. Manche haben Grenzerfahrungen erleben dürfen, die euch prägen. Unsere Schlossbesucherinnen haben sicherlich viele unbekannte Einblicke erhalten. Real so eine Nacht zu erleben, ist eine neue Lebenserfahrung und auch eine Horizonterweiterung. Nicht zu vergessen, den Grund eures Hierseins. Ihr habt viel gelernt, neue Erfahrungen gemacht und versteht nun besser, wie Männer ticken. Ganz wichtig ist mir auch euer Beckenbodentraining. Macht das unbedingt zu Hause weiter. Es ist gut für eure Gesundheit, und eure Sexpartner werden es euch danken. Im Bereich Maso sind neue Erfahrungen gemacht worden. Es kommt dabei wesentlich darauf an, den passenden Partner zur Verfügung zu haben, oder ihn zu finden. Wer es ausleben will, kann sich in BDSM-Foren umsehen, aber, und das ist mir ganz wichtig, dort tummeln sich auch sämtliche Fakes. Viele Profile bestehen aus Falschangaben. Möchtegern-Doms gibt es in Massen. Also, alles genau abwägen. Ohne Sub, kein Dom. Ihr seid kein Freiwild für diese Herren. Ihr seid stolze, tolle Mädels. Sicherlich habt ihr hier neue Freundschaften geschlossen, die über den Campbesuch hinausgehen. Wie ich euch hier so sehe, werdet ihr sicherlich Kontakt halten. Ihr seid wirklich eine tolle Truppe!«

Lena gab ihnen noch weitere Informationen und Tipps, um am Schluss ein persönliches Gespräch unter vier Augen anzubieten. Alle nutzten das.

Als Sari an der Reihe war, wollte sie wissen, ob ihre Zerrissenheit in Sachen Körperzüchtigung sich klären würde. »Will ich es? Brauche ich es? Könnte ich es mit meinem Mann tun? Wobei ich nicht weiß, ob er überhaupt eine Neigung hat ...«

»Du wirst nach Wochen oder Monaten eine klare Antwort darauf finden. Hier spielt Zeit eine große Rolle. Nimm dir die Zeit. Wenn nur einer der Partner diese Spielart liebt, empfehle ich, es zu lassen. Tastet euch langsam heran. Seht und spürt, ob es euch den Kick bringt. Es gibt viele Varianten, die keinen Schmerz erzeugen, wie Fesselspiele oder Verbalsex. Eine DS-Beziehung hat auch ihren Reiz. Etwas finde ich ganz wichtig: Treibt es nicht nur im Schlafzimmer. Ein separates Zimmer wäre optimal. Man geht bewusst in dieses Zimmer, kann schnell den Alltag hinter sich lassen. Etwas Kerzenlicht, leise Musik und man ist im Traumland. Rede offen mit deinem Mann.

Er schickte dich ins Camp. Er wusste also, was dich erwartet. Ihr werdet eure persönliche Spielform finden, da bin ich mir sicher. Du hast es erlebt und er wird stolz auf dich sein. Findet einfach heraus, was euch Spaß bereitet.«

***

Beim Abendessen waren alle bester Laune.

Tim nahm Sari kurz beiseite und sagte: »Wir haben deinem Mann gestern mitgeteilt, dass hier alles bestens ist, dass es dir gut geht. Ich soll dir einen lieben Gruß ausrichten.«

Sie freute sich riesig über diese Nachricht und bekam sofort glasige Augen.

Zur Freude und Überraschung aller, legte ein DJ auf. Die Stimmung war gelöst und die Frauen aufgedreht, freuten sich über den entspannten Abend und das, was sie geschafft hatten. Lockerer war es hier bisher noch nicht zugegangen. Einige Mädels tanzten sogar.

Als sich Pierre zu Sari an den Tisch setzte, strahlte sie über das ganze Gesicht. Es gab Sekt, was ihre gute Laune und die der anderen Frauen noch steigerte.

Pierre beugte sich zu Sari und flüsterte ihr ins Ohr: »Der Fick mit dir, oben im Freien, war klasse! Ich möchte mich noch bei dir bedanken.«

Sari wurde rot im Gesicht, war sprachlos.

»Ich meine das ehrlich! Es ist zwar mein Job, aber auch ich bin nur ein Mann. Wenn es schön war, möchte ich dir das auch mitteilen. Ich hoffe, du meldest mich jetzt nicht beim großen Boss«, sagte er, ihr in die Augen schauend.

Mit einem Lachen konterte sie. »Ich werde dich melden, aber im positiven Sinne.« Dann fügte sie leiser hinzu: »Ich habe mich auch sehr wohlgefühlt, und der Dank gilt auch dir. Nach der für mich doch deftigen Abrichtung war ich froh, dass du mich in den Arm genommen hattest. Auch die

Gespräche mit dir habe ich genossen.«

»Kannst du dir vorstellen, nochmals als Gast in unser Camp zu kommen?«

»Gute Frage ... Ich glaube, eher nicht. Ich bin ja mit meinem Mann liiert, bin ja kein Single. Es sollte ein Break sein, eine exzentrische neue Erfahrung. Das war es wirklich. Selten hat sich in meinem Leben innerhalb von zehn Tagen so viel verändert ... Ich muss gestehen, dass ich mich auch wieder auf ruhigere Tage freue.«

***

Sari hatte sich um zehn Uhr am nächsten Morgen bei Leandro angemeldet. Am heutigen Tag war ein Dialog mit den Ausbildern möglich, und auch erwünscht.

Sari sprach mit ihm über die Atemkontrolle. Sie wollte mehr über die Dauer der Atemreduzierung erfahren.

Leandro nannte ihr die Erfahrungswerte, die Sekundendauer bei verschlossener Tüte. »Ab dieser Zeit«, er nannte die Zahl, »wird es gefährlich. Dann wird es, je nach Person, bis zur Ohnmacht führen. Warum macht man das ... Genau aus zwei Gründen: Alles, was unerlaubt, gefährlich und grenzwertig ist, erzeugt bei vielen von uns einen besonderen Kick. Der eine klettert an steilen Wänden herum, der andere taucht fünfzig Meter in die Tiefe. Alles birgt ein Risiko in sich, ist grenzwertig. Freiwillig an Grenzen gehen, das Außergewöhnliche zu wollen oder zu lieben, sozusagen das Risiko bewusst zu suchen, ist für manche das Abenteuer schlechthin. Der rauschähnliche Zustand erzeugt im SM-Bereich ebenfalls den besonderen Kick. Das Spiel mit Ängsten boomt. Es gibt eine Unzahl von weltweiten Foren im Netz über diese extremen Veranlagungen. Ich stelle es einfach nur fest, ohne es zu bewerten.«

Als nächstes hatte Sari einen besonderen Wunsch, der vor Tagen noch undenkbar war ...

***

Die Jungs hatten alles vorbereitet und ließen sie allein den abgedunkelten Raum betreten. Sie ging auf eine Liege zu, die nur wenig beleuchte wurde. Sie setzte sich davor auf einen Stuhl. In Augenhöhe befand sich eine jugendliche, extrem glattrasierte Votze. Neugierig fing sie an zu lecken. Konnte sie mit Frauen? Hatte sie einen Fetisch dafür? Wo konnte sie das besser feststellen, als hier im Camp ...

Zum ersten Mal in ihrem Leben leckte sie eine Frau, in diesem Fall ein junges Mädel. Sari musste zugeben, dass es sie sofort aufgeilte. Der Geschmack war neutraler, als sie das bisher angenommen hatte. Natürlich kannte sie ihren Votzensaft, aber bei einer Fremden war das etwas anderes. Das Mädel stöhnte leise vor sich hin. Das fasste Sari als Anfeuerung auf. Wenn eine Frau nicht gut lecken konnte, wer denn sonst! Sie legte mit ihren Fingern den Kitzler frei. Sofort erhob er sich sichtbar aus seinem Mantel. Ihre Zunge leckte in alle Richtungen, mal schneller, mal sanft, mal deutlich. Minutenlang genoss sie die nasse Votze.

Schließlich erhob sich Sari und fickte mit ihren Fingern das Loch, um dann intensiv die raue Stelle, den G-Punkt, zu bearbeiten. Das zeigte Wirkung. Sie fingerte an den ihr bekannten Stellen. Das Mädel reagierte und stöhnte auf.

Als alles patschnass war, leckte sie gierig weiter, wusste, dass das Mädel etwas Zeit brauchte, um wieder voll dabei zu sein. Sie machte bewusst längere Pausen, leckte dann weiter, gekonnt und perfekt, ließ das Mädel ihre Geilheit spüren.

Erstmals bemerkte Sari, wie es sich für einen Mann anfühlte, wenn der Orgasmus der Frau sich ankündigte. Sie spürte die Kontraktion der Scheidenmuskeln. Das junge Mädel bäumte sich auf und kam mit lautem Stöhnen.

Sari war über ihre Gefühle erstaunt. Zwischen ihren Beinen

war alles nass. Sie hatte einer weiblichen Person einen Orgasmus beschert, einer fremden Frau die Pussy geleckt. Ihr Kopfkino arbeitete. Sie war so aufgegeilt, dass sie so nicht gehen wollte.

»Willst du mich jetzt lecken?«, fragte Sari.

Das Mädel war sofort bereit und freute sich über die saftige Pussy. Sari genoss tief entspannt die Zunge des Mädels. Sie spürte von Frau zu Frau, was Sari guttat. Und Sari war offen und bereit, diese sinnliche Lust zu genießen. Genau das war es: purer Genuss!

Zwei Finger wurden in ihre Votze gesteckt und am Kitzler weitergeleckt. Die zusätzliche Stimulanz wirkte. Nach nur wenigen Minuten brach es aus Sari heraus. Wie immer war der Kitzlerorgasmus der beste und heftigste. Mit lautem Gestöhne wälzte sie sich auf der Liege hin und her, ließ ihrer Lust freien Lauf.

»Ich werde doch wohl nicht lesbisch?«, sagte sie zu dem Mädchen.

»Ich glaube, etwas bi sind viele von uns. Wir sind hier ja in einem fast tabulosen Umfeld. Du machst etwas, was Zuhause so gut wie unvorstellbar ist. Hier ist alles natürlich, erlaubt, zwanglos und unkompliziert.«

»Du hast recht. Auf der Webseite wird es ›Das Abenteuerland‹ genannt. Das ist es tatsächlich für mich. Einfach für einen gewissen Zeitraum ins Traumland gehen.«

***

Sari setzte sich mit einem Eiskaffee an den Pool. Die Regenwolken waren vertrieben, die Sonne brannte wieder mit alter Kraft. Pierre massierte nebenan eine Frau und nickte ihr lächelnd zu.

Svenja setzte sich zu ihr und fragte neugierig nach Saris Wunsch an das Camp.

Sari begann zu erzählen, was sie mit dem Mädchen erlebt hatte. Staunend hörte Svenja zu.

Als Sari ihre Geschichte beendet hatte, kam Pierre festen Schrittes auf sie zu und baute sich vor ihr auf. Unsicher blickte sie zu ihm hoch. Dann beugte er sich hinunter, packte Sari und warf sie mit den Worten »Du bist ja eine Lesbe, pfuiii ...« lachend im hohen Bogen in den Pool.

Erschrocken, aber ebenfalls lachend, tauchte sie wieder auf und spritzte ihn nass.

***

Sari war aufgeregt. Ihr Abschlusstest stand bevor. Zwar hatte sie den Tag in der Sonne genossen, und auch gut abschalten können, doch jetzt wurde es noch mal ernst für sie.

Tim stand neben Sari. Er wollte bei ihrem letzten Test persönlich dabei sein. »Du wirst zum Abschluss unser Zirkeltraining kennen lernen. In einer schnellen Abfolge hast du alle Stationen zu durchlaufen. Meine Jungs werden dich richtig rannehmen. Befolge jede Anordnung sofort. Es gibt keine Pausen. Zeig uns deinen Willen, geh an deine Grenzen.«

Sari nickte. Sie ging zu einem kleinen Holztisch und musste sich rücklings darauf legen. Ihr Kopf hing über die Kante nach unten, die Beine wurden gespreizt festgebunden.

Leandro stand zwischen ihren Beinen. Er leckte sie etwas und fickte dann ihre Votze. Jean war auch dabei. Er steckte seinen Schwanz zwischen ihre Lippen und drückte ihren Kopf dabei nach unten. Sein schwerer Hodensack hing über ihrem Gesicht, sein Schwanz ganz tief in ihrem Rachen. Sie bekam gleich zu Beginn der Fickerei schon Atemnot. Hektisch schluckte sie ihren Speichel, hechelte nach Luft. Der Fick zwischen ihren Beinen wurde wilder. So ging es minutenlang.

Dann tauschten Leandro und Jean ihre Position. Für Sari wurde es brutal. Leandros Schwanz war wesentlich dicker, zum Luftholen blieb fast keine Möglichkeit. Ihre Schminke lief ihr über das hochrote, patschnasse Gesicht. Leandro nahm keine Rücksicht.

»Heute geht's zur Sache. Nehmt sie noch härter ran. Ich will sehen, wo ihre Grenzen sind«, feuerte Sofia die Jungs an.

Während Jean ihr Fickloch hart rannahm, hielt Sofia zusätzlich den »Magic-Wand«-Großkopfvibrator an Saris Kitzler.

»Zeig uns, wie du abspritzen kannst«, forderte Sofia.

Sari wusste nicht, wie und was mit ihr geschah. Sie hatte wenig Sauerstoff, ihr Kopf hing nach unten, sie wurde gefickt und ihr Kitzler mit hoher Drehzahl bearbeitet.

Als es ihr kam, erstickte sie fast. Leandro hatte seinen Schwanz nochmals fest in ihre Mundvotze gedrückt, um ihn dann ruckartig herauszuziehen. Sie spuckte und röchelte. Er nahm ihren Oberkörper und setzte sie auf den Tisch.

Sie war fix und fertig, und das war erst der Anfang der Session!

Mit ihrem nassen Gesicht, der verlaufenen Schminke und immer noch nach Luft schnappend, fühlte sie sich erniedrigt.

Sofia gab ihr ein Handtuch. »Mach dich etwas sauber, atme gleichmäßig. Du hast nur wenig Zeit, dich zu erholen.« Sofia kümmerte sich um sie, von Frau zu Frau.

»Gut gemacht«, lobte Tim Jean und Leandro. Dann sprach er zu Sari. »Bei dem Telefongespräch kürzlich mit deinem Mann, ging es auch um deine Abrichtung. Er akzeptiert und vor allem, er wünscht sich sichtbare Zeichen deiner Erziehung. Diesen Wunsch wollen wir ihm gern erfüllen. Leg dich dort auf den Strohballen. Ohne Fesseln zeigst du uns jetzt deine Willensstärke. Du wirst dich nicht wehren und ich möchte nichts hören.«

Sari legte sich bäuchlings über den Ballen.

»Du bekommst jetzt ein Dutzend«, sagte Tim und schon folgte der erste Peitschenhieb.

Etwas Wesentliches hatte sich bei ihr verändert. Ihren Körper so intensiv zu spüren, sich devot anzubieten, sich fallen zu lassen, wurde zu einem Gefühlserlebnis, wie sie es bisher nicht kannte. Es war anfangs immer unangenehm. Aber inzwischen kannte sie ihren Körper. Endorphine, die körpereigenen schmerzstillenden Substanzen, linderten ihre Empfindungen, dämpfen den Schmerz.

Ganz wesentlich war, sie tat es nicht nur für sich … auch für ihren Mann. Ohne einen Laut, ohne sich sichtbar zu bewegen, ertrug sie die harte Züchtigung.

»So, dreh dich um«, befahl Tim. »Jetzt zwölf auf deine Votze. Pussycaning. Weiter geht's!«

Schnell drehte sie sich um, präsentierte mit weit gespreizten Beinen ihr Fickloch. Sie kannte die Abläufe. Schon traf sie der erste Peitschenhieb. Sie hatte ihre Hände seitlich neben sich, presste sie auf die Strohballen. Der nächste Hieb. Ohne sichtbare Reaktion schaffte sie diese Prüfung. Zwischen weit geöffnete Beine, mitten ins Lustzentrum, Peitschenhiebe zu bekommen, war eine der extremsten Prüfungen. Doch dank ihrer Willenskraft schaffte Sari auch dies.

»Absolut lobenswert! Gut gemacht, Sari«, sagte Tim. »Du hast verstanden, auf was es ankommt, hast dich unter Kontrolle. Weiter so!«

»Komm hierher«, rief Leandro sie zu sich. »Oberkörper auf den Holztisch, Beine schön weit auseinander. Mit unserer Fickmaschine überprüfen wir jetzt deine Arschfickqualität. Entspann dich … und genieße.«

Natürlich nahm Leandro den großen Dildo. Mit etwas Gel versehen, führte er ihn an ihre Rosette.

»Drück jetzt dagegen«, befahl er.

Und schon spürte Sari, wie der Dildo in sie eindrang. Sie biss sich fast auf die Lippen, verzog schmerzhaft ihr Gesicht. Für Sekunden brannte es in ihr. Dann arbeitete die Fickmaschine. Doch nach ein paar Sekunden war alles anders. Der dicke Bolzen in ihrem Arsch wurde zum Lustobjekt. Erst, als eine sehr schnelle Abfolge der Fickbewegung erfolgte, stöhnte sie nicht nur aus Lust. Sie hatte hier im Camp viele solcher Momente erlebt und konnte inzwischen zum Glück damit umgehen.

Nach fünf Minuten hatte Sari auch diese Prüfung bestanden.

»Okay, auch das war schwer in Ordnung«, sagte Tim. »Ich bin angetan von der Ruhe, mit der du alles über dich ergehen lässt. Sehr gut. Geh jetzt zu Sofia.«

Ohne Pause ging es weiter. Zirkeltraining war Sari noch aus ihrer Schulzeit bekannt.

Sofia band Saris Titten nahe am Körper mit Klebeband ab. Ein Jutesack wurde ihr über den Kopf gestülpt. Sie stand frei im Raum, ohne irgendwelche Fesselung. Sofia befestigte Klammern an ihren Nippeln. Mit einer Kette waren diese miteinander verbunden. Gewichte wurden nun mittig an die Kette gehängt.

»Beug dich vor und lass die Gewichte schaukeln. Zeig uns deine geilen Titten.«

Sari tat, wie es gewünscht wurde. Nach einigen Sekunden stoppte Sofia, um noch weitere Gewichte anzubringen. Wieder musste Sari sich nach vorn beugen und die Gewichte schaukeln lassen. Jetzt zog es die Nippel schon etwas in die Länge.

»Beugen und wippen lassen. Komm schon!«

So viel Gewicht hatte sie noch nie zu bewegen. Es zog kräftig, schmerzte, war aber noch machbar.«

»Jetzt steh gerade«, kam es im Befehlston von Sofia. Sie entfernte ruckartig die Klammern.

Das Blut schoss zurück. Sari presste sofort die Lippen zusammen, dass ihr kein Schmerzenslaut entwich.

»Jetzt zeig uns, dass du belastbar bist. Ich gebe dir zwölf.« Sofia schnippte mit ihrem Zeigefinger auf die stark geschundenen Nippel.

»Eins ... zwei ... drei ... bleib stehen! Vier ...«

Sari blieb die Luft weg. Die durch die Gewichte strapazierten Nippel waren durch die Klammern und den Blutrückfluss noch empfindlicher geworden und jedes Schnippen erzeugte nun einen extremen, stichartigen, teuflischen Schmerz. Zwar nur für Sekunden, aber das reichte! Ohne technisches Spielzeug, einfach nur durch Fingerschnippen, wurde sie vom Schmerz fast überrollt. Jetzt war sie an ihrer Grenze.

Zum Glück konnte man unter dem Jutesack nicht Saris schmerzverzerrtes Gesicht sehen! Sie biss die Zähne zusammen und versuchte, durch gleichmäßiges Atmen mit der Situation klarzukommen.

Wieder und wieder redete sie sich ein: *Ich schaffe das ... Ich schaffe das!*, und versuchte, an etwas anderes zu denken.

Erschwerend kam hinzu, dass sie nicht mehr ruhig stehen konnte. Jeder Muskel ihres ganzen Körpers war zum Zerreißen angespannt. Nichts sehen zu können, steigerte das Ganze.

»Noch drei auf jeder Seite«, sagte Sofia.

Mit allerletzter Willenskraft überstand Sari diese teuflischste aller Bösartigkeiten.

»Du bist echt ein taffes Mädel«, lobte Sofia. »Du kannst mehr als zufrieden mit dir sein!«

Der Jutesack wurde Sari abgenommen. Ihre geröteten Nippel schmerzten. Doch Zeit zum Nachdenken gaben sie Sari nicht.

»Zeig uns deine Entwicklung nach dem Training der Beckenbodenmuskulatur«, bat Tim. »Nimm diese Edelstahlkugel in deine Votze, lauf bis zu der Markierung dort, geh in die Hocke und komm wieder hierher.«

Zunächst hatte Sari die Standard-Kugelgröße aufzunehmen. Die Übung war kein Problem für sie. Erst bei der dritten Größe hatte sie das Gefühl, dass sie sie nicht halten konnte. Es gelang ihr aber mit viel Konzentration.

»Mehr brauchen wir nicht. Das ist ein Spitzenwert. Da kann sich dein Mann freuen«, sagte Tim angetan von ihrer Leistung. »Jetzt kommt deine Paradedisziplin: das Reiten und Wichsen von Schwänzen. Zeig uns jetzt, warum du da spitze bist«, sagte Tim und schaute sein Team mit wissendem Blick an. »Gehen wir in den Nebenraum. Du kannst dich jetzt schon freuen.«

Kaum hatte sie den Raum betreten, stockte ihr der Atem. Damit hatte Sari nun wirklich nicht gerechnet. »Ihr seid ja verrückt!«, brach es aus ihr heraus, und sie konnte ein kurzes Auflachen, trotz ihres schmerzenden Körpers, nicht unterdrücken.

Auf dem Matratzenlager lagen fünf Männer, die unterstützt von einem Mädel auf Sari warteten. Auch die beiden Köche Philipp und Pascal hatten wieder einmal ihren Glückstag.

»Du hast alle zunächst zu reiten«, sagte Tim. »Zwei von den Jungs hast du beim Reiten zum Abspritzen zu bringen, die anderen hast du mit Mund und Hand abzumelken. Du verlässt diese Station nicht, ohne das erledigt zu haben. Also, zeig uns, was du drauf hast.«

Nachdem Sari alle geritten hatte, nahm sie sich jeden noch mal einzeln vor. Philipp wurde als erster abgemolken. Sie ritt erneut auf ihm, nahm dann seinen Schwanz, um ihn mit intensiven Wichsbewegungen zu erlösen.

Natürlich geilte das Zuschauen die restlichen Jungs gewaltig auf, was für alle sichtbar war.

So hatte sie ein verhältnismäßig leichtes Spiel, als sie Leandro bestieg. Mit dem Rücken zu ihm, ritt sie ihn gleichmäßig. Bei jeder Unterbrechung rutschte sie einige Zentimeter weiter zu seinen Beinen. Sein harter Schwanz wurde mitgezogen. Gleichzeitig hatte er den Blick auf ihren geilen Arsch.

»Okay, jetzt lass ich dich kommen.« Sie wusste inzwischen, wie man ihn aufgeilte. Ihre Worte zeigten Wirkung. Er packte ihre Hüften, unterdrückte sein Stöhnen, fiel dann zurück auf die Matte und blieb heftig atmend liegen.

Diese Aufgabe bereitete ihr Vergnügen. Eifrig nahm sie sich einen nach dem anderen vor. Körperlich war sie im Grenzbereich. Verschwitzt, die Haare zerzaust, ihr Körper gezeichnet ... Aber sie war mit sich zufrieden, gab alles.

Als es vollbracht war, bekam sie doch tatsächlich von allen Anwesenden ehrlichen Beifall. Sie spielte mit und verbeugte sich in alle Richtungen wie ein gefeierter Star. Das führte zu weiteren Beifallsbekundungen. Aber es lenkte sie nur kurzzeitig von ihrem völlig erschöpften Zustand ab.

»Ich hatte das nicht anders von dir erwartet«, lobte Tim noch mal und bat Sari zu sich. Zu ihrem Erstaunen nahm er sie kurz in den Arm und drückte sie. »Du bist eine tolle Frau, und das meine ich absolut aufrichtig! Wir haben zum Abschluss noch eine kleine Belohnung für dich. Ich hoffe, du freust dich. Geh einfach in diesen Raum.«

***

Es war dunkel. Stockfinster. Sari wurde unsicher. Was würde sie hier erwarten? Sie hatte doch endlich alles geschafft. Es sollte doch keine Prüfung mehr geben, oder doch?

»Komm hierher«, sagte eine tiefe, drohende Stimme.

Sari war aufgeregt und stolperte fast über den Mattenrand.

»Leg dich hin. Jetzt kannst du was erleben!«

Jemand machte eine Kerze an.

Saris Herz klopfte laut. Dann wandelte sich ihre Nervosität in Freude. »Du verdammter Halunke!«, rief sie freudig und erleichtert. »Du hast deine Stimme verstellt und ich bin darauf hereingefallen!« Was für eine gelungene Überraschung!

Vor ihr saß Alexandre schmunzelnd auf der Matte.

Schelmisch sagte er: »Die letzte Prüfung nehme *ich* ab.«

Freudig nahmen sie sich in den Arm.

»Als Mitglied des Zirkels habe ich mir dieses Privileg genommen. Ich hoffe, du freust dich ein wenig.«

»Du bist wahnsinnig! Natürlich! Das ist eine mehr als gelungene Überraschung!«

»Den Wunsch, dich nochmals zu sehen, hatte ich schon beim Abschied im Schloss.«

»Ganz lieb von dir. Gerade jetzt, nach der deftigen Session, tust du mir besonders gut.«

»Dann habe ich ja alles richtig gemacht.«

»Nimm mich einfach in den Arm. Ich will dich spüren, möchte mich fallenlassen. Ich bin vollkommen ausgepowert von den letzten Stunden.«

Sicher wusste er, dass Sari extrem benutzt worden war. »Leg dich auf den Bauch, ich massiere dich«, sagte er.

Nach zwanzig Minuten absoluter Erholung, drehte sich Sari um. »Ich will dich jetzt in mir spüren.«

Ganz der Gentleman nahm er sie mit viel Gefühl und fickte sie im Liegen von hinten. Sie hatte die Augen zu und genoss seinen Schwanz in ihr. Dieses sinnliche Ficken ließ Sari wie im Traum über sich ergehen. In vollkommener Ruhe, ohne irgendwelche Anweisungen, war es für beide der pure Genuss ...

Nach dem wunderbaren, sanften Sex unterhielten sie sich noch lange und genossen das sinnliche Beisammensein.

»Leider muss ich dich jetzt verlassen«, sagte Alexandre nach zwei Stunden. »Ich habe eine Geschäftsbesprechung unterbrochen. Zum Abendessen muss ich wieder dabei sein.«

Sie umarmten sich innig und der Abschied fiel beiden nicht leicht.

***

Als Sari sich im Spiegel ihres Zimmers ansah, konnte sie es kaum glauben. Teile des Rückens, besonders natürlich ihr Arsch, waren schwer rangenommen worden. Der Bereich um ihre Pussy war knallrot. Erstaunlicherweise hatte sie sich doch schnell und gut erholt. Sie merkte zwar noch jeden Muskel und das Brennen ihrer Votze, aber gleichzeitig fühlte sie sich ganz klar im Kopf.

Der Stolz und die damit verbundene Freude, alles durchgezogen zu haben, halfen ihr sicherlich dabei. Etwas Gesünderes als Sex gab es für den Körper eben nicht. Na ja ... zumindest konnte man sich das einreden ... Sie lachte leise vor sich hin.

Als sie aus der Dusche trat, war sie wie neu geboren. Das also war aus der lieben, korrekten, konservativen Frau geworden, die vor neun Tagen das Camp betreten hatte. Sie stand noch einige Zeit vor dem Spiegel.

***

Mit einem vollgefüllten Teller und richtig guter Laune nahm Sari beim Abendessen Platz am Tisch bei ihren Freundinnen.

Nach ein paar Minuten gesellte sich Pierre zu ihnen und setzte sich neben Sari. Darüber freute sie sich.

Einerseits kam ein wenig Wehmut auf, andererseits wollten alle nach Hause. Die Frauen plauderten munter drauflos und es wurde viel gelacht, aber auch tiefsinnig über die Tage im Camp geredet.

Pierre kannte diese Stimmung des letzten Abends. Auch hier waren viele Gemeinsamkeiten mit den Vorgängerinnen, was er ihnen mitteilte.

»Ich denke, wir können das alles erst zu Hause verarbeiten«, sagte Svenja. »Es war das erwartete Abenteuer. Ich habe jedenfalls nicht bereut, hier gewesen zu sein. Mit meinem Freund wird es sicherlich ein ernsthaftes Gespräch über unsere Zukunft geben müssen, denn ich bin schon etwas süchtig geworden, und meine Gefühle über meine sexuellen Wünsche haben sich bestätigt. Ich freue mich aber auch sehr, euch Mädels kennengelernt zu haben. Ich hoffe, wir bleiben alle in Mailkontakt!«

»Ja, natürlich!«, riefen Sari, Carla und Susan wie aus einem Mund und alle lachten.

Carla wandte sich an Sari und sagte eindringlich: »Du musst mir unbedingt schreiben, wie dein Mann mit der neuen Sari klarkommt. Ich bin so gespannt und neugierig! Für mich war und ist es der Break in meinem Leben, den ich erhofft habe. Ich werde noch selbstbestimmter in die nächste Zeit gehen. Hier habe ich viel Selbstsicherheit gewonnen. Auch ich habe anfänglich abgewogen, ob ich in dieses Camp gehen sollte. Als dann meine Selbstzweifel immer größer wurden, habe ich mich einfach angemeldet. Darüber bin ich am meisten stolz. Und es war einfach klasse hier! Allein das Verbot von Slip und BH über die vielen Tage, hat mich richtig aufgewühlt. Dann natürlich die Jungs, alle super, sympathisch und der Hammer, wenn ihr versteht, was ich meine.« Carla prostete allen zu.

Mit einem lauten Lachen und natürlich mit viel Prosecco, ging es noch Stunden weiter.

Pierre unterhielt sich bis tief in die Nacht mit Sari. Sie erfuhr ein bisschen etwas über seinen Job. Im Sommer war er für einige Wochen hier. Ein Anreiz war die Bezahlung, ein anderer das Erleben. Wer hatte schon so einen Job. Die restliche Zeit des Jahres arbeitete er als freiberuflicher Masseur. Sari musste ihm von der nächsten Vernissage erzählen, nannte ihm ihre Webseite.

Als die anderen drei Sari und Pierre wieder ins Gespräch einbanden, plauderten sie noch lange über Gott und die Welt.

»Zehn Tage ohne Fernseher, ohne Tageszeitung, ohne Informationen über das Weltgeschehen, ohne sich Gedanken machen zu müssen, was man anzieht, nichts einkaufen müssen, nichts kochen, kein Handy ... so eine Erfahrung zu machen, ist einfach klasse«, sagte Sari begeistert. »Außerdem für mich noch ohne den eigenen Mann.« Sie lachte. »Ich habe mir den

Spruch verinnerlicht ›Das Leben kommt von vorn‹. Dieser Satz bringt alles auf den Punkt. Natürlich prägt uns unsere Vergangenheit, mit all unseren Erfahrungen. Aber jetzt, hier, in diesem Augenblick, ist die Realität. Lasst uns auf das Hier und Jetzt anstoßen! Und natürlich auf eine tolle Zukunft!«

Carla erhob ihr Glas. »Auf uns!«

Als sie in ihre Betten fielen, wurde es schon hell.

***

Zum Abschiedsbrunch kamen alle in ihrer Privatkleidung. So kannte man sich noch gar nicht. Die Haare wurden lang getragen. Es war erstaunlich, wie sich alle verändert hatten. Man betrachtete sich schmunzelnd von Kopf bis Fuß. Es war schon was an der Aussage »Kleider machen Leute« dran. Hier aber war es einfach die Veränderung nach den Tagen der Nacktheit und des Einheitslooks.

Alles, was fein und köstlich war, wurde nochmals aufgetischt.

Die Frauen unterhielten sich prächtig mit den Männern. Lautes Lachen war zu vernehmen. Es war eine freudige Aufbruchsstimmung.

Jede Einzelne wurde von Tim in seinem Büro verabschiedet. Er gab ihnen ihre Unterlagen mit. Als Überraschung gab es einen kleinen Anhänger für die Halskette oder das Armband. Drei Buchstaben waren verspielt eingraviert: »sub«.

Intensiv und prägend hatten alle den Aufenthalt im Camp empfunden. Susan war sich sicher, es im nächsten Jahr als Gast besuchen zu wollen. Mit vielen Umarmungen und manchem feuchten Auge war es dann soweit. Die Frauen begaben sich auf den Heimweg.

Das Abenteuer im Camp war zu Ende.

***

Sie lagen sich lange in den Armen. Sari genoss die Vertrautheit und tiefe Liebe zu ihrem Mann. Hier war sie zu Hause, ein unglaublich schöner Moment.

Sven hatte ein Schild mit einem Willkommensgruß an ihrer Haustür befestigt und Sari freute sich darüber. Auch hatte er sich für diesen Nachmittag frei genommen.

Sari legte sich auf die Couch im Wohnzimmer, war müde von der Heimfahrt und von den letzten Tagen. Sven spürte das. Er machte ihr einen Kaffee und setzte sich zu ihr.

»Ich freue mich, dass du wieder da bist, und es gibt bestimmt eine Menge zu erzählen.«

Sari drückte ihn, war glücklich. Am meisten freute sie sich, dass er sie nicht mit Fragen überhäufte. Er hatte eben Stil.

Während des Abendessens plauderte sie locker über das Erlebte. Sven schmunzelte öfters, hielt sich aber weiter mit Nachfragen zurück. Es erstaunte sie schon.

»Den Kids geht es gut. Ich musste etwas fantasieren, wenn sie mich über deinen Wellnessurlaub ausfragten. Übrigens: Ich habe noch eine kleine Überraschung für dich. Wir gönnen uns ein verlängertes Wochenende. Aber jetzt erhol dich erst einmal und lass die Seele baumeln. Ina hat dich morgen auf einen Kaffee eingeladen. Sie will dich unbedingt sehen. Ihre Neugierde ist nicht zu bremsen.«

Sari lächelte. Das konnte sie voll verstehen.

***

Im Bett drückten sich beide fest aneinander.

»Ich finde, sie stehen dir. Sehen echt geil aus«, sagte Sven mit dem Blick auf ihre Striemen. Beim Ausziehen hatte er sich ihren Arsch zeigen lassen. Sie war deutlich gezeichnet.

Alles Erlebte fiel förmlich von ihr ab. Sie genoss, im eigenen Bett zu liegen und neben ihrem Mann zu sein. Eine tiefe innere Ruhe befiel sie.

»Schlaf gut. Schön, dich wieder hier zu haben«, flüsterte er und nahm sie in den Arm.

Umgehend schlief sie ein.

***

Sari liebte den Geruch von Kaffee. Schlaftrunken betrat sie das Esszimmer.

Sven hatte sie schlafen lassen und inzwischen das Frühstück gemacht. Strahlend setzte sie sich zu ihm. Sie war wieder zu Hause. Dieses entspannte Gefühl der Geborgenheit tat ihr gut.

Er begrüßte sie mit dem Schwenken der regionalen Zeitung. »Du hast sicherlich nicht viel von der Außenwelt mitbekommen. Aber ich fürchte, bei dir war sicher einiges mehr los als hier.«

Es war ein langes, ausgiebiges Frühstücken.

Nach einer Stunde bemerkte Sven: »Ich habe in deiner Abwesenheit das Zimmer im obersten Stock etwas hergerichtet. Nach dem Duschen muss ich es dir zeigen.«

Neugierig schaute sie ihn an. »Warum?«

»Lass dich einfach überraschen.« Er zwinkerte. »Außerdem habe ich dir auf dein Bett etwas zum Anziehen hingelegt. Es ist ein Willkommensgeschenk. Ich hoffe, es gefällt dir.«

Als sie das Schlafzimmer betrat, schüttelte sie belustigt den Kopf. Ähnlich wie im Camp hatte er ihr ein Latexoberteil und einen kurzen Rock besorgt. Jetzt dämmerte ihr auch, was sie im oberen Zimmer erwarten könnte.

»Der Mistkerl«, murmelte sie belustigt vor sich hin. »Schon wieder ist er für eine Überraschung gut. Genau deshalb liebe ich ihn!« Diese Selbstgespräche führte sie ganz selten, und nur, wenn sie etwas aus der Fassung gebracht hatte. Und schon wieder war es ihm gelungen.

Ausgiebig duschte sie. Ihr Körper hatte deutliche Spuren, die gepflegt werden wollten.

»Ich bin schon oben. Komm zu mir«, rief Sven ihr zu, nachdem sie sich angekleidet und nach ihm gefragt hatte.

Als Sari die Stufen zum oberen Zimmer erklomm und die Tür öffnete, blieb ihr die Sprache weg. Das hatte sie nicht erwartet. Mit den Dachschrägen und den Holzbalken war es schon immer eines ihrer Lieblingszimmer gewesen. Doch nun hatte Sven mit schwarzem Stoff Seitenteile und Teile der Decke bespannt. An einem der freistehenden Balken hatte er einen weiteren Balken quer befestigt. Ein Andreaskreuz, Marke Eigenbau, war entstanden. Neben einem großen rechteckigen Holztisch lagen mehre Matratzen. Leise Hintergrundmusik erklang, Kerzen erleuchteten den Raum. Einige SM-Utensilien, die Sari an das Camp erinnerten, lagen auf dem Tisch.

»Ich fasse es nicht ... Diese Überraschung ist dir wirklich gelungen! Hattest du das etwa von vornherein so geplant?«

Er grinste.

»Jetzt sehe ich den Campbesuch in einem ganz anderen Licht. Du wolltest mit mir in einen neuen Lebensabschnitt gehen ... Du geiler Kerl hast das alles im Stillen vorbereitet! Und ich dachte, du bist für mich ein offenes Buch. Komm lass dich umarmen!«

Er lachte und freute sich über ihre Reaktion. »Als sich einige meiner Mitarbeiter scheiden ließen, als in Gesprächen mit Freunden unterschwellig über Langeweile im sexuellen Eheleben gesprochen wurde, was ich übrigens bei uns nicht so empfunden habe, wollte ich das bei uns erst gar nicht aufkommen lassen. Deshalb der Brief, der Campbesuch und das Zimmer hier. Sag mal, hast du nicht einen verschlossenen Umschlag für mich mit der Auswertung deiner Abrichtung? Ich bin sehr gespannt, ihn in Ruhe zu studieren!«

Als Sven den Brief in den Händen hielt, ließ sie ihren Mann allein im Zimmer. Sie war positiv aufgewühlt und unglaublich erleichtert. Nun verstand sie die Beweggründe ihres Mannes zu hundert Prozent. Das versprach eine spannende Zukunft für ihre Beziehung! Zu ihrem Glücksgefühl kam nun auch der Stolz über extreme sexuelle Möglichkeiten und neue Praktiken zu verfügen, die ihm sicherlich mehr als nur gefallen würden, hinzu.

Sven hatte die Bewertungsseiten durchgelesen und rief Sari hinzu. Gerade nahm er das Blatt mit der Abschlussbewertung in die Hand. Saris Zeugnis. Eine so ausführliche Bewertung hatte er wohl nicht erwartet, denn er las fasziniert vor: »Sari wurde als Drei-Loch und Maso ausgebildet. Ihre Bewertung im Einzelnen:

Votze: Eng gebaut, gut und ausdauernd zu ficken. Umgehend nass. Kontraktion beim Orgasmus deutlich spürbar. Neutraler Geschmack. Squirting deutlich sichtbar. Mehrfachorgasmus möglich. Perfekte, ausdauernde Reiterin. Kitzler sichtbar.

Mundvotze: Druckvoller Mundfick. Trainierte Techniken verinnerlicht. Dauerhafte, tiefe Aufnahme. Gagging, Skullfuck perfekt. Perfektes abmelken im gewünschten Zeitrahmen. Vollaufnahme Sperma. Rimming perfekt. Perfekte Leckerin.

Arschvotze: Optimal eng. Schnelles Einführen möglich. Analplug mittlere Größe. Muskeldruck stark. Ausdauernd. Willig.

Maso: Mittlere Belastbarkeit. Schlagintensität mit Peitsche/Rohrstock liegt im mittleren Bereich. Pussycanin und Tittentortur mittlere Intensität.

Fesselung: Alle Varianten.

Atemkontrolle: Leichte bis mittlere Anwendungsdauer. Erholung im normalen Rahmen.

Verbal hat sie unsere Vorgaben erfüllt, ihre Wortwahl entspricht den SM-Anforderungen. Sari hat ihre Abrichtung zur Sub mit Bravour bestanden. Sie ist willig, offen für neue Spielformen, devot in der Erledigung der ihr gestellten Anforderungen. Sportlich ausdauernd. Kein Session-Abbruch.

Gangbang möglich. Sie wurde zur stolzen Sub abgerichtet.« Sven ließ das Zeugnis sinken. Sichtlich aufgewühlt blickte er sie an. Sari erkannte, wie stolz er war.

Nur zwei Kerzen erleuchteten den Raum, leise Musik ertönte.

»Stell dich hier hin, Hände hinter den Kopf«, befahl er.

Sie tat es und war seltsamerweise etwas aufgeregt. Mit dem eigenen Mann ... Es wirkte auf sie ... Als er ihre Votze kontrollierte, war sie nass.

»Ich begutachte jetzt deine Striemen.« Nach eingehender Betrachtung trat er vor sie. »Erzähl jetzt mit allen Details, wie sie entstanden sind und lass nichts aus. In deinem Ausbildungsschreiben habe ich viele Informationen erhalten. Du hast in allen Bereichen beste Bewertungen, die du ab sofort hier belegen wirst. Also, beschreibe mir deine Abrichtung im Maso-Bereich.«

Mit hinter dem Kopf verschränkten Armen erzählte Sari, wie sie zu den Striemen gekommen war. Ihr Mann saß auf einem Stuhl und betrachtete sie. Er genoss diese devote Art seiner Sari, die mit deutlichen Worten ihre Erziehung und Abrichtung im Camp beschrieb. Der Einstieg in ein neues Verhältnis zu seiner Frau war gelungen. Er wusste, wie schwierig es war, nicht kitschig oder albern zu werden. Beide mussten ihre Rolle perfekt spielen. Sven wusste, dass er alles, was er ihr ankündigte, auch unausweichlich durchziehen musste. Sie war noch vom Camp gezeichnet. Er würde es langsam angehen lassen, sie nicht überfordern. Langfristig waren viele Spielvarianten möglich. In ihrer Abwesenheit hatte sich Sven im Internet umgesehen. Er war sich sicher, alles richtig gemacht zu haben. Sie verstanden sich blendend, und das würde auch so bleiben.

***

Ihrer Freundin Ina musste Sari natürlich alles ausführlich erzählen. Dazu tranken sie mehrere Tassen Kaffee. Jetzt erst wurde Sari bewusst, was sie alles erlebt hatte.

Ina hing Sari regelrecht an deren Lippen. Sie saugte alles auf, wollte alles detailliert erklärt bekommen. Immer wieder kam ein ungläubiges »Das kann doch nicht wahr sein!« oder ein »Unglaublich!« aus ihrem Mund. Sari konnte ihre Neugierde und Verblüffung verstehen.

Auch Ina war schon Jahrzehnte mit ihrem Mann liiert. Sie führten ein zufriedenes, gutbürgerliches Leben, ließen es sich gutgehen. Nur gelegentlich hatten die beiden Freundinnen über Sex in ihren Beziehungen gesprochen. Das hatte sich in den letzten Wochen aus den gegebenen Umständen grundlegend geändert und die beiden einander noch näher gebracht.

»Ach, Ina, sich mit dir auszutauschen, tut mir sehr gut! Ich muss das alles auch erst einmal verarbeiten und vor allem lernen, damit umzugehen. Dabei hilft mir deine Meinung, deine Ansicht und deine Lebenserfahrung.«

»Puh, dein Erlebtes geht mir schon unter die Haut! Ich stehe mitten im Leben. Aber an manchen Tagen mache ich mir so meine Gedanken ... Zwar fühle ich mich in meiner Haut wohl, bin abgesichert und habe einen tollen Mann, zum Unglücklich sein habe ich also bestimmt keinen Grund, aber es fehlt halt ab und zu ein Kick, ein Aufrütteln ... wie soll ich dir das erklären ... Was kommt noch, was lässt mich aus dem Kokon des Alltagstrotts ausbrechen? Habe ich das Recht, mehr zu erwarten, oder gar zu fordern? Mitunter quält mich diese Zerrissenheit. Ich lebe in einer guten Beziehung. Aber in manchen Momenten ist mir das alles zu glatt, zu normal, zu spießig. Unser Leben ist total durchgeplant. Wir gönnen uns tolle Urlaube, müssen nicht auf jeden Cent schauen und trotzdem ...«

Sari war bewusst, dass Ina zu fünfzig Prozent an dem Unternehmen Ehe beteiligt war. Aus Büchern und Zeitschriften hatte Sari viele Informationen über das Thema Beziehung und Lebensphilosophie erlesen. Sari wollte ihr helfen, sie unterstützen, wo sie nur konnte. Einige neue geile Elemente würde auch Ina in ihrem Sexleben umgehend einbringen können.

Ina war sehr neugierig und quetschte Sari förmlich nach Details aus. Sari hatte Verständnis und teilte sie ihrer Freundin gern mit.

Nach einer Weile sagte Ina: »Sag mal, war deinem Mann eigentlich bewusst, welche Risiken er für eure Beziehung einging? Ich meine, du hattest da doch fremde Männer, mit denen du Sex hattest ...«

»Das stimmt. Ich habe dort wirklich tolle Männer kennengelernt und bin seitdem auch etwas verwöhnt ...«

Ina lachte. »Dann wird sich Sven ganz schön anstrengen müssen! Na, da kommen ja tolle Zeiten auf dich zu!«

»Wo du Recht hast, hast du Recht!«, sagte Sari ebenfalls lachend.

***

Drei Monate nach Saris Campbesuch hatte sich ihre Beziehung auf die Neuerungen und damit verbundenen neuen Ablauf eingespielt. Ein bis zweimal die Woche gingen Sari und Sven in ihr Dachzimmer. Beide empfanden es als ein Ausbrechen aus dem Alltag. Selten dauerte ein Besuch weniger als neunzig Minuten. Sie genossen dieses sich Zeit lassen und lebten ihre Fantasien aus. Beide kamen voll auf ihre Kosten.

Sari hatte ihre Lektion im Camp gelernt. Sie konnte loslassen, sich gehen lassen, dirty Sari sein. Sven hatte eine supergeile Powerfrau an seiner Seite, die alle seine Vorlieben perfekt erfüllen konnte. Er zahlte es ihr zurück.

Der Campbesuch hatte sich als Volltreffer erwiesen.

Natürlich drehte sich in ihrer beider Leben nicht alles nur um Sex. Aber sie fühlten sich durch ihre neue Offenheit auch im Alltag lockerer, unverkrampfter. Wenn sich Sari mit ihren Freundinnen beim Inder zum Essen traf, und jeden zweiten Donnerstag im Monat ihren »Mädelstag« hatte, spürte sie, wie sie mit ihrer Selbstsicherheit und ihrer Lebenserfahrung oft um ein Gespräch auch unter zwei Augen gebeten wurde. Einige der Mädels hatten Beziehungsprobleme, waren unsicher, wie sie sich verhalten sollten. Sari war eine gute Zuhörerin. Ihre Probleme lösen mussten die Mädels selbst, aber Tipps dazu nahmen sie gern an. Mit frischer Motivation und neuen Ideen erarbeitete Sari sich auch einen neuen Style in ihren Fotografien. Die Auszeit hatte ihr einfach sehr gutgetan.

***

Tage später, an einem trüben, verregneten Morgen, verabschiedete sich Sven von seiner Frau. Nach einem Kuss drückte er ihr einen Umschlag in die Hand und sagte: »Ich denke, es ist Zeit, den nächsten Schritt zu gehen. Ich wünsche dir einen schönen Tag.«

Rumms! Das hatte gesessen. Das Talent, seine Frau zu überraschen, konnte man Sven nicht absprechen.

***

Fünfzig Kilometer von ihrem Wohnort entfernt, stellte Sven seinen Wagen auf dem Parkplatz ab. Er zeigte dem Security-Mann ihre Eintrittskarten und betrat mit Sari den Club.

Sie hatte ihr langes Schwarzes an, er seinen dunklen Anzug.

Am langen Thekenbereich setzten sie sich, um einen Drink zu nehmen. Alle Altersklassen waren hier vertreten. Das Ambiente stimmte. Der Neubau war als Club konzipiert. Ein aufwendiger Freizeitbereich wurde geboten, unter anderem ein luxuriöser Badebereich, dazu Sauna, Dampfbad und natürlich viele Spielzimmer. Das Restaurant genügte hohen Ansprüchen.

Sari und Sven hatten einen Abend mit exklusivem Candle-Light-Dinner gebucht.

Sechs Personen nahmen jeweils um die schön eingedeckten Tische Platz. Ein jüngeres und ein etwas älteres Ehepaar waren ihre Tischnachbarn. Im lockeren Smalltalk kam man sich näher. Man freute sich auf ein gutes Dinner, das mit einem Beiprogramm ergänzt wurde.

»Nein, wir sind das erste Mal hier«, gab Sari eine ehrliche Antwort.

Die Frau erklärte, dass sie den Club etwa einmal im Monat besuchen würden. »Natürlich schätzen wir das schöne Ambiente mit gehobenem Niveau. Letztlich ist es so etwas wie ein Jungbrunnen, denn hier herrscht eine altersunabhängige Gleichheit. Das ist sicherlich der wesentliche Aspekt. Mein Mann oder ich können mit einem zwanzig Jahre jüngeren oder eben auch älteren Partner Sex haben. Das erzeugt bei uns den besonderen Kick. Oftmals sind wir hier und schauen einfach nur zu. Auch das genießen wir. Es hat sich bei uns so eingespielt. Mit einigen hier haben wir ein freundschaftliches Verhältnis aufgebaut und treffen uns auch außerhalb des Clubs, gehen wandern oder besuchen ein Museum. Und, was hat Sie hergeführt?«

»Mein Mann wollte mir mal so einen Club zeigen, meine Neugierde befriedigen.«

Bereits nach der Vorspeise gab es den ersten Programmpunkt. Zwei junge, nackte, toll aussehende Mädels zeigten, wie man lesbischen Sex darbieten kann. Spielerisch mit etwas Akrobatik. Die Schönheit dieser Frauenkörper stand im Mittelpunkt. Die sexuelle Handlung wurde überwiegend nur angedeutet. Es war das Intro des Abends.

Zum Feldsalat auf Zitronengras, Kartoffelvinaigrette mit Speckwürfeln und Pinienkernen gab es die nächste Vorführung.

Sari musste schmunzeln. Das kam ihr bekannt vor. Wie klein war die Welt. Der nächste Programmpunkt war: Zwei Mädels und ein Mann »spielten« für die Gäste. Sie gingen vor ihm auf die Knie. Dann leckte er die eine in einer akrobatischen, artistischen Haltung. Kopfüber hing das Mädel an dem Mann. Es war eine Mischung aus Sex, Akrobatik und Show.

Der Hauptgang wurde präsentiert. Filet vom Duroc Schwein mit Selleriemousseline und Polenta, dazu noch Pfefferblinis.

Der Chef ergriff das Mikrophon, begrüßte die Gäste und erklärte ausführlich die Spielregeln für diesen Abend. Natürlich freuten sich alle auf das Dessert. Parfait von weißer Schokolade mit Pumpernickelmousse und Orangeneis mit einem Tupfer Sahne.

Sven behielt den Anzug an. Er wollte sich nicht aktiv am Geschehen beteiligen. Sari hatte ihr neues, enges Latexkleid angezogen. Warum waren sie wirklich hier?

Im Brief hatte er seinen Wunsch auf ein neues Abenteuer für Sari angekündigt. In einem edlen Club sollte sie vorgeführt werden, vorgeführt als sein geiles Mädel. Mehr als diese Information hatte er Sari auch im abendlichen Gespräch nicht wissen lassen. Sogar die künftigen Tage blieb er bei seinem Schweigen. Wieder stellte sie sich die Frage: Wollte ihr Mann, dass sie sich vor seinen Augen ficken ließ?

Dieser Mistkerl, dachte sie erneut. Was ging nur in ihm vor?

Aber der Gedanke, ausgeliehen und vorgeführt zu werden, regte ihre Fantasie an und stimulierte ihr Kopfkino. Ihr Mann würde sie anderen Männern überlassen ... zuschauen, was diese mit ihr anstellen würden. Immer wieder spielte sie dieses Szenario durch. Sie war hin- und hergerissen. Alles – und mehr – hatte sie ja im Camp erlebt, aber das hier war etwas anderes! Hier war ihr Mann, ihr Sven dabei! Das war der springende Punkt. Für sie war das eine echte Herausforderung. Was trieb ihn nur an? Woher kam diese neue Offenheit?

Sexuell waren beide im Vorfeld des Besuchs richtig geil miteinander umgegangen. Sie hatte ihm bewiesen, was sie gelernt hatte und er war lockerer geworden, offener, deutlicher.

Dominant führte er sie, ließ sich bedienen, gab viel zurück. Schon das Wissen, so spielen zu können, hatte beide noch zufriedener gemacht. Es gab so viele Spielvarianten. Angst vor Langeweile kam nun wirklich nicht auf.

Trotzdem waren sie hier.

Viele individuell eingerichtete Räume eröffneten den Gästen unterschiedliche Möglichkeiten, sich ihren Neigungen hinzugeben.

Sven hatte ihr einen klaren Auftrag gegeben: Im Glory-Hole-Bereich hatte sie die Herren zu bedienen. Im nur ganz schwach ausgeleuchteten Raum lagen viele Polster auf dem Boden. Zwei Damen knieten schon darauf und bearbeiteten die dargebotenen Schwänze. Die Herren standen anonym hinter einer Wand. Sari nahm sich einen langen, etwas dünnen Schwanz vor.

Sven beobachtete alles aus nächster Nähe.

Eine Frau zu seiner linken bekam gerade das Sperma des abspritzenden Mannes auf ihre Titten. Ihr Mann oder Partner leckte es gierig ab.

Jetzt war Sari die Hauptperson. Gekonnt wichste sie den ersten Schwanz ab. Die volle Menge spritzte er in ihren Fickmund. Für Sven ein sehr emotionaler Anblick. Regungslos schaute er seiner Frau zu. Innerlich war er bei weitem nicht so cool, wie es aussah. Sein Puls hatte sich erhöht. Es war seine Frau, die da fremde Männerschwänze bearbeitete. Dass sie das perfekt machte, wunderte ihn nicht.

Der nächste Schwanz war kürzer, dafür praller. Neben Sven stand plötzlich die Tischnachbarin von eben.

»Ihre Frau macht das aber klasse«, sagte diese.

Sven nickte nur, gab dann Sari eine neue Order. »Benutze jetzt keine Hände. Nimm ihn nur mit deiner Mundvotze.«

Sari stützte sich mit ihren Händen auf und begann, ihn mit ihrem Mund zu ficken. Schnelle Bewegungen, dann wieder ganz tiefe Aufnahme. Sie presste ihre Lippen zusammen, drückte leicht ihre Zähne in das Fleisch des Schwanzes. Dann ging ihr Kopf hin und her, immer schneller. Er spritzte in ihren Rachen. Diesmal war ihr Mundbereich von Sperma verschmiert.

»Ist sie noch einige Zeit hier?«, fragte die Tischnachbarin. »Ich würde gern meinem Mann Bescheid geben. Sie verstehen ... Erlauben Sie es?«

Sven war zunächst etwas irritiert.

»Sagen Sie ihr, sie soll ihn voll aussaugen. Er liebt das so. Dort ist er.«

Sven musste schmunzeln. »Sari, nimm bitte den links von dir. Vollaufnahme. Behalte es im Mund, komm dann zu mir. Ich will es kontrollieren.«

Die Frau neben ihm war ganz hibbelig. »Das ist sehr lieb von Ihnen. Sie sind ein tolles Paar.«

Als Sari es geschafft hatte, sagte Sven: »Zeig es ihr. Nicht mir.«

Erstaunt tat sie es.

Die Frau freute sich richtig für ihren Mann, lief ganz aufgeregt zu ihm.

Sven schmunzelte vor sich hin, erklärte es Sari.

Es dauerte, bis sich der Nächste anbot. Es war ein ordentliches Prachtexemplar. Er füllte sie komplett aus. So ein Ding bekam Sari nicht alle Tage. Nach langem Mundfick spürte sie, wie sich sein Orgasmus ankündigte. Nach gekonnten Wichsbewegungen spritzte er ihr den Saft über ihr Latexkleid und ihre Titten. Sie reinigte sich.

Zuhause hatte Sven sie über die Unterschiede bezüglich der

Männlichkeit ausgefragt. Sie hatte ja Vergleiche. Ihre Antwort war etwas verwässert, denn sie wollte anscheinend nicht zu deutlich werden. Jetzt sah er alles live. Doch so richtig wohl fühlte er sich in diesem Etablissement nicht, gestand er sich innerlich ein.

***

Als Sven und Sari an der Bar sitzend einen Tropical-Drink zu sich nahmen, sprach sie ein etwa dreiundzwanzigjähriger junger Mann an. Wie es sich gehörte, wendete er sich Sven zu, Saris Herrn.

»Ich habe eben ihre Sub beobachtet. Sie haben sie perfekt ausgebildet und erzogen. Wenn Sie erlauben, würde ich gern mit ihr eine kleine Session abhalten. Ich frage auch für meine zwei Freunde, die dort am Tisch sitzen.«

Sven schaute kurz zu ihnen. Alle im gleichen Alter, sportliche Jungs. »Ich überlasse sie zu eurer Verfügung. Aber nur unter der Bedingung, dass ich bei ihr bleibe. Sie möchte den Kontakt zu mir. Alles, was sie mit euch erleben wird, tut sie für mich. Wenn ich stolz auf sie bin, ist das ihre größte Belohnung.«

»Klasse Einstellung. Ihr habt unseren Respekt.« Sie besprachen noch Details, dann ging der junge Mann zu seinen Kumpels.

Sari hatte Bruchstücke des Gesprächs mitangehört. Auch im Camp hatte sie es mit jungen Ausbildern zu tun gehabt. Trotzdem schielte sie verstohlen an den Tisch der Jungs.

***

Im nur mit Rotlicht bestrahlten, abgedunkelten SM-Raum stand ein Pranger aus schwerem Holz. Kopf und Hände wurden durch die Öffnungen gesteckt. Man konnte diese Einrichtung nach unten verschieben, was die Jungs taten.

Sari präsentierte sich so in einer nach vorn gebückten Haltung. Kopf und Hände total fest fixiert.

»Mach die Beine breit«, sagte der junge Mann.

Besser konnte Sari nicht von hinten gefickt werden ...

Sven hatte sich in einen schweren Ledersessel gesetzt und beobachtete das Geschehen aus der Distanz.

Einer der Jungs trat hinter sie, der andere schob die Holzvorrichtung noch etwas nach unten. So konnte er seinen Schwanz perfekt einführen. Eine wilde Fickerei begann. Wie in jedem Club war Kondompflicht. Sein Freund hatte sich eine Lederpeitsche genommen und begann, nach Beendigung der ersten Fickrunde, Sari zehn Hiebe auf ihren so herrlich dargebotenen Arsch zu geben. Die gebückte Fixierung erlaubte dem anderen jungen Mann, ihr einen optimalen Mundfick zu bieten.

Für Sari schien die Zeit zurückgedreht. Ähnlich hatte sie alles schon erlebt. Hier aber war ihr Mann anwesend, der ihr alles bedeutete. Er wollte sie so sehen, für ihn hatte sie alles zu geben. Sie konnte noch nicht einschätzen, wie es sich für sie anfühlte, ob sie das so wirklich wollte.

Die Jungs besorgten es ihr zwar richtig gut, aber so richtig gehenlassen konnte sie sich hier und heute nicht.

»Zehn mit dem Rohrstock«, sagte der junge Mann, und schon klatschte der erste Hieb auf ihren Arsch.

Sari zuckte zusammen, aber ihr Stolz zwang sie, nicht noch mal so zu reagieren. Das würde ihr nicht mehr passieren. Sie musste und wollte perfekt funktionieren.

Einer der Männer sprach mit Sven. Sie befreiten sie aus dem Pranger, gingen in den nächsten Raum. Dieser war noch dunkler.

Mit Sven standen vier Männer um Sari. Sie wurde von einem sehr jungen Mädel geleckt, das einer der Männer kannte. Sven hatte das mit dem jungen Mann verabredet.

Dass Sari im Camp erstmals von einem Mädel geleckt worden war, hatte sie Sven erzählt. So wusste er, dass er sie damit positiv überraschen konnte. Am oberen Ende der Liege hing

Saris Kopf nach unten. Alle drei Männer fickten sie in ihren Rachen. Gagging war also angesagt. Unten wurde ihr die Votze geleckt, oben die Schwänze tief in ihren Rachen geschoben.

Sven registrierte, dass sich immer mehr Personen einfanden, um das geile Geschehen zu beobachten.

Die Jungs fickten sie abwechselnd und ohne Pause in ihren Mund. Nur durch ihre erlernte Atemtechnik war es in dieser Deftigkeit möglich.

Nach zwanzig Minuten griff Sven in das Geschehen ein. »Okay, Jungs, für euch ist die Session beendet. Noch weiterhin einen schönen Abend.«

Mit einem wohlwollenden Blick auf Sari, verließen die Männer den Raum.

Nur noch das junge Ding spielte jetzt mit Sari. Sven musste anerkennend feststellen, dass das Mädel wusste, worauf es ankam. Sari lag mit geschlossenen Augen auf der Liege und war extrem aufgegeilt. Sven ging zu Sari und küsste sie leidenschaftlich auf ihren Mund.

Unten das Mädel, oben der Zungenkuss ihres Mannes. Das war das Größte für Sari. Sie fühlte sich wie im Himmel. Diese Empfindung übertraf alles. Sie spürte, wie sich der Orgasmus langsam aufbaute. Dank der Zuneigung ihres Mannes, war es ein besonders emotionaler, leidenschaftlicher Orgasmus. Sie biss ihm leicht in die Zunge, als es ihr kam, ließ dann ab von ihm. Ihr Atmen war extrem hektisch. Ihr verzerrter Gesichtsausdruck, ihr offener Mund, ihre Muskelanspannung ... es war ein außergewöhnliches, intensives Kommen. Tiefe Wärme durchströmte sie. Sie war über sich selbst am meisten verwundert. Also konnte sie sich doch auch hier fallenlassen ... in einen Taumel kommen.

Sven staunte. So extrem hatte er das auch nicht alle Tage erlebt. Auch Zuhause genoss Sven diesen unkomplizierten

Umgang mit ihrer Sexualität. Sari zeigte ihre Lust und lebte sie aus. Auch im ganz normalen Alltag fand er Sari lockerer, einfach entspannter. Er hatte das Empfinden, sie sprühte förmlich vor Lebenslust. Diese Leichtigkeit, diese sichtbare positive Selbstzufriedenheit, erfreute Sven täglich.

Den Besuch im Club hatte er sich lange und reiflich überlegt. Er war sich nicht sicher gewesen, ob er das wirklich wollte. Zusehen, wie seine Frau von Fremden benutzt würde. Noch vor Wochen hätte es von ihm ein klares Nein gegeben.

Einem langjährigen Freund hatte er sich anvertraut. Dessen Ehe war seit einigen Monaten in die Brüche gegangen.

»Ich kann dir natürlich keinen Tipp geben, habe unsere Ehe ja mit versemmelt. Aber mit diesem, meinem Wissen, würde ich zu allem raten, was neue Frische und neuen Schwung in deine Beziehung bringt. Unter anderem sind wir sicher auch am sogenannten Alltagstrott gescheitert. Ich glaube, das ist in vielen Ehen, die scheitern, ein Hauptgrund. Viele scheuen das Risiko, etwas Neues zu wagen. Aus diesen Gründen finde ich deine Idee gut, wenn du damit klarkommst! Mach es!«

Wie oft in diesem sensiblen Bereich, spielte das Kopfkino die Hauptrolle. Innerhalb von wenigen Sekunden hatte er sich entschieden: Wenn beide gemeinsam frischen Schwung erleben wollten, war jetzt der richtige Zeitpunkt.

Diese soziale Zufriedenheit barg auch Gefahren. Sven hatte den Zenit in seinem Job erreicht, Sari hatte Erfolg mit ihren Bildern. Ihre Zukunft war finanziell abgesichert. Die Söhne gingen ihren eigenen Weg. Er wusste auch, dass es jetzt mehr denn je auf Respekt und Achtung in ihrer Beziehung ankam. Es war der sensibelste Bereich ihrer Beziehung. Seine Frau war selbstbewusst genug, um abzuwägen, ob etwas für ihre Beziehung förderlich ist.

»Wir versuchen es mit dem Club«, hatte Sari gesagt. »Falls

wir beide kein gutes Gefühl dabei haben, brechen wir es ab. Dann hatten wir halt ein leckeres Dinner mit Showeinlagen. Ich denke, so gesehen ist das kein Risiko für unsere Zukunft.«

***

Bisher war es ein harmonischer, toller Abend. Obwohl Sari aktiv dabei war und gefordert wurde, war sie die Ruhe selbst.

Sari und Sven hielten sich an der Hand und spürten ihre beiderseitige Zuneigung – ein liebevolles, absolutes Vertrauen.

Inzwischen hatte Sven manchen Wunsch der Damen mit einer ablehnenden Handbewegung zunichtegemacht.

Sari bekam das mit. Natürlich hatte er selber sämtliche Chancen, denn er war ein gutaussehender, charmanter Gentleman. Sie wusste aber auch, dass er dafür nicht hier war. Irgendwie fand sie es amüsant.

Inzwischen war es weit nach Mitternacht. Nachdem Sven mehrere Anfragen zur Überlassung von Sari abgelehnt hatte, bot er zwei Herren an, sich von Sari reiten zu lassen. Das würde ihr gefallen. Den Herren und ihm als Zuschauer ebenfalls.

Die Männer legten sich in einem sehr abgedunkelten Raum auf die Matten. Sie bekamen einen perfekten Ritt, wie sie ihn nicht alle Tage erlebt hatten. Ihre breite Sitzhaltung gestattete ein tiefes Eindringen und eine starke Reibung des Schwanzes. Dadurch erzeugte Sari auch eine heftige Reibung an ihrem Kitzler. Der Anblick ihrer geilen Titten tat ein Übriges.

Schemenhaft erkannte Sven, wie die Männer von Saris Ritt aufgegeilt wurden. Sie machte kurze Pausen, um es dann den Herren wieder mit schnellen, wilden, Auf- und Abbewegungen zu besorgen. Es gab kein Halten mehr ... Die Kondome wurden gefüllt.

Für Sari gab es noch ein Highlight des Abends.

Auf einem Bock lag bäuchlings eine schlanke, jüngere Frau in fickbereiter Position.

»Meinst du, ich soll sie ...?«, fragte Sven etwas unsicher.

Sari nickte bestimmt. »Ja. Mach es mir zuliebe. Du gestehst mir genauso eine Freiheit zu, also nimm sie dir.«

Sven fragte die Unbekannte und sie stimmte zu. Er holte seinen Schwanz aus seiner Anzugshose, stülpte ein Kondom über und fickte diese Lady im Stehen in ihre schön positionierte, sehr schnell nasse Votze.

Sari schaute fasziniert zu. Ihren Mann hatte sie so noch nicht gesehen. Erstaunt stellte sie fest, wie stark sie der Anblick des stoßenden Schwanzes ihres Mannes erregte. Sie saugte es förmlich auf und gönnte es ihm. Minutenlang nutzte er die Fremdvotze. Dann kam es ihm, ohne dass er große Emotionen zeigte. So war er halt, dachte Sari.

Mit einem Klapps auf den Hintern, bedankte er sich.

Sari küsste ihn auf die Wange. »Es war ein toller Anblick für mich. Die hast du ganz schön durchgefickt ... So verrückt das klingt, aber ich freue mich für dich und für mich. Es war ein geiler Moment, dich so zu sehen.«

Er drückte sie an sich, gab ihr einen Kuss.

»Komm«, sagte Sari. »Lass es uns mit einem abschließenden Drink feiern. Das hatten wir beide ja nicht erwartet. Du bist halt immer für eine Überraschung gut. Du geiler Kerl.«

Auch Sven fühlte, dass es alles noch etwas unkomplizierter machte. Jetzt hatten beide gleichberechtigt etwas von diesem Abend und es fühlte sich ungemein gut an.

»Das war schon geil! Ich hatte eine enge, gut zu fickende Votze.«

»Typisch Mann!«, lachte Sari. »Das musste ja kommen! Also gut, dann bleiben wir halt noch einige Stunden hier. Anscheinend bist du jetzt auf den Geschmack gekommen ... Kein Wunder, bei der freien Auswahl ... Erst nicht wollen, dann nicht genug bekommen. Es ist doch immer das Gleiche mit euch Männern.«

Sven lachte sie an. »So sind wir halt. Erst Angsthasen, dann die Größten. Ist schon ein Körnchen Wahrheit dabei.«

Beide schauten sich amüsiert an, prosteten sich zu.

***

Sven erhielt noch mehrere Anfragen. Sari war aber auch ein geiles Mädel! In der Hauptsache ging es um Auspeitschung am Andreaskreuz und Spanking. Er lehnte ab. Sie hatten es so abgesprochen.

»Lass uns noch etwas zuschauen. Ich habe eben eine korpulente Frau in Raum drei gehen sehen«, schlug Sari vor.

Die Frau besaß weit über 100 Kilo. Ein junger Mann fickte sie in den Arsch. Er hing regelrecht auf ihr. Im Doggystyle fickte er sie ununterbrochen. Sie kniete auf ihren Händen, ihre riesigen Titten streiften den Mattenboden. Ein verrückter Anblick. Erregend oder nicht ... Jeder hatte seine Sicht der Dinge.

»So kommt jeder auf seine Kosten«, flüsterte Sari ihrem Mann zu.

***

Auf der Heimfahrt wollte Sven wissen, was Sari am meisten an diesem Abend erregt hatte.

»Das Pumpernickelmouse mit Orangeneis«, sagte sie wie aus der Pistole geschossen, ohne mit der Wimper zu zucken.

***

Sari legte sie wieder zurück in ihre Nachttischschublade. Brauchte sie es? Wollte sie es? Was würde Sven dazu sagen? Sollte sie es ihm verheimlichen und ihm einen Besuch bei der Oma unterjubeln? Beim Einschlafen hatte sie schon ihre schwachen Momente. Warum eigentlich nicht ... Warum sollte sie ihn nicht einfach mal anrufen, fragen wie es ihm ging.

Diese Visitenkarte ... Das hatte er geschickt gemacht. Sie musste sich melden. Irgendwann würde sie anrufen. Clever von Alexandre.

Er war ein Frauenversteher. Noch hatte sie ihn in keinem Gespräch mit Sven erwähnt. Das war ihr Geheimnis. Sie hatte einen tollen, potenten Mann, den sie über alles liebte. Was sollte das also? Doch immer wieder kribbelte es in ihr. Das Denken an die Zeit, an ihre erotischen Ficks, an seine liebevolle Art ... Was sollte sie tun? Sie spürte, wie ihr Puls anstieg. Es wurde ihr warm.

Ja, das war die Idee!

***

Am nächsten Tag war es soweit.

»Sven, würde es dir was ausmachen, wenn ich nächste Woche drei Tage mit Ina nach Paris fahre?«, fragte Sari ihren Mann. »Sightseeing und etwas Shopping. Einfach mal so ... Wir beide wollten das ja schon lange mal machen.«

Ina war von dem Vorschlag begeistert gewesen. Als Sari ihr von einem Treffen mit Alexandre erzählte, also ihr den wahren Grund für diese Reise nannte, war sie dann doch etwas betroffen gewesen. Sie hatte sich als reine Alibigeberin gefühlt. Aber für ihre Freundin wollte sie es selbstverständlich tun.

»Ich weiß, was du gerade denkst«, hatte Sari gesagt. »Aber erinnere dich, wie du gesagt hast, dass du es auch mal erleben wolltest. Ausbrechen und loslassen, ins Abenteuerland gehen. Du bist nicht nur mein Alibi, du bist aktiv dabei.«

»Was faselst du da? Wie aktiv dabei?«

»Ich habe mit Alexandre telefoniert. Er kann zwei Tage in Paris sein, muss dann nach Hamburg weiter. Wir beide ... du und ich ... werden diese Zeit mit ihm verbringen. Alexandre und ich haben miteinander geschlafen. Er könnte sich im Zirkel auch mit mehreren Frauen austoben. Verstehst du jetzt? Er bräuchte das nicht! Wir haben zu dritt ein luxuriöses Hotelzimmer. Offiziell zwei Zimmer mit einer Verbindungstür. Alle Kosten übernimmt Alexandre. Hast du es jetzt verstanden?«

Erst langsam hatte es Ina gedämmert, dann war sie restlos begeistert gewesen.

***

Vom Hotel aus konnte man den Eiffelturm sehen. Beim Einchecken von Sari und Ina war Alexandre noch nicht anwesend. Sie machten es sich auf dem Zimmer bequem.

Ina war furchtbar aufgeregt. Immer wieder lief sie vor den großen Spiegel. »Wie sehe ich aus? Was habe ich nur für eine Freundin! Verkuppelt mich einfach so ... Kann sein, dass ich in den nächsten Stunden mit einem fremden Mann in die Kiste gehe, auch einfach so ... Du bist die beste Freundin, die man sich wünschen kann. Ist das alles aufregend!«

***

Alexandre begrüßte erst Sari mit einer innigen, langen Umarmung. Dann musterte er aufreizend lange Ina, deren Gesicht errötete.

»Na Sari, hast ja nicht zu viel versprochen. Mein Kompliment. Freut mich aufrichtig, dich kennenlernen zu dürfen. Respekt. Zwei so tolle Mädels, und das in der Stadt der Liebe ... Wenn das mal gutgeht.«

Ina hatte sich Alexandre von Sari mehrfach beschreiben lassen. Er war ihr also nicht fremd. Er hatte eine positive Ausstrahlung, wirkte dominant männlich, aber er hatte eben auch etwas Liebenswürdiges, sehr Charmantes.

»Lasst uns ins Café runtergehen. Ich denke, wir nehmen noch ein zweites Frühstück zu uns«, sagte Alexandre.

***

Sie redeten über das Camp und die letzten Monate. Dann wollte Alexandre etwas mehr über Ina erfahren. Sie unterhielten sich lebhaft und offen über ihre Beweggründe ihres Hierseins. Dann kam Alexandre auf sich zu sprechen.

»Ich denke, Sari hat dich etwas vorbereitet und einiges über mich erzählt. Ich finde dich ausgesprochen sympathisch. Du musst aber mit mir klarkommen. Sei ehrlich zu dir. Mache nichts, um Sari oder mir etwas beweisen zu wollen. Du bist mein Gast, ich erwarte keine Gegenleistung von dir. Ich meine das so, wie ich es sage. Ich lasse euch jetzt allein und gehe schon mal aufs Zimmer. Besprecht euch untereinander. In fünfzehn Minuten machen wir einen Spaziergang zum Eiffelturm. Bis gleich.«

»Und? Alles klar bei dir«, fragte Sari, als Alexandre gegangen war.

Ina nickte. »Ja, alles klar. Man kann sich auf dich verlassen. Er ist wirklich ein toller Mann! Da hast du nicht übertrieben. Ich möchte dieses Abenteuer eingehen. Ich fühle mich schon leicht angestaubt und glaube, damit meine Lebensgeister neu zu wecken. Meinem Mann kann es ja auch nur gefallen, wenn seine Frau neuen Schwung in die Beziehung bringt. Ich lerne Alexandre ja nicht als Konkurrenz oder gar neuen Liebhaber kennen. Es ist der Mann für einige Stunden. So gesehen habe ich kein schlechtes Gewissen.«

»Prima«, sagte Sari. »Ich möchte, dass du zunächst mit ihm allein bist. Ich habe Alexandre gesagt, dass wir beide keine lesbischen Handlungen vornehmen wollen. In diesem Punkt herrscht also Klarheit. Wir sind Freundinnen. Ficken mit einem Mann ja, aber sonst nichts.«

Ina musste laut loslachen. Dieser lockere Umgang mit diesem Wort, mit diesem Thema ... Wie hatte sich Sari nur verändert!

***

Nach einem Trip zum Eiffelturm waren sich Ina und Alexandre nochmals näher gekommen. Mit der Begründung, eine Postkarte zu kaufen, hatte Sari die beiden allein gelassen. Arm in Arm kamen sie einige Zeit später auf Sari zu.

»Bin ich jetzt ausgespannt?«, fragte Sari schmunzelnd und ergänzte: »Ich sehe mir jetzt die Gegend hier an. Hat sich doch einiges verändert, seit meinem letzten Besuch. Ich komme in neunzig Minuten ins Hotel. Wir sehen uns.« Winkend lief sie den beiden davon.

***

»Du gehst jetzt auf unser Hotelzimmer und kannst dich dort frischmachen«, sagte Alexandre. »Zieh eine Jacke, Bluse, Rock und halterlose Strümpfe an, auch BH und Slip. Schließ die Vorhänge und zünde die drei Kerzen an, die ich auf meinen Koffer gelegt habe. Stell sie auf den Boden. Du erwartest mich stehend. Lehn die Zimmertür nur an. Ich komme dann nach.«

Selten war Ina in den letzten Jahren so hibbelig, so gespannt auf das Kommende gewesen. Schon diese Kleidernummer hatte es in sich und erregte sie. Ihr Herz pochte, eine prickelnde Vorfreude kam auf. Sie fühlte sich wie in einem geilen Roman, nur war sie gleich die reale Hauptperson. Auch wenn es kein Blind-Date war, erstmals in ihrer langjährigen Ehe gab sie sich einem anderen Mann hin. Und dann noch als devote Gespielin.

»Oh oh, Ina ... Auf was hast du dich da eingelassen«, murmelte sie vor sich hin.

Nach dem Duschen, als sie sich für ihn anzog, war sie schon voll im Taumel ihrer Sinne. Den BH bekam sie kaum zu, so zittrig waren ihr Hände.

Die Tür öffnete sich. Verdutzt musste sie erkennen, dass ein Hotelpage ihr einen Brief überbrachte. Alexandres Anweisungen waren klar: »Für die nächsten Stunden gehörst du mir! Ich führe dich! Befolge meine Anweisungen. Antworte nur, wenn ich dich etwas frage. Sei mein geiles, devotes Mädel. Ich freue mich auf dich!«

***

»Zieh deine Jacke aus. Häng sie über den Stuhl. Gut so! Alles, was ich dir auftrage, machst du ruhig, ganz langsam. Hast du mich verstanden!«

»Ja, ich habe dich verstanden.«

»Jetzt setz dich auf den Stuhl und zieh deine Schuhe aus. Gut so. Stell die Schuhe dort ab. Steh auf. Hände hinter den Kopf. Ich möchte dich in devoter Haltung sehen. Kopf nach unten gesenkt. Schau mich nicht an. Bleib so stehen. Ich möchte dich beobachten.«

Es war ungewöhnlich befremdlich für Ina, einfach angeschaut zu werden. Sie hatte Zweifel, dass sie ihm nicht gefallen könnte. So zwei, drei Kilo hätte sie gern weniger gehabt. Von daher war es eine gute Idee mit dem Kerzenlicht gewesen. Ihr Herz pochte heftig, sie konnte nichts dagegen machen. Sie glaubte, dass er ihre Erregung erkennen konnte. So kannte sie sich selbst nicht, musste endlich versuchen, ruhiger zu atmen, sich besser unter Kontrolle zu bekommen.

»Als nächstes knöpf deine Bluse auf und zieh sie aus. Mach das in aller Ruhe. Knopf für Knopf. Häng sie dann über den Stuhl.«

Ina entspannte sich langsam, fand immer mehr Gefallen an der ruhigen, liebevollen Art, wie Alexandre ihren Körper kennenlernen wollte.

»Jetzt dreh dich langsam. Zeig dich mir. Gut so. Ganz langsam. Schöner BH, betont deine Titten. Beug dich nach vorn, stütz deine Hände auf die Knie. Zeig mir deine Titten.«

Ina spürte die Nässe zwischen ihren Beinen. Sie präsentierte ihm ihre vom BH gestützten Titten.

Nach mehreren Sekunden kam die nächste ruhig gesprochene Aufforderung. »Jetzt zieh deinen Slip aus. Mach das langsam und sinnlich.«

Sie tat, wie er es wünschte und spürte seine Blicke, wurde immer erregter.

»Setz dich wieder auf den Stuhl und zieh deine Strümpfe aus. Lass dir Zeit.«

Beim Hochziehen ihrer Beine, konnte er kurz ihre Votze erkennen. Schon deshalb wählte er diese Reihenfolge. »Jetzt steh wieder auf. Nimm die Hände hinter den Kopf und dreh dich, zeig dich mir.«

BH und Rock hatte sie noch an. Wieder drehte sie sich. Das warme Kerzenlicht machte alles viel einfacher, es erzeugte ein Gefühl der Geborgenheit. Sie fühlte sich angenommen und spürte, wie sie immer feuchter wurde.

»Jetzt deinen BH, langsam ausziehen.«

Ihre Titten konnten sich sehen lassen. Groß, aber auch fest. Sie wusste um ihre Wirkung, drehte sich langsam vor Alexandres Blicken.

»Nimm zwei Finger, mach sie in deiner Votze nass und reib damit deine Tittennippel ein. Ich möchte sie feucht haben.«

Sie war wie berauscht, als sie die Nippel befeuchtete.

»Jetzt nimm nochmals Saft auf einen Finger und komm her zu mir.«

Sie tat, wie er es wollte.

»Gib ihn mir. Ich möchte dich schmecken.«

Als sie ihm den Finger zwischen seine Lippen steckte, spürte sie pure Lust auf ihn. Was für ein geiles Spiel trieb er mit ihr! Ein tolles, taumeliges Gefühl überkam sie ...

»Geh zurück. Was hast du noch an?«

»Meinen Rock.«

»Was verdeckt er, was kann ich sehen, wenn du ihn ausziehst?«

»Du kannst meine Muschi sehen.«

»Was kann ich sehen? Sag es mir anders!«

»Du kannst meine Votze sehen.«

»Okay ... zieh ihn jetzt aus.«

Nackt hatte sie sich nochmals um ihre Achse zu drehen.

Alexandre saß weiter auf dem Bett und betrachtete sie. Dies war seine Art zu genießen. Sie hatte tolle Proportionen, einen stimmigen, sexy Körper. Er erfreute sich an ihrer Weiblichkeit.

»Setz dich jetzt auf den Stuhl, etwas nach vorn ... noch etwas mehr nach vorn ... Lass mich deutlich deine Votze sehen, zeig sie mir. Okay, gut so, bleib so.« Er stand auf, nahm zwei der Kerzen und stellte sie vor den Stuhl. »Warum habe ich die Kerzen vor dich gestellt?«

»Damit du mich besser betrachten kannst.«

»Warum? Sag es mir anders.«

»Damit du meine nasse Votze besser sehen kannst.« Unglaublich, wie er das machte. Sie war schon jetzt so was von überrascht. Jeder andere hätte sie aufs Bett geworfen. Das war eine wirklich perfekte, geile Inszenierung. Sie war nass. Aufgeputscht. Sie gehörte ihm. Fasziniert von seiner Art.

»Okay. Steh jetzt auf und dreh dich um, stütz deine Hände auf den Stuhl. Ich möchte dich von hinten sehen.«

Sie hatte gelernt. Langsam drehte sie sich um und nahm die Position ein. Ohne, dass er es ihr sagen musste, spreizte sie ihre Beine, bot ihm alles deutlich an, was er sehen wollte.

»Gut so. Bleib so stehen. Schön breit die Beine!«

Ina folgte seinen Worten sofort. Noch etwas deutlicher streckte sie ihm Arsch und Votze entgegen. Sie wusste, dass er die Nässe sehen konnte. Sie wollte, dass er sie sah.

»Warum habe ich dich aufgefordert deine Beine breiter zu stellen? Sag es mir!«

Zunächst kam keine Antwort.

Er wusste, welche Überwindung es sie kosten würde. »Ich habe dich was gefragt! Lass es mich hören!«

»Ich spreize die Beine, damit du meine Votze und meinen Arsch besser sehen kannst.«

»Steh jetzt auf, leg deine Hände hinter deinen Kopf, schließ die Augen, mach deine Beine etwas auseinander.«

Er stand auf, lief einmal um ihren Körper. Dann berührten

seine Finger ihre Schulter, ihren Rücken, fuhren fast berührungslos die Wirbelsäule bis zu ihrem Arsch. Ihre Härchen stellten sich auf. Er wiederholte das mehrmals. Vorn tastete er über ihre Titten, langsam, zärtlich, ohne Druck. Als er Richtung Votze ging, stöhnte sie auf. Eine patschnasse erwartete ihn. Langsam ging er mit seinen Fingern in die Öffnung. Jetzt wand sich Ina, wankte, presste ihre Lippen zusammen, konnte nicht mehr gerade stehen. Er schmierte ihren Votzensaft auf ihre Titten. So hatte sie das noch nie erlebt. Was für geile Momente. Er nahm wieder auf den Bettrand Platz.

»Setzt dich nochmals auf den Stuhl. Votze zu mir.«

Sie war gespannt, was jetzt auf sie zukam.

»Wichs dich jetzt mit deinen Fingern. Zeig mir, wie du es dir machst.«

Doch etwas Erschrocken über dieses Ansinnen, reagierte sie zunächst nicht.

»Mach es dir. Zeig es mir. Wichs dich.«

Sie begann, mit ihren Fingern an ihrem Kitzler zu spielen, zu kreisen und zu reiben.

»Mach es jetzt mit dem Vibrator. Nimm ihn.«

Er gab ihr einen. Schnell setzte eine Reaktion ein. Sie wichste sich. Er sah zu. Sie spürte förmlich seine Blicke. Dazu der Supervibrator. Sie war so was von feucht ... Einige Minuten lang ging das Spiel so.

»Nimm die Hände runter, öffne deine Augen und komm dann zu mir.« Er redete mit ruhiger, unaufgeregter Stimme, fast leise. »Knie dich jetzt vor mich, öffne meinen Reißverschluss, ich möchte deine Mundvotze kennenlernen. Lass mich spüren, dass du ein geiles Mädel bist.«

Sie kniete, nahm ihn sich. Schnell hatte sie ihn tief im Mund. Sari hatte ihr einiges über die Techniken erzählt. Beim letzten Sex mit ihrem Mann war er sichtlich verwundert gewesen, als sie die neue Technik ausprobiert hatte. Jetzt, hier, musste sie daran denken.

»Nimm ihn tiefer.« Alexandre drückte ihren Kopf auf seinen Steifen. Dank Saris Instruktionen hatte sie damit gerechnet und atmete ruhig weiter.

Einige Zeit genossen beide das Spiel. Diese ruhige Art, das warme Kerzenlicht, dieser stramme, harte Schwanz, dieser tolle Besitzer des Schwanzes ... Tief nahm sie ihn auf.

Ina war im Traumland. Durch die Gespräche mit Sari war sie in der Lage, sich hinzugeben, loszulassen ... schon jetzt nur noch zu genießen.

»Leg dich auf das Bett«, sagte er und steckte ihr zwei Finger in die Votze. Sie zuckte zusammen, schaute ihm voll in die Augen.

»Was habe ich dir gesagt?«

»Augen zu. Kommt nicht wieder vor.«

»Zeig mir deutlich deine Votze, was hast du mir zu bieten?«

Sie spreizte ihre Beine, öffnete mit ihren Fingern ihre Schamlippen. »Nimm sie dir.« Ihre Stimme war brüchig, leise.

»Warum bist du hier? Sag es mir!«

»Ich bin deine Votze. Ich gehöre dir!«

»Und ... noch etwas?«

»Du kannst mit mir machen, was du willst!«

Aus der Tonlage des letzten Satzes konnte er erkennen, dass sie meinte, was sie sagte. »Gut so! Dafür bekommst du deine erste Belohnung. Ich lasse dich jetzt abspritzen, du darfst kommen.«

Er steckte zwei Finger in ihre Votze. Abwechselnd berührte er ihren G-Punkt, dann wieder die hintere Scheidenwand. Nach einigen Minuten bewegte er stoßartig seine Finger, fickte sie jetzt damit. Dann setzte er den Vibrator an ihren Kitzler. Sie kam dem Himmel näher, spürte es kommen und spritzte ab.

»Jeeeetzt ...«, rief sie und bäumte sich auf.

Alles war nass. Der ganze Votzenbereich, das Laken, Alexandres Finger, der »Magic-Wand«-Vibrator ...

»Ich liebe es, in nasse Votzen zu ficken«, sagte er und zog seine Hose aus. Dann legte er sich zu ihr und fickte sie von hinten. Diese Position war seine liebste. So konnte er hart zustoßen.

Seine Vorbereitung auf diesen Fick würde sie lange nicht vergessen. So intensiv aufgegeilt und so lustvoll hatte sie sich das in ihren kühnsten Träumen nicht vorgestellt. Sie wollte nur noch genießen. Viele Minuten fickte er sie so. Sie wechselten die Position. Minutenlang ging es weiter. Sie stellte sich vor das Bett, er fickte sie im Stehen von hinten. Dann musste sie sich auf den Tisch legen. Er hielt ihre gespreizten Beine hoch, konnte sie richtig durchficken ...

Danach lagen sie nebeneinander im Bett.

»Kommst du mehrfach, wenn ihr Sex habt?«, fragte er, um sich darauf einstellen zu können.

»Wenn mein Mann kommt, ist es oft vorbei. Ich bin dankbar, wenn er mich einmal dazu bringt. Nicht falsch verstehen, ich liebe ihn, ich beschwere mich nicht.«

***

»Hallo? Ich komme.« Sari betrat das Zimmer. Sie hatte diesen Auftritt so mit Alexandre besprochen.

Zunächst war Ina etwas irritiert.

Aber als Alexandre sagte: »Ist schon in Ordnung. Wir wollten dich überraschen.«

Da musste sie dann doch befreiend lachen. »Wo bin ich hier nur reingeraten?!«

Sari kam nackt aus dem Bad und legte sich zu den beiden ins Bett. »So, du Pascha. Dir geht's ja gut! Und was ist mit dir, Ina? Ich hoffe, ich hab dir nicht zu viel versprochen ... Alles okay mit dir? Wenn nicht, tauschen wir Alexandre aus. Hier in Paris finden wir schnell Ersatz«, witzelte Sari.

»Und ich dachte, die haben dich im Camp als devote Sub erzogen. Also Sari, ich kann auch anders«, drohte er ihr mit seinem Zeigefinger.

Ina seufzte. »Mir geht es blendend! Besser hätte es für mich nicht kommen können. Mein lieber Herr Gesangsverein! Man könnte süchtig werden!«

»Übertreib nicht, sonst bildet Alexandre sich noch sonst was ein. Jetzt muss er sich beweisen. Mit uns zwei geilen, heißen Mädels – und das die ganze Nacht.«

»Oh je …«, seufzte Alexandre. »Ich lasse mal den Zimmerservice kommen. Lasst uns was Schmackhaftes essen. Schaut euch die Karte an. Aber vor allem, bleibt so, wie ihr seid. Nackt essen bei Kerzenlicht hat was. Danach gibt's das Dessert.«

***

Im Bad erzählte Ina mit leuchtenden Augen eine Kurzfassung des Geschehenen. Sie war immer noch hibbelig, von Dopamin durchflutet. Man sah ihr an, dass sie gefickt hatte. Sari amüsierte sich köstlich. Ihre Freude darüber, dass es so passte, war ihr anzumerken.

»Ich opfere mich für euch. Ich werde mich als Mustermann zur Verfügung stellen«, sagte Alexandre mit demütiger Stimme.

Diese Idee kam von Sari. Sie wollte Ina am lebenden Objekt einen Schnellkurs geben. Gagging, Pussycaning, Rimming, Skullfuck auch Maso mit Spanking, Atemkontrolle und vieles andere sollte kurz durchgespielt werden. Ganz so ernst ging es nicht zu. Sari hatte eine weitere Idee und beschrieb einige Zettel, die sie vorbereitet und sorgfältig zusammengefaltet hatte.

»Überlassen wir es dem Zufall«, sagte sie. »Jeder nimmt einen Zettel.«

Auf Inas Zettel stand Gagging.

Kurz besprach sie sich mit Sari. Dann legte sie sich aufs Bett, ließ ihren Kopf überhängen und Alexandre begann, sie in ihre Mundvotze zu ficken. Tief, fest, schnell, hart, immer wieder. So hatte Ina das noch nie erlebt. Der Speichel lief ihr aus dem Mund, ihr Gesicht war knallrot. Sari half ihr, indem sie ihren Kopf zeitweise hielt. Auch für Sari war es ein ungewohnter, extrem aufgeilender Anblick.

So ging es minutenlang, bis Sari einen Zettel zog und verkündete: »Bei mir steht Skullfuck auf dem Zettel. Ablösung!« Sie setzte sich zwischen den Türrahmen auf den Boden. So war es nicht möglich, dass ihr Kopf zurückwich und Alexandre konnte perfekt vor ihr stehen.

Brutal fickte er ihr zwischen die Lippen. Luftholen war fast unmöglich. Er zog sie an den Haaren rücksichtslos über seinen Schwanz, hielt sie so fest. Dann drückte er ihren Kopf an den Rahmen, und weiter ging es.

So hatte Ina ihre Freundin noch nicht gesehen. Sie sah richtig mitgenommen aus. Die Schminke lief ihr übers Gesicht, überall Speichel ... und Alexandre fickte sie weiter. Skullfuck war nun mal volles Ficken in den Mund. Brutal, hart, hemmungslos. Auch das konnte Alexandre.

***

Erschöpft gingen die Mädels danach ins Bad.

»Wir sind hier nicht im Camp«, sagte Alexandre. »Ich glaube, wir machen es uns gemütlich. Ina hat gesehen, wie es abgehen kann. Lasst es uns jetzt alles etwas sinnlicher angehen.«

»Du hast recht. Wir sind dabei«, hallte es aus dem Bad.

Kurze Zeit später erschienen Sari und Ina wieder im Schlafzimmer und setzten sich auf den Bettrand. Sie unterhielten sich mit Alexandre. An Themen fehlte es ihnen nicht und die Laune war prächtig.

***

Am Abend gingen die drei an die Hotelbar. Alexandre genoss es sichtlich, zwei attraktive Damen an seiner Seite zu haben. Viele Blicke hatten sie über sich ergehen zu lassen. Abwechselnd ging er mit den Mädels auf die Tanzfläche.

Nach und nach spürten sie die Wirkung des Alkohols. Da ein Fehltritt, dort ein zu lautes Lachen.

»Lasst uns aufs Zimmer gehen. Ich brauche jetzt meine Ruhe«, sagte Alexandre mit ernstem Gesichtsausdruck.

***

Alexandre lag in der Mitte. Er spielte weiter seine Rolle, als käme er vor Müdigkeit gleich um. Von der Parkbeleuchtung drang etwas Licht durch die Vorhänge.

Ina setzte sich über sein Gesicht, bot ihm ihre Votze zum Lecken an. Mit den Händen stützte sie sich an der Rückwand ab. Sari setzte sich über seine Beine, nahm seinen Schwanz zwischen ihre Lippen und trieb ihm schnell seine Müdigkeit aus. Er leckte und wurde geleckt.

Mal blasend, mal reitend ... Saris Auftritt hatte etwas Versautes. Der Alkohol machte sie hemmungslos und unkontrolliert.

Er spürte, wie ihre Votze auslief und fragte in einer Leckpause: »Bin ich im Himmel? Ich höre schon die Englein singen.«

»Noch bist du im Fegefeuer«, sagte Sari. »Wir schicken dich später aber in den Himmel!«

Und tief in der Nacht war es dann um Alexandre geschehen. Saris Hand melkte seinen Schwanz, während Ina mit ihrer Mundvotze über ihm war. Sie wollte es wissen und alles aufnehmen. Deswegen sagte sie zu Sari: »Wenn es ihm kommt, drück meinen Kopf über seinen Schwanz. Gib mir keine Möglichkeit auszuweichen.«

Als Alexandre das hörte, war es um ihn geschehen. Ein auch für ihn außergewöhnlich extremer Orgasmus ließ ihn in den Himmel fliegen.

Sari ließ Ina also keine Möglichkeit zu entkommen. Das Sperma schoss in ihren Rachen, sodass sie sich fast verschluckte.

»Ich mach ihn sauber«, sagte Sari und leckte seinen Schwanz und die Eier. Dann klatschte sie lachend Ina ab, deckte Alexandre zu, der erschöpft und befriedigt seine Ruhe wollte.

Ohne weitere Worte fielen alle drei in einen tiefen Schlaf.

***

»Wir lassen uns das Frühstück aufs Zimmer bringen. Ich finde das gemütlich. Außerdem können wir hier auch ungestört reden«, bestimmte Alexandre und telefonierte mit der Rezeption.

Zwanzig Minuten später erfreute sie der dampfende Kaffee. Alle hatten sich geduscht und die vom Hotel gestellten Bademäntel an. Bei bester Laune schmierten sie ihre Brötchen.

»Ich habe noch einige Stunden Zeit, bis mein Flieger geht«, sagte Alexandre und schlug vor, runter an den Pool zu gehen und ein paar Bahnen zu schwimmen.«

Keine fünfzehn Minuten später saßen Sari und Ina am Poolrand. Alexandre zog seine Bahnen.

Sari betrachtete Ina und bemerkte, wie ihre Freundin ihm schmachtend hinterherblickte. Daraufhin schlug sie vor, schwimmen zu gehen, während Ina mit Alexandre noch mal die Zeit bis zu seiner Abreise mit ihm nutzen konnte.

Ina umarmte sie spontan und sprach aus, glücklich zu sein, so eine wunderbare Freundin wie sie zu haben.

Als Alexandre das Hotel verlassen wollte, sah er den Frauen nacheinander tief in die Augen und sagte: »Ich danke euch beiden sehr! Ihr seid liebenswerte, geile, sexy Mädels. Besonders dir, Ina, möchte ich ein wirklich aufrichtiges Kompliment machen.«

Ina strahlte und konnte nicht sprechen, kämpfte mit den Tränen.

»Außerdem«, fuhr Alexandre fort, »würde mich sehr freuen, wenn wir uns, in welcher Konstellation auch immer, wiedertreffen würden.« Er gab erst Sari, dann Ina einen Kuss auf den Mund und ging.

Die beiden sahen ihm hinterher.

Schließlich meinte Sari seufzend: »So, ich denke, wir sollten uns jetzt etwas Shopping gönnen. Zum Abschalten und Genießen. Paris wartet auf uns.«

Sari und Ina hatten sich für drei Tage Pariserleben entschlossen. Das war Fakt. Das hatten sie getan und waren noch dabei. So würden sie es ihren Männern berichten, und das ohne rot zu werden. Nebensächlichkeiten mussten sie ja nicht erwähnen ...

Als Sari sich gerade ein dunkelrotes Kleid besah, sagte Ina: »Was hältst du eigentlich davon, wenn wir irgendwann mal drei Tage nach London fliegen ... Vielleich in ein paar Monaten.«

»Unbedingt!«, rief Sari gleich begeistert. »London ist auf jeden Fall eine Reise wert!«

»Wir könnten uns auch mal für Berlin oder Madrid oder Rom entscheiden ...«, sagte Ina unschuldig.

Sari blickte vom Kleid auf und sah ihre Freundin an. Diese grinste und Sari verstand. »Du meinst, ab und zu mal etwas Kulturelles erleben, in Kombination mit etwas für die Sinne ...?«

Ina nickte eifrig.

Sari lachte und sagte: »Ina, ich bin dabei!«

***

Einige Wochen später war die Vorfreude bei Sari groß. Sie goss gerade Kaffeewasser auf, als bei ihr klingelte.

Als Sari die Haustür öffnete, legte sich Freude auf ihr Gesicht. »Hallo Carla, hallo Svenja! Kommt herein. Klasse, dass ihr beide es möglich gemacht habt, mich zu besuchen!«

Lange umarmten und drückten sie sich herzlich.

»Ihr seht beide super aus! Ich freue mich so.«

Carla und Svenja strahlten über das ganze Gesicht.

»Dir scheint es ja bestens zu gehen, siehst ebenfalls prächtig aus«, sagte Carla und umarmte Sari erneut.

»Danke. Jetzt kommt aber endlich rein.«

Am Sonntagabend fand eine Musicalaufführung mit Weltstars statt. Sari hatte Karten besorgt und ihre beiden Freundinnen eingeladen. Für vier Tage waren sie zu Sari gekommen. Platz war ja genug im Haus.

»Klasse, dass ihr es ermöglichen konntet. Setzt euch, ich bin neugierig, wie es euch seit unserem Campbesuch ergangen ist.«

Die drei Frauen lachten oft und herzhaft. Sie hatten sich viel zu erzählen. Rückblickend auf die Campzeit gab es viele Details neu zu bewerten.

Svenja hatte regen Mailkontakt mit Lena. Sie brauchte die Hilfe der Psychologin aus dem Camp, weil ihr Freund trotz vieler Gespräche noch immer keinen Bezug zu ihrer Neigung gefunden hatte. Sie wollte nicht nur lieben und kontrollierten Geschlechtsverkehr haben. Sie wollte mal richtig genommen werden, als geiles Mädel benutzt werden, sich und ihren Körper spüren. Er bemühte sich zwar, aber es war einfach nicht sein Denken und sein Ding.

»Vor Wochen haben wir uns getrennt. Menschlich unglaublich schmerzhaft für uns beide. Sex ist nicht das Wichtigste im Leben, das ist mir klar, aber ohne seine Sehnsüchte erfüllt zu bekommen, ist eine Beziehung langfristig sicherlich unbefriedigend.«

»Tut mir leid für dich«, sagte Carla. »Aber du wirst den Richtigen finden, dessen bin ich mir sicher. Ich sage das nicht einfach so dahin. Ich kann dich verstehen, richtig gut verstehen!« Sie legte ihre Hand auf Svenjas Unterarm.

»Macht euch keine Gedanken«, winkte Svenja ab. »Zurzeit tummle ich mich in einer Partnerbörse. Ab und zu mal ein Date kitzelt mich sehr, obwohl ich trotzdem realistisch bin. Der Richtige wohnt wahrscheinlich in der gleichen Straße oder arbeitet in der gleichen Firma.« Sie lachte. »Aber spannend sind solche Kontakte schon.«

»Könnt ihr euch erinnern«, sagte Carla, »wie ich euch damals sagte, dass ich einen Break in meinem Leben suche, und deshalb ins Camp gegangen bin. Tage und Wochen nach dem Campbesuch wurde mir immer klarer, dass ich keine feste Beziehung suche, auch nicht brauche. Durch meinen gutdotierten Job, der mich durch ganz Europa führt, habe ich mir einige Kontakte mit tollen, liebenswerten Männern aufgebaut. Ich bin eine Switcherin, also mal devot, mal dominant. Auch das hat gedauert, bis mir das klar wurde. Meinen dominanten Kontakt habe ich mit einem Vorstand eines großen deutschen Unternehmens. Das ist kein Zufall. Angesehene, hochdotierte Prominente haben oft diese Neigung. Sie wollen hart bestraft werden, total erniedrigt, gedemütigt, und so weiter. Quasi als Ausgleich für ihr sonst so durchgestyltes Leben. Diese Saubermänner brauchen ein Ventil. Zuhause sind sie der ›normale‹ Ehemann. Für mich geht meine Rechnung auf. Es sind wenige, ausgesuchte Kontakte. Ein gutes Essen und ein Konzertbesuch gehören ebenso dazu. Momentan ist das mein Leben. Diese Ungebundenheit, dieses Freisein ... genieße ich richtig. Sollte ich den Richtigen treffen, kann ich mir natürlich eine langjährige Beziehung vorstellen. Es ist einfach eine Momentaufnahme.«

Sari nickte nachdenklich. »Jeder hat sein Leben. Ich freue mich einfach, wenn es dir gutgeht.«

»Kommt, wir trinken einen Prosecco, wie damals«, schlug Svenja vor.

In einem waren sich die Frauen einig: Alle hatten von dem Besuch im Camp profitiert. Nicht nur im sexuellen Bereich. Sie gingen selbstbestimmter durchs Leben, wenn man so wollte, auch selbstbewusster.

Svenja und Carla waren besonders neugierig, ob und wie

sich Saris Eheleben verändert hatte. Stolz berichtete Sari über die neue Offenheit in ihrer Beziehung.

»Am meisten erstaunte mich der Besuch im Club. Da kenne ich meinen Mann Jahrzehnte ... Wobei, ich müsste wohl eher sagen: Ich glaubte, ihn zu kennen ... Und dann kam so ein Hammer! Erst das verrückte Campangebot, dann das SM-Zimmer und schließlich der Clubbesuch. Ihr seht, nichts ist unmöglich. Carpe diem.« Sari lachte glücklich. »Wir verstehen uns besser, denn je!«

»Ist doch klasse!«, freute sich Carla für Sari. »Ich hatte auch nichts anderes erwartet.«

Als Sari von ihrem Treffen mit Alexandre in Paris erzählte, waren beide doch etwas überrascht.

»Ich denke«, sagte Sari, »so ein kleines Geheimnis kann ich mir erlauben. Ich hatte ja bereits im Camp mit ihm geschlafen.«

Alle sahen sich verstehend an.

»Dann lass uns aber auch ein paar Details von deinem geilen Treffen in Paris hören!«, verlangte Carla.

Sari erzählte es gern, und schon gab es wieder brisanten Gesprächsstoff.

Es klingelte.

Sari öffnete. Es war Ina. Sari hatte sie eingeladen, ihre Mädels kennenzulernen.

»Jetzt kannst du endlich meine Freundinnen begrüßen. Du kommst gerade zum richtigen Zeitpunkt, denn ich erzählte gerade von unserem Ausflug nach Paris. Das ist Carla und das Svenja.«

Alle umarmten sich herzlich.

Auch Ina hatte vieles von Paris zu berichten. Es gab sogar noch ein paar Details, die Sari nicht kannte. Lange unterhielten sich die vier Frauen. Als Ina sich sehr viel später verabschiedete, war einvernehmlich eine neue Freundschaft entstanden. Ina fühlte sich Dank Sari dazugehörig und erst recht nach dem Treffen mit Alexandre.

***

Sari hatte den Besuch ihrer Freundinnen natürlich mit Sven abgesprochen. Viele Mails und Telefonate waren dem vorausgegangen.

»Super, dann kommt Leben in die Bude«, war sein Kommentar gewesen. Er hatte gespürt, wie intensiv sich seine Frau auf die beiden Frauen freute.

Doch nun war er platt. Vor einer Stunde war er nach Hause gekommen. Sein Essen stand auf dem Tisch und Sari setzte sich zu ihm.

»Wo sind deine Gäste?«, fragte er verwundert.

Sari grinste ihn an. Dann erzählte sie ihm etwas ... Total verblüfft hörte er Saris Worten zu und vergaß dabei sein Essen.

»Es ist mein Ernst!«, sagte Sari. »Du hast mir zweimal, ohne vorher etwas anzudeuten, diese Umschläge mit brisantem Inhalt gegeben. Ohne Vorwarnung, völlig überraschend, einfach so. Und jetzt mache ich nichts anderes ...«

Sven wusste zunächst nicht, wie er reagieren und was er antworten sollte. Selten war er so sprachlos wie jetzt. Seine Frau hatte ihn wirklich kalt erwischt.

Sari gab ihm einen Kuss und sagte: »Geh duschen und dann ab nach oben. Mach mit ihnen, was du willst. Ich habe sie gebeten. Sie machen es für mich, ihre Freundin. Im Camp haben sie gelernt, sich devot anzubieten, sich benutzen zu lassen. Natürlich sind sie geil auf dich, erleben so was auch nicht jeden Tag. Genieße die Mädels. Bewusst wollte ich, dass ihr euch nicht vorher begrüßt. Ich finde es so viel geiler für alle. Ein Blind-Date, aber unter Freunden.«

Jetzt musste er Farbe bekennen. Von seiner Frau hatte er schon einiges verlangt, jetzt war er dran. Mit jeder Minute, die er darüber nachdachte, steigerte sich seine Vorfreude.

***

Als Sven angezogen das Zimmer betrat, standen Svenja und Carla in devoter Haltung in der Mitte des Raumes.

Außer einem »Hi, ihr beiden« sagte er nichts und setzte sich in den Ledersessel. Im Schein des Kerzenlichts betrachtete er die beiden Nackten.

Sari betrat angezogen das Zimmer. Die Mädels waren erstaunt über ihr Erscheinen. Der Wunsch ihres Mannes war aber, dass ihm seine Frau die Mädels vorstellte. Das war zwar nicht abgesprochen gewesen, aber alle freuten sich.

Sven lehnte sich in seinem Ledersessel genüsslich zurück.

Sari blickte zu ihren Freundinnen und sagte: »Sven hat dieses Zimmer, als Überraschung für mich, während meines Campbesuchs, eingerichtet. Mit dem, was er heute hier erleben wird, hat er sicherlich nicht gerechnet. Endlich konnte ich ihn mal überraschen. Meine Freundinnen sind auch seine. Und jetzt zeigt ihm, was ihr zu bieten habt!«

Svenja und Carla legten sich auf die Matte, fassten unter ihre Beine und zogen sie hoch. So präsentierten sie ihre schönen Votzen.

Sari nickte und sah zu ihrem Mann. »Ich glaube, das kann dir gefallen. Schau dir diese geilen, engen Schlitze an. Das sind echte Leckerbissen.«

Sari spreizte nun nacheinander die Beine der Mädels weiter auseinander.

»So geöffnet gefallen sie dir bestimmt noch besser. Schau sie dir an ... Da läuft sogar mir das Wasser im Mund zusammen. Mädels, dreht euch jetzt um. Kopf auf die Matte, devote Haltung. Präsentiert euer geiles Hinterteil.«

Der Anblick hatte was. Sven musste schlucken, veränderte seine Sitzposition. Zwei im direkten Vergleich und so geil hergezeigt ... und auch erregend: Seine Frau war dabei.

Sari befahl: »Kniet euch jetzt Rücken an Rücken vor mich hin.« Sie holte Spanngurte, um die beiden Rücken an Rücken fest aneinanderzufesseln. Ein Gurt ober- und ein Gurt unterhalb ihrer Titten. Fest band Sari die beiden zusammen. Herrlich hoben sich ihre Titten vom Körper ab.

Sven lief mehrmals um die Mädels, genoss diesen Anblick.

Sie saßen Kopf an Kopf.

Sari holte ein Stuhlkissen, steckte es zwischen die beiden Köpfe. »Ich möchte, dass du sie hart zwischen ihre Lippen fickst.«

Mit einem weiteren Gurt um ihre beiden Stirnen beendete Sari die Fesselung. Beide Köpfe waren starr verbunden, wobei ihre Hinterköpfe durch das Kissen geschützt waren.

»So, Mädels, ich wollte Sven zwei geile Mundvotzen anbieten. Nun kann er euch abwechselnd benutzen, und ihr seid passiv beteiligt, wenn er die andere fickt.«

Sven öffnete seine Hose, steckte seinen Schwanz nacheinander einige Minuten in die dargebotenen Öffnungen. Um tief und fest zu ficken, nahm er den Kopf der anderen als Gegendruck.

Sari hatte sich in den Sessel gesetzt. Es war für sie ein sehr emotionaler Anblick.

Sven geilte das Geschehen immer mehr auf. Er genoss die ihm gebotene Möglichkeit, zwei so geile Mädels für seinen Kick zu benutzen.

Nach fünf Minuten entfernte Sari die Gurte und befahl: »Legt euch beide eng nebeneinander mit dem Oberkörper auf den Tisch.« Wieder verwendete sie Spanngurte und zurrte die Rücken der beiden mit drei Stück um den Tisch fest.

Da die Beine der Mädels leicht gespreizt waren, konnte er die Bewegungsunfähigen nebeneinander nach Lust und Laune im Stehen durchficken.

Sari verschob den Sessel etwas, um besser sehen zu können. Sie löschte eine der Kerzen, erzeugte damit ein noch intimeres Licht.

Sven hatte seine Hose nur fallenlassen, war sonst komplett angezogen.

»Gib jeder ein Dutzend mit der Peitsche«, befahl Sari. »Besser kannst du ihren Arsch nicht präsentiert bekommen. Dann fick sie mit jeweils dreißig Stößen. Danach nimm den Rohrstock. Mach es eine Weile abwechselnd. Ich zähle für dich.«

Das war jetzt schon extrem geil. Laut zählte Sari Stöße und Schläge. »... zehn, elf, zwölf ... und jetzt fick sie! Eins ... zwei ... drei ...«

Dieser Wechsel von Pain und Fick erzeugte bei den Mädels eine sichtbare und hörbare Geilheit.

Auch Sari war aufgewühlt, aber sie hatte sich vorgenommen, passiv zu bleiben. Der Anblick ihres fickenden Mannes hatte eine unerwartete Wirkung auf sie. Der pralle Schwanz, sein ruhige Art, das kraftvolle Durchficken beider Votzen berührte sie tief Emotional. Sie war stolz auf ihren Mann. Es war ein Moment der extremen Zuneigung zu ihm. Das hatte sie so nicht erwartet.

Zuletzt hatten die Mädels nacheinander Sven im Wechsel in verschiedenen Positionen zu reiten.

Svenja war es vergönnt, ihn abspritzen zu lassen. Carla hatte seinen Schwanz sauber zu lecken.

»Ich habe jetzt noch einen ganz besonderen Wunsch«, sagte Sven. »Zwei so tolle Mädels hat man sicher selten zusammen. Leckt euch bitte gegenseitig bis zum Orgasmus. Ihr würdet mir damit eine große Freude machen.«

Beide nickten sich zu und begaben sich in Position. Was für ein göttlicher Anblick für Sven! Carla wurde als erste geleckt.

»Wenn du kommst, schau mich mit offenen Augen an. Lass es mich miterleben«, bat Sven.

Schöner konnte man diese Session nicht beenden.

***

Sari hatte allen einen Drink gemixt. Es wurde ein sehr langer, unterhaltsamer Abend. Es passte einfach alles.

Für Sven war es ein Fest der Sinne. Kein Fremdgehen, denn seine Frau wollte es. Er war so stolz auf sie!

***

Später, als Sari ihm ihre Empfindungen schilderte, antwortete er ähnlich. Im Club hatte er auch Gefühle der tiefen Verbundenheit mit ihr gehabt. Er war ihr Schutz, ihr Mann, ihr Herr, und sie gehörte ihm. Andere hatten sie nur für Minuten, sie beide hatten sich ein Leben lang. Sie war für ihn begehrenswerter, denn je.

In einem waren beide sich absolut einig: Ihre Zweisamkeit war ihnen das Wichtigste. Häufig würden sie solche externen Erlebnisse nicht brauchen, aber es war einfach klasse und lebensbereichernd, dass sie beide solche Höhepunkte gemeinsam erleben konnten.

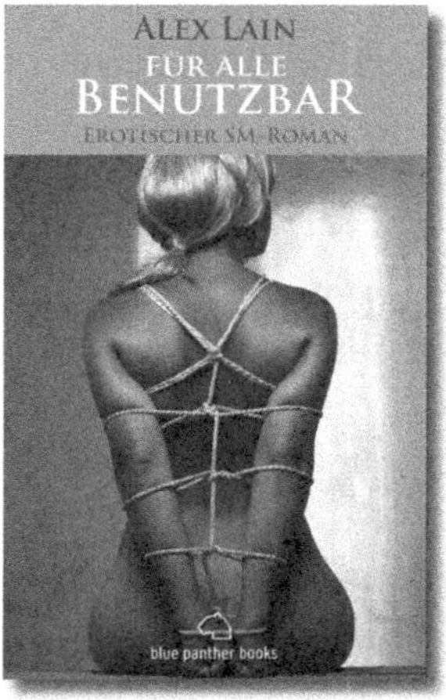

LESEPROBE: ALEX LAIN FÜR ALLE BENUTZBAR

Der Tag verlief ganz im Zeichen des kommenden Abends. Sarah erledigte zwar ihre geplanten Arbeiten, war jedoch mit dem Kopf ganz bei Tom und ihrem Treffen. Sie überlegte, wie der Abend wohl verlaufen würde, malte sich romantische Szenen aus, die von zwischenzeitlicher Benutzung abgelöst wurden. Während des gesamten Tages befand sie sich in einer Art Schwebezustand, aus dem sie nicht mehr wieder rausgehen wollte.

Nachdem sich Sarah lange im Badezimmer aufgehalten hatte, schlüpfte sie in einen schwarzen Lackmini, zurrte eine schwarzweiße Lackkorsage eng an ihren Oberkörper und streifte über die halterlosen Strümpfe und ihre hochhackigen, schwarzen Lack-Overknees. Um nicht wie eine Nutte auf der Straße herumzulaufen, warf sie ihren beigen Frühjahrsmantel über und sah darin recht bieder aus. Dass sie darunter Lack ohne Höschen trug, konnte schließlich niemand ahnen.

Schon von weitem sah Sarah, dass vor Toms Haus einige Fahrzeuge parkten. Das Haus schien jedoch verlassen zu sein, denn im vorderen Teil brannte kein Licht. Nur die schwachen Lichter der Gartenbeleuchtung warfen ihren trüben Schein trotzig in die Schwärze der Nacht. Da sie noch drei Minuten Zeit hatte, schlenderte sie ein wenig die Straße entlang, ohne etwas Interessantes zu entdecken.

Um Punkt zwanzig Uhr stand sie mit gesenktem Blick auf

der Fußmatte und wartete, dass ihr die Tür geöffnet wurde. Beinahe im gleichen Augenblick stand Tom hinter ihr und kitzelte sie. Sarah stieß einen kurzen, hellen Schrei aus und wand sich zwischen seinen Fingern. Ausgelassen zog er sie an sich und küsste sie über ihre Schulter wild und leidenschaftlich. Dann kreuzte er seine Unterarme über ihren Schlüsselbeinen und flüsterte ihr sanft ins Ohr: »Baby, du siehst in diesem Sherlock Holmes Mantel einfach umwerfend aus!« Er lachte und drehte sich mit ihr im Kreis. »Habe ich dir schon gesagt, wie sehr ich dich mag, Kleines?«

Sarahs Herz schwoll an und drohte in ihrer Brust zu zerbersten. Sie wollte sich umdrehen, sich an ihn schmiegen und küssen, doch er hielt sie in ihrer Position fest.

»Wenn wir da jetzt hineingehen, dann bist du mein Baby, auf das ich stolz sein will. Das mir zeigt, dass es für mich da ist, mir gehorcht und mich in allen Lagen respektiert. Wirst du das schaffen? Machst du das für mich, Baby?«

Sarah versteifte sich kurz in seinen Armen, die ihr plötzlich zu eng wurden. Sie hatte das dringende Bedürfnis, sich aus der Umklammerung zu befreien, um atmen zu können. Doch sie stand still wie eine Maus vor der Schlange und hielt den Atem an. Ohne es zu wollen, hörte sie sich »Jawohl, mein Gebieter« sagen.

Er küsste sie freudig auf die linke Wange, nahm ihre Hand und zog sie wie eine willenlose Puppe zur Tür hinein.

Im Vorraum zog er ihr den Mantel aus. Sie nahm Zigarettendunst sowie ein leichtes alkoholisches Aroma wahr, was aus einem der hinteren Zimmer kommen musste. Daraus schlussfolgerte sie, dass Tom Besuch hatte und sie ihre Dienste anbieten musste. Oder wollte er sie vorführen? Waren auch andere Frauen zugegen? Submissive? Dominante? Welche Altersgruppe würde sie empfangen? Unzählige Fragen drängten sich in ihrem Kopf um die Vormachtstellung, doch sie alle blieben unbeantwortet. Tom nahm sie wieder an die Hand und steuerte auf den Partyraum zu, in dem leise Musik zu hören war. Sarahs Herz schlug im dreifachen Rhythmus der Latinoklänge, die nun laut hörbar waren.

Schwungvoll riss Tom die Tür auf und stellte seine Sklavin in die Mitte des Raumes. »Meine Herren, das ist Sarah«, erklärte er lautstark, um die Unterhaltungen zu unterbrechen. »Sie wird jetzt ihren prachtvollen Körper für euch tanzen lassen!«

Während Sarah sich mit geschlossenen Augen auf den Rhythmus der Musik einstellte, bestaunten die drei anwesenden Herren, die geschätzte dreißig Jahre alt waren, das Tanzobjekt mit schief gelegtem Kopf und gekräuselten Lippen.

Sarah begann zu tanzen und im gleichen Augenblick grölten die drei Männer. Das war wie im Zirkus bei den Tanzbären!, schoss es ihr durch den Kopf, ließ sich von den Gedanken jedoch nicht von ihrer Aufgabe abhalten. Wie erwartet, dauerte es nicht lange und zwei Hände packten sie am Arsch. Sie öffnete die Augen und sah sich einem blonden Mann gegenüber, der sie fest an sich drückte, um mit ihr zu tanzen. Gekonnt wanderten seine Hände unter den Lackmini und spreizten ihre Pobacken, gleichzeitig lehnte er sich nach hinten und zog sie mit. Tanzend drehte er sich den beiden anderen klatschenden Männern zu, die nun vollen Einblick auf ihre bloßgelegte Scham und den blanken Arsch hatten. Sie beugten sich ein wenig nach vorn und befingerten die samtig-rosafarbene Lustgrotte der jungen Sklavin. Doch noch ehe einer der Finger in ihrer Spalte verschwinden konnte, drehte sich der Mann wieder weg und rieb seinen Schwanz an ihrem Unterleib. Während er sie einige Pirouetten drehen ließ, stülpe er den Lackmini hoch, sodass die Zusehenden in schneller Folge ihren nackten Arsch sowie ihre glatt rasierte, weiße Pflaume sehen konnten.

Sie fühlte sich wie ein Stück Torte auf dem Drehteller, das von Passanten gierig begutachtet wurde.

Als das Lied zu Ende war, holte der Blonde Sarahs Brüste aus der Korsage und prüfte ihre Festigkeit. Auch ein gezielter Griff in ihre Spalte war eine Prüfung. »Schön eng!«, sagte er lachend und schob ihr den glänzenden Finger mit ihrem Saft grob in den Mund. Wie auf Kommando kamen die anderen beiden auf die Sklavin zu und steckten ihr ebenfalls jeweils einen Finger in die Pussy, während die andere Hand die Festigkeit ihrer Titten prüfte.

Der Blonde zog sie jedoch ein Stück weit weg und drückte ihren Kopf weit nach unten, sodass sie mit den Händen den Boden berührte. Mit einem gekonnten Druck zwischen ihren Knöcheln öffnete er ihre Beine, sodass sie weiter in der Grätsche stehen musste. Ihr blanker Arsch war nun frei zugänglich und schon spürte sie einen Finger in ihrer Rosette. Dann zwei weitere in ihrer Möse und auch noch einen an ihrer Lustperle. Gierige Hände erforschten ihren Leib und die straffe Haut, als wäre sie nichts weiter, als ein Lustobjekt männlicher Begierde. Inmitten dieses Spiels zog sie der Blonde hoch und die Finger der anderen beiden glitten aus ihren Öffnungen. Er tanzte wieder ein wenig mit ihr und hatte dann eine glorreiche Idee. »Wer von euch möchte die Reise nach Jerusalem spielen? Dieses Dreckstück hier wird unser Sessel sein ...« Grinsend nahm er den leeren Holztisch aus der Ecke und legte ihn mit der Platte auf einen anderen massiven Tisch, sodass die Tischbeine in die Höhe ragten.

Mit einem kurzen Pfiff beorderte er Sarah zu sich, riss ihr die Kleider vom Leib und setzte sie an die Kante des Tisches. Dort zog er ihr noch die Overknees aus, sodass sie splitternackt vor den fremden Herren auf dem Tisch sitzen musste. Es war demütigend und anregend zugleich, völlig nackt von Fremden angestarrt zu werden.

Während sich der Blonde mit ihrem Hals beschäftigte und diesen mit beiden Händen etwas fester massierte, bat er Tom um vier kurze Seile. Er blickte ihr in die Augen und verstärkte den Druck auf ihren Hals. Sarahs Luftzufuhr wurde stark gemindert und sie versuchte krampfhaft, Luft einzusaugen. Panik stieg in ihr hoch und sie wollte sich aus dem Griff befreien, doch seine Hände waren wie Stahlklammern. Verzweifelt schlug sie mit den Beinen und Armen aus, doch ihr Peiniger schlang blitzschnell ein Bein um ihre Beine und hielt sie fest. Die rudernden, schlagenden Arme schien er nicht zu registrieren. Er drückte sich an ihr Knie und rieb seinen prallen Schwanz daran. Immer tiefer sah er ihr mit starrem Blick in die Augen und weidete sich an ihrer Panik, ersticken zu müssen. Als Tom mit den Seilen ins Zimmer trat, ließ er seine Hände vom Hals über ihre Brüste gleiten und ging zwei Schritte auf seinen Freund zu, um die Seile entgegenzunehmen.

Sarah sprang vom Tisch, rieb sich den Hals und atmete vorn übergebeugt kräftig durch. Tom registrierte kurz diese Haltung, fand sie jedoch offensichtlich völlig in Ordnung und ließ sich gemütlich neben der Stereoanlage auf der Couch nieder.

Der Blonde schob Sarah ungeachtet ihrer Haltung auf den Tisch zurück, packte ihre Beine an den Knöcheln und hob sie gespreizt in die Höhe. Direkt am Ende des Tischbeines fixierte er ihren linken Knöchel mit dem Seil, kurz darauf auch den rechten. Vorsichtig zog er ihren Arsch so weit an die Tischkante, dass er ein klein wenig über die Platte ragte. Mit der Hand fuhr er nun über ihre weit geöffnete Spalte und wischte beiläufig die Feuchtigkeit an ihrer Wange ab.

Dann schnappte er sich ihre Arme und fixierte die Handgelenke ebenfalls an den Tischbeinen, direkt an der Tischplatte, sodass sie sich hinten abstützen konnte, aber jedem, der direkt vor ihr stand, in die Augen sehen musste. Ihre glatte, rosa

Lustgrotte war nun zu einem offenen Tor geworden und jeder konnte sie ungehindert befingern, ficken, lecken oder etwas in sie stecken. Bedrückende Scham überfiel sie, als alle drei ihr direkt in die Möse starrten. Der Blonde überprüfte, ohne ihr noch mal ins Gesicht zu sehen, ein letztes Mal die Position ihres Arsches und rief Tom ein beschwingtes »Los geht's!« zu.

Tom rieb sich die Hände und drehte die Musik, die inzwischen verstummt war, wieder auf. Die drei Männer, die neben Sarah standen, tanzten nun um den Tisch, an den sie gefesselt war. Jeder versuchte, so lange wie möglich vor ihr zu verweilen, musste dann aber weiter, wenn der nächste von hinten drängte. Als die Musik erstarb, packte der Mann, der ihr am nächsten stand, rasch seinen Schwanz aus und schob ihn ohne jede Vorwarnung in ihr zartes Loch. Mit heftigen Stößen pumpte er in sie und grinste. Doch recht rasch ertönten wieder heiße Latinoklänge und er musste aufhören, sich an der jungen Stute zu erfreuen. Da er seinen Schwanz nicht wieder in die Hose zurückschob, holten auch die anderen beiden ihre Schwänze heraus und ließen sie aus dem Reißverschluss herausstehen.

Schon nach sehr kurzer Zeit verstummte die Musik und der Blonde war an der Reihe. Er stieß seinen harten Kolben in Sarahs trockene Rosette, sodass ihr kurz die Luft weg blieb. Ohne auch nur eine Sekunde auf ihre zusammenzuckende Reaktion zu achten, fickte er lachend in sie hinein. Sarahs Rosette schien wie ein Feuerring zu brennen und je mehr sie sich verspannte, desto schmerzhafter wurde dieser Ritt.

LESEPROBE: ALISSA STONE

IM ZENTRUM DER LUST

... Mit einem Ruck entriss Alex mir die Augenbinde. Ich atmete laut ein. Zum einen, weil ich mit seiner Reaktion nicht gerechnet hatte und zum anderen, weil ich nun sah, wer vor mir auf dem Bett lag. Nämlich Mila.

»Wenn du es nicht zu Ende bringst, dann übernehme ich das. Während du uns dabei zusiehst und geduldig auf deine Strafe wartest«, sagte Alex. »Noch hast du die Wahl.«

»Ich nehme die Strafe in Kauf«, sagte ich. Niemals würde ich diese pedantische Irre verwöhnen. Milas Augen funkelten vor Schadenfreude und ein anmaßendes Grinsen lag auf ihren dünnen Lippen.

Alex packte meine Handgelenke und verhakte die Manschetten hinter meinem Rücken.

Er deutete auf eine der Säulen. »Ich möchte, dass du dich dorthin stellst.«

Ich erhob mich vom Bett und folgte mit erhobenem Haupt seinem Befehl. Niemals würde ich Mila Lust bereiten. Niemals.

Die Säulen standen im schwachen Licht der Bodenspots, während sich das Bett unter dem dominanten Schein des Lampenschirms präsentierte. Alex drehte an einer Ringschraube, die über meinem Kopf in der Säule steckte. Als er dieselbe Schraube in Höhe meiner Hände in den Marmor drehte, bemerkte ich, dass die Säule über mehrere Schraublöcher verfügte. Er stand direkt neben mir und hakte die Ringe der Manschetten daran fest. Mein Herz pochte wie verrückt und ich hoffte, er würde mich auf irgendeine Art berühren. Nur damit ich das Gefühl bekam, ich wäre ihm wichtiger als Mila.

Doch nichts dergleichen geschah. Stattdessen wendete er sich Mila zu, die, auf Ellenbogen gestützt, vor uns auf dem Bett lag und mich selbstgefällig musterte.

»Du wirst Lydia nicht aus den Augen lassen. Jedes Mal, wenn sie ihren Blick von uns wegbewegt, erhöht sich ihre Strafe um zehn weitere Schläge.«

Das konnte doch nicht sein Ernst sein! Sie würde mir absichtlich eine höhere Strafe aufbrummen wollen, da war ich mir jetzt schon sicher.

Alex stellte sich neben das Bett und zog Milas Beine zu sich, sodass sie quer über dem Bett lag. Sofort drehte sie ihren Kopf zur Seite und fixierte mich mit stechendem Blick. Ein abfälliges Grinsen lauerte auf ihren Lippen.

Demonstrativ spreizte sie die Beine. Alex öffnete seine Hose und sein erigierter Penis schwang heraus. Er kniete sich auf das Bett und schob sich zwischen Milas Schenkel. Dann stieß er in sie. Eifersucht stieg in mir hoch. Ich sollte für meine Verweigerung also zweimal bezahlen. Zum einen würde Alex mich mit Schlägen bestrafen, zum anderen hatte ich Mila das Vergnügen beschert, von ihm genommen zu werden – während ich zusehen musste. Dass mich Letzteres so treffen würde, hätte ich nicht gedacht. Wie gern wollte ich an ihrer Stelle sein. Ob sie wusste, dass ich etwas an Alex fand? Hatte ich mich verraten, als ich sie gefragt hatte, ob auch er beim Clubevent sei?

Ohne mich aus den Augen zu lassen stöhnte sie laut auf. Ihr Blick lachte mich aus. Es war albern, wie sie aufopfernd dalag und bei jedem Stoß so tat, als wäre sie kurz davor zu kommen. Ich verdrehte die Augen, und sogleich hörte ich

Milas lechzende Stimme: »Zehn Schläge mehr!«

Das war nicht fair und sie wusste das. Ihr Blick verriet mir, dass sie nur darauf gewartet hatte.

Alex schenkte dem Ganzen keine Beachtung. Er beugte sich über Mila und saugte an ihren Brustwarzen, während er ihre Arme auf das Bett gepresst hielt und sich mit sanftem Rhythmus in ihr bewegte. Seine Muskeln waren angespannt und die Leidenschaft beherrschte seine Gesichtszüge. Er benutzte Milas Körper, ohne ihre Bedürfnisse außer Acht zu lassen. Immer wieder küsste er ihre Haut oder leckte mit der Zungenspitze über ihre Nippel, woraufhin sich ihr Brustkorb ihm gierig entgegenbäumte.

Obwohl ich so tat, als ließe es mich kalt, tobte in mir ein Hurrikan. Mit voller Wucht drückte er Neid und Eifersucht gegen meine Bauchdecke. Mir war übel und ich hätte sie am liebsten beide wüst beschimpft, nur um endlich wieder frei atmen zu können.

Zu allem Überfluss blinzelte ich viel zu oft, denn die Pflicht, ständig hinsehen zu müssen, entwickelte sich zur Qual. Doch ich wollte mich vor Mila beweisen. Und allein das erforderte mehr Disziplin, als ich aushielt. Die Emotionen schwappten über und füllten meine Augen mit Wasser. Beim nächsten Blinzeln löste sich eine Träne und blieb an meiner Wange haften. Ich versuchte die Augen möglichst lange offenzuhalten, damit die Tränen schnell versiegten. Bald sehnte ich nur noch den Moment herbei, wo Mila ihre Augen endlich schließen würde, damit ich das angestaute Wasser unbemerkt aus den Augen pressen konnte. Doch Mila tat mir den Gefallen nicht. Selbst als sie ihren Mund ein letztes Mal öffnete und mit angespannter Mimik das finale Beben aus ihrem Körper stöhnte, beließ sie ihren Blick auf mir.

Ich beobachtete Alex, der sich langsam aus ihr zurückzog.

Sein Penis war noch immer prall, als er sich seitlich neben Mila aufs Bett legte und ihre Wange streichelte.

»Danke, Herr«, sagte sie.

Ich stieß einen Seufzer durch die Nase. Diese Heuchlerin.

Milas Körper hob sich unter den tiefen Atemzügen, während Alex seine Finger über ihren Körper gleiten ließ. Ihre Augen wirkten leer, entspannt. Die Schadenfreude war verschwunden, stattdessen zeichnete sich Glückseligkeit auf ihren Lippen ab. Dann gab Alex einen Kuss auf Milas Schulter und drehte mit den Fingern ihr Gesicht in seine Richtung. Als er ihr ein Lächeln schenkte, neigte ich den Kopf nach unten. Ich schluckte den Kloß hinunter und versuchte, die aufkeimende Eifersucht wegzuatmen.

Ich verabscheute Mila und hätte sie niemals zum Orgasmus bringen wollen. Doch viel weniger wollte ich sie zusammen mit Alex sehen. Dabei hatte ich mir das selbst zuzuschreiben. Ob er gewusst hatte, was das in mir auslösen würde? Womöglich war es sogar seine Absicht gewesen. Ich sollte es bereuen, dass ich die Aufgabe abgebrochen hatte.

»Zwanzig Schläge mit dem Paddle«, sagte Alex. »Und bring den kleinen Stock mit.«

Mila nahm ein Holzbrett, das aussah wie ein Tischtennisschläger, und griff dann nach einem zwanzig Zentimeter langen Stöckchen mit Lederschlaufe.

Ich atmete tief durch. Mit dem Paddle würde er mir wohl den Hintern versohlen. Aber was zum Teufel hatte er mit dem Stock vor?

Alex löste meine Hände von der Säule und verband die Manschetten vor meinem Körper. Er fasste meine Hüften und drehte mich mit dem Gesicht zur Marmorsäule. Erneut fixierte er meine Handgelenke am Haken. Obwohl die Angst in mir flackerte, genoss ich jede seiner Berührungen. Seine

Nähe erregte mich.

»Geh zwei Schritte zurück und beuge dich nach vorn, sodass dein Rücken gerade ist.«

Ich neigte mich nach unten und öffnete die Beine, auch um Halt zu finden. Ein kalter Luftzug streifte durch meine Mitte. Seine Hand lag sanft auf meinem durchgestreckten Rücken. Mehrmals streichelte er über meine Kehrseite. Ich schloss die Augen, weil ich diesen schönen Moment für mich haben wollte.

»Öffne deinen Mund.«

Ich riss die Augen auf und blickte auf den Stock, den er mir quer vors Gesicht hielt.

»Ich möchte, dass du ihn im Mund behältst, während Mila dir die Strafe verabreicht. Hast du mich verstanden?«

Eine Woge des Protestes erfasste mich, als er ihren Namen nannte. Warum musste ausgerechnet sie mich bestrafen?

»Ich verspreche es«, sagte ich. Denn ich wollte keine Schwäche zeigen, nicht vor ihr. Alex schob mir den Stock in den Mund und ich klemmte ihn zwischen die Zähne. Ich würde beweisen, dass ich Mumm besaß. Gegenüber Mila, Alex und mir selbst.

Behutsam tätschelte sie mit dem Paddle mein Gesäß. Meine Muskeln verspannten sich, da holte sie aus und verpasste mir einen kräftigen Hieb. Ich sog scharf die Luft ein.

»Eins«, rief sie und machte mir die Tragweite meines Versprechens bewusst. Es folgte ein zweiter Schlag auf die andere Backe. »Zwei!«

Ich wippte nach vorn und stemmte die Handflächen gegen den glatten Marmor. Unerwartet legte Alex seine warme Hand auf mein Rückgrat. Ich fragte mich, warum er das tat. Wollte er mir Halt geben? Oder mich beruhigen?

Wieder trafen zwei Schläge meine Kehrseite, begleitet von Milas monotoner Stimme.

Nach dem fünfzehnten Hieb stand mein Hintern in Flammen und jeder weitere brannte, als hätte man glühende Scheite draufgelegt. Am liebsten hätte ich den Schmerz hinausgeschrien, doch ich durfte und wollte den Stock nicht fallen lassen. Ich biss so fest zu, dass ich befürchtete, er würde jeden Moment zerbrechen. Meine Beine zitterten vor Anspannung, aber das war mir egal.

»Mila«, rief Alex plötzlich. »Gönn ihr eine Pause. Und bring sie auf andere Gedanken.«

Was? Warum musste er gerade jetzt die Strafe hinauszögern?

Eine Handfläche rieb über mein loderndes Gesäß. Ein Finger strich durch die Furche meiner Pobacken und arbeitete sich bis zu meiner Mitte vor. Ich stieg von einem Fuß auf den anderen und atmete scharf ein.

»Sieh mich an«, sagte Alex und hob mein Kinn. »Deine Strafe ist noch nicht vorbei. Nutze die Zeit, um runterzukommen. Du bist viel zu verkrampft.«

Er lehnte an der Säule und hielt mit beiden Händen meinen Kopf, während Mila ihre Finger über meine Klitoris tanzen ließ. So lange, bis wohlige Schauer im Schoß das Brennen übertönten und ich nur mit Mühe ein Aufstöhnen zurückhielt. Deutlich spürte ich die Macht, die Alex über mich besaß. Ich spürte sie tief in mir. Sie erregte mich. In dem Moment war mir egal, ob es Mila war, die mich stimulierte. Ich sah nur Alex vor mir, spürte seine Hände an meinem Gesicht. Sein Blick erforschte jede meiner Regungen und er schien zufrieden zu sein, mit dem, was er in meinem Gesicht zu lesen bekam. Ich entspannte den Kiefer, um gezielter in die wachsende Erregung atmen zu können, als Mila ihren Finger in meine Scheide schob. Sie tastete sich exakt zu der Stelle vor, die eine unerträgliche Lust durch meinen Leib jagte. Ich zitterte vor Erregung. Und sie hörte nicht auf, über diesen einen Punkt zu reiben, bis sich ein lautes Stöhnen aus meiner Kehle löste. Der Stock glitt über meine Lippen und fiel klappernd zu Boden. Alex hob eine Braue und ließ meinen Kopf los, der sich sofort der Schwerkraft ergab. Langsam zog Mila ihren Finger aus mir.

»Noch die fünf Schläge, dann darfst du gehen«, sagte er und trat von der Säule weg.

Hitze stieg mir ins Gesicht, das nun direkt auf meine geschwollene Scham gerichtet war. Alex ging an mir vorbei, während der sechzehnte Hieb mich traf und das Feuer auf meinem Hintern neu entzündete.

Die darauf folgenden Schläge waren hart, aber ich ertrug sie. Das Einzige, was ich nicht ertrug, war mein Versagen. Wieder hatte ich ihn enttäuscht und wieder war eine Chance dahin. Ich verdiente die Schläge. Und mehr noch verdiente ich es, gehen zu müssen.

LESEPROBE:

MEGAN PARKER

TIME OF LUST 1
GEFÄHRLICHE LIEBE

... Zufrieden drehte Jude mich auf den Rücken und drang selbstbewusst in mich ein. Ich hatte in meiner Aufgelöstheit nicht mitbekommen, dass er schon so weit war und fühlte mich von seiner Erektion total überrumpelt. Noch bevor ich ein Verlangen nach seinem Schwanz entwickeln konnte, hatte ich ihn in mir! Und nun bewegte er sich heftig. Judes Oberkörper krümmte sich bei jedem Stoß und seine Hüftbewegungen entlockten mir Stöhnlaute, obwohl meine Lust erst wachsen musste.

»Ich will dich schreien hören«, forderte er.

»Nein ...«, seufzte ich.

»Doch! Ich will, dass Santiago dich schreien hört!«

Darum ging es ihm also. »Santiago weiß, dass ich nicht schreie«, versuchte ich ihn umzustimmen.

»Bei ihm vielleicht!« Im selben Moment versetzte er mir einen Stoß, der mich schon nahe dorthin brachte, wo er mich haben wollte. Aber das wäre nur ein Schmerzensschrei geworden. Wollte er Santiago für dumm verkaufen?

Meine Hände waren mittlerweile fast gänzlich aufgetaut, nur die Schultern schmerzten noch in der Bewegung. Das hinderte mich aber nicht daran, eine Hand an seinen Nacken zu legen, während er meine Schläfen küsste und sein heißer Atem über mein Gesicht hauchte. Die rhythmischen Bewegungen in meinem Unterleib waren kräftig und ich konnte mich anfangs noch nicht so dafür begeistern ... aber er verfolgte sein Ziel wie ein Leistungssportler und ab einem bestimmten Moment hatte er mich plötzlich für sich gewonnen und meine Erregung geriet aus der Bahn. Jeder einzelne Stoß traf ins Zentrum meiner Lust ... und sie folgten aufeinander im Eiltempo. Ich klammerte mich mit beiden Händen an seine Schultern. Mein Keuchen wurde immer schneller, lauter und ungezügelter ... aber es war mir egal im Hinblick auf den unmittelbar bevorstehenden Höhepunkt. Plötzlich stoppte er seine Bewegungen und verharrte starr in mir. Er küsste meine Stirn und beruhigte seinen Atem. Das konnte er mir nicht antun! Ich versuchte, ihn mit verzweifelten Lauten zum Weitermachen zu bewegen, zerrte an seiner Schulter ... aber er blieb unbeeindruckt und bewegte sich nicht.

Als ich mich selbst etwas beruhigt hatte, nahm er plötzlich die Bewegung wieder auf. Er wiederholte das ganze Spiel ein zweites und ein drittes Mal. Ich hatte schon keine Kraft mehr und auch mein Herz war am Ende. Als ich zum dritten Mal höchste Erregung verspürte, beschloss ich, ihm ernsthaft eine Ohrfeige zu verpassen, wenn er jetzt stoppte. Doch er musste meine Gedanken gelesen haben, denn in meiner größten Ekstase nahm er mir die Hände über den Kopf und hielt sie zusammen. Dann stoppte er ... und als ich zu meinem ersten hasserfüllten Laut anstimmen wollte ... stieß er wieder zu und entlockte mir einen Schrei, der die Wände erzittern ließ. Diese Lautstärke kannte ich von mir selbst noch nicht, gleichzeitig erfüllte mich bei den folgenden Stößen der schönste Orgasmus, den ich mir nur vorstellen konnte. Meine Stimme mündete in einen hohen, schrillen Laut, der sich aufgrund von Sauerstoffmangel letztlich verlor. Ich keuchte erschöpft und zitterte am ganzen Körper ... doch schon im nächsten Moment war ich schockiert über meine ungewollte Entgleisung.

Er musste zur selben Zeit gekommen sein und zeigte endlich erste Zeichen von Schwäche. Er ließ sich neben mich fallen und hielt nur noch meine Hand fest in seiner. Mit der anderen fuhr er sich durch die schweißnassen Haare und legte sie schließlich auf seiner Stirn ab. Er konnte es sich nicht verkneifen, mir mit zusammengepressten Lippen und einer hochgezogenen Augenbraue ein triumphierendes Grinsen zu schenken.

»Ich hasse dich!«, trotzte ich.

Er rollte sich auf seine Ellenbogen und sah mir lächelnd in die Augen. »Wirklich?«

Ich seufzte und gab wie so oft klein bei. »Nein ... natürlich nicht.«

»Willst du deine Schuhe wieder haben?«, fragte er aufmerksam, und ich nickte. Er streichelte noch ein letztes Mal andächtig über meine Füße, bevor die Riemen ins Schloss fielen.

Jude wirkte sehr glücklich, als er wieder Richtung Badezimmer aufbrach. Sein Grinsen verschwand gar nicht mehr aus seinem Gesicht. Fast so, als hätte er einen Pokal gewonnen.

Ich liebte ihn dafür, dass er nur wenig später zu mir zurückkehrte, um mich für den Rest der Nacht in seine Arme zu schließen.

»Weißt du, dass die Mädchen deshalb ganz verrückt nach dir sind, weil du der Einzige bist, der wirklich jedes Mal danach mit ihnen die ganze Nacht verbringt?«

Er streichelte über meine Wange und seine Miene verfinsterte sich etwas. »Wenn ich mit dir im Bett liege, will ich nicht über die anderen Mädchen reden.«

Ich war überrascht von seiner Feinfühligkeit. »Muss ich auch ins Bad oder darf ich dein Geschenk noch ein bisschen behalten?«

Er lächelte geschmeichelt. »Du kannst noch viel mehr von mir haben, wenn du willst!«

Ich lachte. »Nein danke, ich möchte nicht, dass Santiago einen Gehörschaden bekommt.«

»Ich kann dich knebeln«, war sein kreativer Vorschlag.

***

Mein erster Gedanke am nächsten Morgen war mein nächtlicher Schrei. Am liebsten hätte ich mich irgendwo vergraben, nur um heute niemandem begegnen zu müssen.

»Jude, ich glaube, ich bin krank«, waren meine ersten Worte.

»Soll ich David holen?«, fragte er besorgt.

»Nein danke, so war das nicht gemeint ... Ich kann einfach nur nicht das Zimmer verlassen.«

Jetzt wusste er, wovon ich sprach ... und er grinste. »Du wirst schön brav mit mir frühstücken gehen!«

»Du kannst mir nichts mehr befehlen!«, wehrte ich mich.

»Doch, ich kann ... und es ist deine Entscheidung, ob du mir gehorchen willst.« Er streckte mir seine Hand entgegen, um mich zum Aufstehen zu bewegen.

Er konnte wirklich mit mir umgehen. Wie aus einem inneren Zwang heraus nahm ich seine Hand und fügte mich, wenn auch sehr unwillig.

Nach der Dusche ließ ich ihn ein Kleid für mich aussuchen und wir machten uns gemeinsam auf den Weg nach unten. Santiago fehlte als Einziger. Schweren Herzens nahm ich vis-à-vis von David Platz und schaffte es kaum, mich seinen Blicken auszusetzen. Seine Stimmung wirkte äußerst gedrückt. Schweigend und mit glasigen Augen versuchte ich, mich bei ihm zu entschuldigen. Jude bemerkte neben mir nichts davon, er war aufmerksam damit beschäftigt, mir Tee und Croissants zu reichen. Dann kam Santiago und alle standen kurz auf, um sich kurz darauf wieder zu setzen. Er schien gut gelaunt und brachte Leben an den Frühstückstisch.

Er nahm meine Hand und holte tief Luft, um mich nach

allen Regeln der Kunst bloßzustellen. »Einige von uns ... hatten heute Nacht das große Vergnügen ... dem neu entdeckten Schauspieltalent ... meiner kleinen Zahira zu lauschen.«

Alle Blicke waren auf mich gerichtet. Eine Sekunde lang sah ich in Davids Augen. Er wirkte angespannt, aber sehr ruhig und beherrscht, verzog keine Miene ... und trotzdem hatte ich das Gefühl, sein Blick würde mich töten. Er war enttäuscht von mir. Santiago hatte mich mit seinen Worten mehr verletzt, als er ahnen konnte. Sofort stiegen mir Tränen in die Augen, ich stützte mich auf den Tisch und hielt die freie Hand vor mein Gesicht. Und als ich binnen kürzester Zeit kurzatmig zu schluchzen begann, war sogar Santiago überrascht. Sein Verdacht lief in die völlig falsche Richtung und es folgte der Nachschlag ...

»Oder war es am Ende gar keine Schauspielkunst, sondern die ganz große Ekstase?« Er drückte meine Hand und wartete auf eine Antwort.

Ich war erledigt. Entweder musste ich jetzt lügen und damit Jude bloßstellen oder die Wahrheit sprechen und Santiagos Zorn schüren und gleichzeitig David ein Messer ins Herz rammen. Ich nahm meine Hand aus dem Gesicht, lehnte meinen Kopf nach hinten und zeigte ihm meine Tränen. Aus meinem Mund kam keine Antwort. Wenn mir nicht bald etwas einfiele, würde Santiago zwischen mir und Jude die große Liebe vermuten und das wäre das Schlimmste, was uns passieren konnte.

»Du wirst dich doch noch erinnern können, warum du gestern so geschrien hast?«, wurde er deutlicher.

»Ja«, schluchzte ich und war froh, endlich meine Stimme wiedergefunden zu haben.

»Also ... dann erzähl mir bitte, was hat er getan, das dich so weit gebracht hat ... ich möchte jedes Detail hören!«

Ich schüttelte den Kopf und er war völlig perplex, dass ich es wegen so einer Kleinigkeit auf mich nahm, ihm nicht zu gehorchen.

»Zahira, ich weiß genau, dass du mir das erzählen würdest. Wer hier am Tisch bereitet dir Probleme?«

Ich sah ihn regungslos an und brachte kein Wort über die Lippen.

Santiago ließ meine Hand los und war jetzt wirklich zornig.

»Ich erzähl es dir unter vier Augen«, schlug ich verzweifelt vor.

»Sag mir einen Grund, warum! Du hast mit Jude geschlafen, er wird es ja wohl hören dürfen. Keathan hatte schon lange nichts mehr mit dir zu tun, David ist quasi aus dem Rennen und die Jungs sind uninteressant. Also, wo ist dein Problem?«

Jetzt saß ich hier, völlig in die Enge getrieben und konnte mich nicht mehr bewegen. »Er hat mich bis kurz vor den Höhepunkt gebracht und dann abgebrochen ...«

»Weiter!«, forderte Santiago.

Ich schluchzte. »Das hat er dreimal wiederholt, es hat mich verrückt gemacht.« Santiagos Miene blieb ernst, er fixierte meine Augen und wartete auf den Hauptgang. »Beim dritten Mal hat er ... er hat dann unerwartet doch weiter gemacht ... und das war's!« Sofort sah ich wieder zu David, sah, wie er seine Augen für einen langen Moment schloss.

Santiago überlegte. »Hat er dein Herz erobert?«

»Nein!« Endlich eine Frage, die ich mir gewünscht hatte.

Santiago nahm wieder meine Hand und wandte sich an Jude. »Du siehst, es ist nicht die Lautstärke, die zählt! Aber das wirst du auch noch lernen!«

Jude biss sich vermutlich auf Zunge, Lippen, Wangen und alles was er sonst noch hatte, um sich eine Antwort zu verkneifen. Aber den Denkzettel hatte er verdient ... für seine lautstarke Idee. Er brachte uns damit in Teufels Küche.

»Also hätten wir das geklärt, dann lasst uns weiter essen!«, sagte Santiago zufrieden.

Weitere erotische Geschichten:

Sara Bellford
LustSchmerz Erotischer SM-Roman

Sir Alan Baxter hat eine Passion:
Er sammelt Frauen!

Er will sie um ihretwillen besitzen

Sie wollen vom ihm gedemütigt und
geliebt werden

Gemeinsam zelebrieren sie die schönsten Höhepunkte aus Lust, Schmerz und Qual ...

Susan Jones
Der Assistent 1

Susan Jones entführt, fesselt und berauscht!

Die Chefin liebt ihren Job und ihren Assistenten.
Sie kann nicht ohne ihn, doch er kann ohne sie ...

Eine große Firma
Eine hörige Chefin
Ein perfekter Assistent

Helen Carter
RockStar

Der harte Weg eines RockStars!

Er liebt den Erfolg,
den Alkohol und den Sex!

Ein RockStar, den alle wollen:
Die Groupies, die Presse
und seine neue grosse Liebe.

Kann er es schaffen,
allen gerecht zu werden?

Weitere erotische Geschichten:

Alex Lain
SexDiener

Sein größter Wunsch: beherrscht zu werden ...

Unterwerfung ist sein Leben.
Er ist nicht glücklich, wenn er nicht dienen kann.

Er stellt das Dienen über alles.
Selbst wenn er dadurch seinen Job und seine Freunde vernachlässigt.

Wenn seine Meisterin ihn ruft, muss er kommen. Er gibt sich den fantasievollen Spielen der Herrschaft hin ... und wird süchtig danach.

Dankbar für jede Erniedrigung!

Joanna Grey
Befreie mich, versklave mich
Erotischer SM-Roman

Ein neuer Mann | Eine neue Liebe
Eine neue Erfahrung ...

Sie weiss nicht, dass in ihr eine Sklavin steckt.

Schritt für Schritt und mit viel Einfühlungsvermögen erweitert er ihre Schmerz- und Lustgrenzen.

Fühlen Sie das Vertrauen und die Nähe zwischen Dominanz und Unterwerfung.

Julia Hope
Lass mich kommen!
Erotischer SM-Roman

Ihr Freund | Ihre Schülerin | Ihre Dauergeilheit ...

Ihre Schülerin führt sie an den Rand des Orgasmus.

Ihr Freund verbietet ihn ihr.

Aber sie kann nicht anders, als alle bizarren Einfälle ihrer Schülerin und ihres Freundes auszuführen und so ständig geil zu sein.

Und sie will endlich kommen ...